논술의 기술

논술의 기술

서론은 모든 유형의 글에서 본격적인 논의에 들어가기 전에 주의를 환기하고 문제를 제기하는 내용이나 주장을 담고 있는 '주제문'이 제시된다. 따라서 주제문은 주장하는 바의 '핵심어'나 '중심내용'을 담고 있는 논술의 '중심문장'이 된다. 서론단락은 '후크-연결문장-주제문'이라는 3가지 구성요소를 가진다. 서론이 중요한 것은 주제문이 완성되면 전체 글의 개요가 머릿속에 자연스럽게 그려지기 때문이다. 따라서 서론단락의 구성원리를 이해하면 서론만 읽고도 논술의 윤곽을 충분히 파악할 수가 있다. 이것이 과연 우리 한글을 쓰는 데도 가능할까라는 의문을 해결하기 위해 한국 전문가들이 쓴 수많은 칼럼이나 글(passage)들을 분석하면서 동서양을 막론하고 모든 글쓰기는 하나의 일정한 원리와 법칙을 가지고 있다는 것을 확신하게 되었다. 이는 인류가 수천년 문자 역사를 이어 오면서 개발하고 진화시켜 온 글쓰기에는 일정한 구성원리가 작동하고 있다는 것이다. 이런 구성원리를 이해하면 누구든 하나의 주제를 가지고 자신이 원하는 글을 매우 쉽고 간편하게 쓸 수 있다. 이를 위해 나는 적어도 수천 개의 유명 칼럼이나 글을 읽고, 이를 비교 분석하고 연구한 토대에서 비로소 한 권의 '글쓰기 이론서'를 쓰기로 마음 먹었다. 그리고 6년 전인 2011년, 10여년 간의 미국 생활을 마치고 돌아와 주변의 지인들에게 글쓰기 책을 한 권 쓰겠다고 말했다. 그들은 한결같이 내가 미국에서 오래 살더니 살짝 '정신이 이상해진' 것으로 바라보기 시작 했다. '감히 네 주제에 글쓰기 이론서를 쓰다니' 한 마디로 한국의 현실이나 사정을 몰라도 너무 모르는 사람으로 나를 생각했다. 물론 나도 터무니 없는 생각인 줄은 알고 있었다. 내가 미국에서 그런 경험을 하지 않았다면 감히 글쓰기 이론서를 쓰라고는 상상조차 할 수 없었기 때문이다. 하지만 나는 그들의 생각을 비웃기라도 하듯이 2014년 3월18일 영어 글쓰기책 〈How to write English Paragraph and Essay (신아사)〉를 첫 출간했다. 그리고 2015년 〈글쓰기 차별화전략 (글로세움)〉, 2016년 〈논술의 정석〉을 잇달아 출간했다.

서교출판사

논술 ESSAY

이야기논술 수필

30여 년 전 신문기자 초년생이었을 때 필자가 직접 경험한 이야기다. 지금도 마찬가지지만 신문은 독자에게 뉴스 외에도 건강이나 재테크 등 삶에 유익한 정보나 지식을 전달하기 위해 각 분야 전문가들의 칼럼을 게재하는 경향이 있다. 이러한 칼럼을 청탁하기 위해 한 유명 대학병원의 간암 전문의에게 먼저 전화를 걸어 '간암 예방수칙'에 관한 원고 7매를 써 달라고 부탁한 적이 있다. 대개 펄쩍 뛰면서 글을 못 쓴다고 거절한다. 그러나 주제와 관련된 키워드를 자세히 설명해 주면서 이를 토대로 '기사'로 작성하여 담당 전문의의 확인을 받고 게재하겠다고 설득하면 허락을 받아낼 수 있었다.

이런 사실은 대부분 분야의 전문가들에게 해당된다. 그런데 이게 '정상적인' 일인가를 한 번 생각해보자. 누구보다 '총명한' 그들이 전공분야의 석-박사학위를 받기까지 얼마나 많은 시간과 땀을 흘렸겠는가? 특히, 논문 작성을 위해서는 많은 시간을 들여 다작과 다상량을 했을 것이다. 하지만 자기 전공분야의 지극히 상식적인 주제로 원고지 7매 분량을 제대로 글로 설명하지 못한다니 말이 되는가? 흔히 글쓰기를 잘 하려면 다독·다작·다상량을 해야 한다고 말한다. 게다가 사고 형성 기능이 뛰어나야 한다고도 말하는데 실제로 이들만큼 그런 조건을 두루 갖춘 분들이 또 있을까. 그런데 TV에 나와 말로는 자신의 전공분야를 입에 침이 마르도록 잘 설명하면서 왜 글로는 제대로 표현을 못하는 것일까? 이것이 우리사회 글쓰기의 현주소라고 말할 수 있다.

나는 그분들이 왜 글을 잘 못 쓰는지를 알고 있다. 이유는 두 가지다. 하나는 우리 교육현장에 글쓰기 교육이 부재하기 때문에 우리 모두 초-중-고교 시절에 글쓰기를 제대로 배우지 못한 것이다. 다른 하나는 우리 사회에 글쓰기를 체계적으로 알려주는 '선생'이나 '교재'가 없다. 이러한 현실에서 글쓰기 문제를 하루 아침에 해결하기란 사실상 불가능하다. 그런데도 우리 주변에는 당장 글쓰기를 절실히 필요로 하는 사람들이 많다. 이들은 언론 및 공기업 취업, 그리고 대기업이나 행정기관의 승진 등을 위해 논술시험을 준비하는 사람들이다. 또 업무상 현장에서 당장 글쓰기가 필요한 사람들이 있다. 하지만 이들이 선택하는 방법은 기껏 신문의 사설이나 칼럼을 베끼며 작문연습을 하거나 취업준비생들끼리 모여 공동 주제를 가지고 토론하면서 예시답안을 준비하는 것이 고작이다. 이런 방법은 문자 그대로 '고육지책'이라고 말할 수 있다.

따라서 필자는 이러한 우리 사회의 글쓰기를 돕기 위해 그동안 두 권의 책을 출간했다. 한 권은 글쓰기 기본서인 〈글쓰기 차별화 전략〉이고, 또 한 권은 보편적인 글쓰기인 〈논술의 정석〉이다. 하지만 많은 독자들이 이를 한 권의 책으로 압축해 주기를 요청해 왔다. 이에 부응하기 위해 지난 1년간 두 권의 책을 심도있게 분석하고 요약하여 〈글쓰기 정석〉이라는 책으로 이번에 출간했다. 모든 이론이나 법칙은 쉽고 간단하면서도 더 많은 것을 담아서 활용하는 데 도움이 된다면 더 좋은 것이라고 할 수 있다. 이처럼 이 책 한 권으로 교육현장에서 필요로 하는 모든 글을 쓰는 방법과 일상의 삶에서도 필요한 〈수필〉에 이르기까지 '글쓰기 방법(how to write)'을 해결할 수 있도록 정리했다.

단원1의 '단락(paragraph)' 제1부에서는 '단락'의 글을 통해 글의 가장 기본적인 구성원리와 구조를 이해하도록 준비했다. 이와 함께 단락을 쓰는 구체적인 방법도 제시했다. 제2부에서는 단락을 6가지 유형으로 구분하고, 실제로 특정한 주제를 가지고 유형별로 글을 구성하는 방법을 제시함으로써 누구든지 예시문을 보면서 하나의 주제를 가지고 직접 글을 연습하며 작문 방법을 터득할 수 있도록 엮었다.

단원2의 '논술(essay)' 제1부에서는 일반적으로 글쓰기에서 가장 널리 활용되고 있는 '논술'이란 무엇이며, 이것을 어떻게 구성하는지 설명했다. 그리고 논술의 기본 구조인 서론-본론-결론의 특징과 이를 구성하는 방법을 구체적으로 제시했다. 제2부에서는 논술을 6가지 유형으로 구분, 유형별로 글을 쓰는 방법을 제시하고 예문을 통해 학습할 수 있도록 준비했다. 특히 주요 신문과 방송사에서 출제한 최근 기출문제에 대한 '예시답안'을 직접 작성해 놓았다. 그리고 전문 칼럼니스트들의 글을 게재하여 그들이 어떻게 칼럼이나 논술을 작성하였는가를 비교 분석하고, 이에 대한 명징한 해설을 준비했다.

마지막으로 단원3의 '이야기논술(수필)'에서는 실제로 우리의 일상에서 글을 쓰는 데 필요한 '수필(이야기 논술)'을 어떻게 쓰는지에 대한 방법을 구체적으로 설명했다. 이에 따라 수필 장르에 속하는 신변잡기·기행문·독후감·서간문·일기·단상에 이르기까지 분야별로 글을 쓰는 방법과 이에 합당한 예문으로 직접 필자가 쓴 글을 제시함으로써 독자들이 수필을 쓰는데 도움이 되도록 노력했다. 필자는 이 책 한 권으로 우리의 교육 현장과 직업 현장에서 필요로 하는 현대식 글쓰기에 대한 방법을 모두 이해하고 학습할 수 있도록 준비했다. 따라서 이 책은 시중의 어떤 책보다 쉽고 논리적인 글쓰기 책이라고 자부한다.

단락

PARAGRAPH

논술의 기술

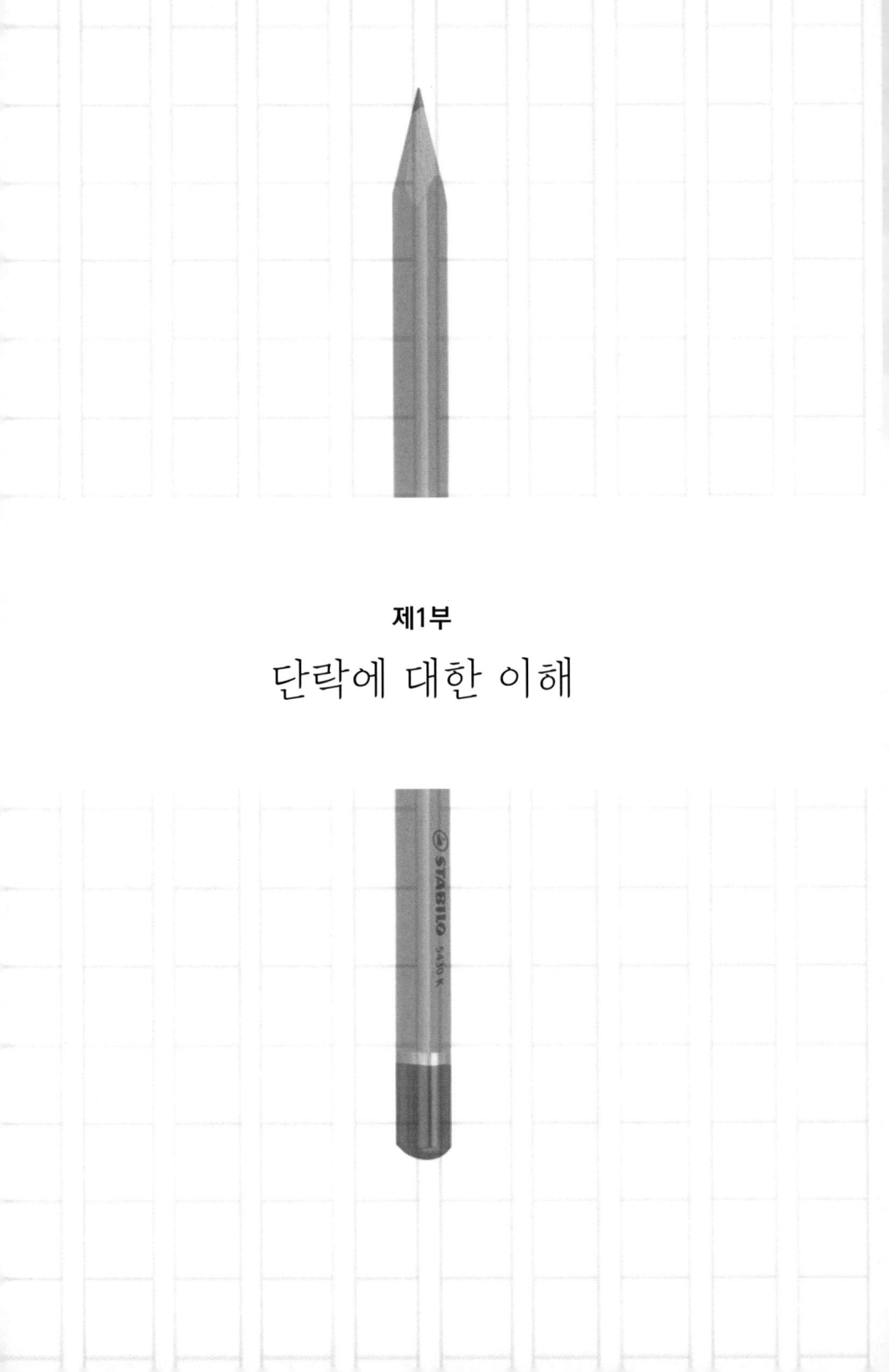

제1부

단락에 대한 이해

│ 제1장 글쓰기와 단락 탐구 │

단락에 대한 탐구

단락이란

단락이란 글의 중심문장인 화제문(topic sentence)을 논리적으로 조리있게 뒷받침하는 문장들의 집합체를 말한다. 따라서 단락은 그 자체로 하나의 완성된 의미를 가진다. 짧은 단락은 2~3개의 문장으로도 이루어지지만 일반적으로 4~5개 또는 그 이상의 문장으로 구성된다.

우리가 보는 신문, 잡지, 교과서, 논문, 책 등에 실린 다양한 글 가운데 단락이 아닌 것은 없다. 모든 글은 단락으로 구성되며, 단락으로 시작하여 단락으로 끝난다고 할 수 있을 만큼 중요한 의미를 가진다. 따라서 단락을 제대로 구성하는 방법을 안다면 글쓰기는 사실상 거의 완성된 것이나 다름없다. 단락은 단락으로만 끝나는 것이 아니다. 단락을 연결하거나 확장한 것이 논술(essay)이 되고, 논술을 확장한 것이 논문 또는 책이 되기 때문이다.

독립단락

단락의 중심문장인 '화제문'과 이를 지원하는 '뒷받침문장', 그리고 '맺음문장'의 3가지 기본 요소로 구성된 독립 형태의 글을 말한다. 이 단원의 1~5장에서 다루고 있는 모든 단락은 한결같이 독립단락의 글을 의미한다. 독립단락은 하나의 주제를 가지고 완성한 내용을 담아 전달하는 가장 기본적인 글의 구조라고 할 수 있다.

연결단락

연결단락은 한 편의 논문이나 책에서 글의 구성요소를 이루고 있는 '문단'을 의미한다.

연결단락은 글 속에서 유기적으로 이어져 주제에 기여하는 역할을 한다. 그러므로 글의 주제가 아니라 전체 글의 구성요소로 연결돼 있는 점이 독립단락과 다르다. 연결단락에 대한 구체적인 내용은 이 단원의 제6장 '복합단락'에서 상세하게 다루기로 한다.

좋은 단락이란

훌륭한 내용을 담고 있는 글을 좋은 단락이라고 말하는 데는 이견이 있을 수 없다. 하지만 제아무리 훌륭한 내용을 담고 있어도 전달력이 부족하다면 좋은 글이라고 할 수 없을 것이다. 특히, 상호의사소통을 전제로 한 글쓰기의 차원에서는 내용이 상대에게 어떻게 효과적으로 전달되느냐 하는 것이 좋은 단락의 관건이 된다. 따라서 글의 내용이나 의미의 측면만 고려한다면 좋은 글이 될 수 없다. 좋은 단락이란 훌륭한 내용을 효과적으로 전달할 수 있어야 하므로 글을 구성하는 방법과 구조 또한 중요하다. 이를 밥상에 비유해 보자. 좋은 음식이란 좋은 재료로 정성껏 만든 것을 말한다. 하지만 좋은 음식을 장만했다고 해도 담아낼 적절한 그릇이 없다면 훌륭한 밥상을 차려내지 못한다. 훌륭한 밥상은 좋은 음식과 이를 담아낼 마땅한 그릇이 있어야 가능하듯 글도 마찬가지다. '구슬이 서 말이라도 꿰어야 보배다' 라는 속담처럼 좋은 단락이란 훌륭한 내용을 효과적으로 전달할 수 있도록 일정한 구성원리에 따라 논리적으로 작성한 글을 말한다.

UNIT 단락의 구성원리

단락은 글의 중심문장인 '화제문'과 이를 논리적으로 조리 있게 지원하는 '뒷받침문장', 그리고 글을 마무리하는 '맺음문장'의 3가지 구성요소로 이루어진다. 단락을 작성하는 데는 적절한 '구성원리'가 작동된다. 구성원리란 글의 내용을 효과적으로 전달하기 위해 '통일성'과 '일관성'을 유지하면서 글의 '맥락'과 '흐름'이 유기적으로 이어지도록 문장을 배치하고 전개하는 방법을 말한다. 구성원리를 이해한다면 누구나 좋은 단락을 쓸 수가 있다. 따라서 〈

단원1)의 전과정에서 논의되는 중심내용은 바로 독립단락의 구성 원리를 학습하는 데 있다고 할 수 있다.

통일성_{UNITY} 이란?

단락을 구성하고 있는 내용은 반드시 화제문의 '중심내용'과 밀접한 관련이 있어야 한다. 화제문을 뒷받침하는 문장들이 중심내용과 서로 긴밀하게 연결돼 있는 단락을 '통일성'이 있다고 말한다. 모든 글은 '통일성'이 유지되지 않으면 난삽해진다.

EXERCISE ✐

제이 개츠비는 스콧 피츠제럴드의 작품 '위대한 개츠비'에 등장하는 인물 중에서 내가 가장 좋아하는 주인공이다. (A) <u>이 작품은 미국인의 고전 소설이다.</u> 내가 제이 개츠비에 관해 가장 높이 평가하는 특징 중 하나는 그의 친구들과 이웃에 대한 관용과 의리였다. 이를테면, 그는 정말 호화스러운 파티를 제공했지만 결코 비용을 생각한 적이 없다. 그가 알고 있는 사람이라면 누구든 파티에 초청을 했다. 그리고 그들의 사회적 지위나 명성과 상관없이 그들을 사랑했다. (B) <u>그의 저택은 롱아일랜드 바닷가에 위치해 있다.</u> 실제로 그는 생활고와 싸우는 한 젊은 청년을 도우면서 그가 더 많은 돈을 벌 수 있도록 많은 지원을 아끼지 않았다. (C) <u>이 작품은 1920년대의 생활상을 밝히고 있기 때문에 많은 대학의 학과 과정에서 읽도록 요구되고 있다.</u> 이 젊은 청년은 개츠비에게 계속해서 충성을 했다. 그러나 다른 사람들은 개츠비의 좋은 성품을 이용만 했다.

▷해설

예문단락의 밑줄친 (A), (B), (C)의 세 문장은 화제문의 중심내용인 '필자가 제이 개츠비를 좋아하는 이유'와는 전혀 관련이 없는 것들이다. 따라서 이들 내용은 단락의 통일성을 해치게 된다.

일관성COHERENCE이란?

단락 안에서 화제문을 뒷받침하는 문장들은 지시어, 연결어, 접속어 등의 언어적 장치에 의해 서로 밀접하게 이어진다. 언어적 장치에 따라 화제문을 뒷받침하는 문장과 문장들이 서로 논리적으로 명확하게 연결된 글을 '일관성'이 있다고 말한다.

EXERCISE 🖉

제이 개츠비는 스콧 피츠제럴드의 작품 '위대한 개츠비'에 등장하는 인물 중에서 내가 가장 좋아하는 주인공이다. 내가 제이 개츠비에 관해 가장 높이 평가하는 특징 중 하나는 그의 친구들과 이웃에 대한 관용과 의리였다. **(a) 이를테면/**(하지만), **(b) 그는/**(그들은) 정말 호화스러운 파티를 제공했지만 결코 비용을 생각한 적이 없다. 그가 알고 있는 사람이라면 누구든 파티에 초청을 했다. **(c) 그리고/**(그러나) 그들의 사회적 지위나 명성과 상관없이 그들을 사랑했다. (d) **실제로**/(반면에) 그는 생활고와 싸우는 한 젊은 청년을 도우면서 그가 더 많은 돈을 벌 수 있도록 많은 지원을 아끼지 않았다. 이 젊은 청년은 개츠비에게 계속해서 충성을 했다. (e) **그러나**/(그리고) 다른 사람들은 개츠비의 좋은 성품을 이용만 했다.

▷**해설**

단락의 (a) **이를테면**, (b) **그는**, (c) **그리고**, (d) **실제로**, (e) **그러나** 등의 표현은 앞뒤 문장을 논리적으로 이어주거나 예증 또는 인과관계를 나타내는데 적절한 연결어, 지시어, 접속어 역할을 하고 있다. 그러나 만약 (a), (b), (c), (d), (e) 뒤의 괄호 속 말들을 사용할 경우 단락의 일관성을 해치게 된다.

| 제2장 단락의 구성요소 |

모든 글의 구조는 일반적으로 서론-본론-결론이라는 3가지 구성요소로 이루어진다. 이 장에서 다루고 있는 단락의 구조도 마찬가지다. 하지만 이 책에서는 단락을 '화제문'-'뒷받침문장'-'맺음문장'의 3가지 구성요소로 세분화함으로써 단락의 글과 구조를 좀 더 쉽게 이해할 수 있도록 하였다.

이러한 구조로 단락을 이해하면 무엇보다 수능영어의 독해부문을 이해하는데 많은 도움이 된다. 우리나라 대입 수능영어의 독해 문장은 모두 단락을 중심으로 출제가 되는데, 한결같이 우리 나라에서 영어 단락을 작성한 것이 아니라 대부분 영어식의 글을 그대로 차용하여 출제하고 있다. 따라서 모든 영어 독해 문제를 이해하는 데 있어 단락의 구조 이해는 필수적이다.

단락이나 논술의 구조를 가르칠 때 여전히 두괄식, 중괄식, 미괄식, 양괄식 등의 용어를 사용하는 사람들이 있다면 아직 일제의 잔재를 버리지 못하고 있는 것이다. 이는 글쓰기에도 일제의 잔재가 남아 상존하고 있는 한 가지 사례라고 할 수 있다.

화제문이란

글의 '중심내용'을 담고 있는 단락의 중심문장을 말한다. 그리고 중심내용이란 필자가 전달하고자 하는 글의 목적이나 주장을 의미한다. 그러므로 좋은 화제문은 '무엇을(what), 어떻게(how), 왜(why)'라는 궁금증을 가지게 한다. 화제문의 중심내용은 구체적이거나 개괄적일 수도 있고 함축적이거나 추상적일 수도 있다. 이러한 화제문을 논리적으로 조리있게 확장한 글이 단락이다. 거꾸로 말하면 '단락의 내용을 적절하게 잘 요약한 중심내용을 담고 있는 문장'을 화제문이라 할 수있다.

  화제문은 단락의 첫 문장으로 배치되며, '화제어', '핵심어', 그리고 '중심내용'으로 구성된다. 화제문은 또 크게 주어부와 술어부로 나뉜다. 주어부는 대개 주제 또는 대상과 직-간접적인 관계를 가진 화제어가 중심이 된다. 술어부는 주어부를 적절하게 조절하거나 한정하는 역할을 하는 '중심내용'으로 이루어진다. 또한 핵심어는 종종 중심내용에 포함되지만 가끔 화제어가 되기도 한다.

화제문 구성요소

  (A) 화제어(TOPIC WORD) : 화제문의 주제나 (중심)대상이 되는 '무엇'에 해당하는 말로, 글의 재료를 말한다. 따라서 화제어를 다른 말로 이야깃거리라고도 말한다.

(B) 핵심어(KEY WORD) : 화제어의 속성을 포괄하여 핵심내용을 담고 있는 단어를 의미한다. 따라서 핵심어는 글의 포괄적인 개념을 담고 있는 중심단어를 말한다.

(C) 중심내용(MAIN IDEA) : 단락의 '화제문'이나 복합단락 또는 논술의 '주제문'에서 글의 목적이나 주장을 아우르는 중심개념으로 주어부를 적절하게 조절한다.

 **EXERCISE**

<u>뉴욕 YMCA는</u> <u>지역민의 사회복지를 위한 봉사기관이다.</u>
　　주어부(화제어)　　　　　　　　　　술어부(중심내용)

(A) 주어부 : '뉴욕 YMCA'는 화제어로서 주제 또는 중심 대상이 된다.

(B) 술어부 : '지역민의 사회복지를 위한 봉사기관이다'라는 중심내용을 담고 있다.

(A) <u>뉴욕 YMCA는</u> 지역민의 사회복지를 위한 봉사기관이다.
(B) YMCA는 건강한 정신과 육체를 함양하기 위한 다양한 프로그램을 통해 지역민의 긍정적 가치를 증진시키는 데 기여하고 있다. YMCA는 뉴욕시의 모든 사람들을 환영하며, 특별히 건강과 젊음을 유지하는 데 초점을 두고 있다. 이를 위해 어린이들에서부터 노인층에 이르기까지 다양한 건강관리 프로그램을 마련하고 있다. **(C)** YMCA는 모든 어린이들과 그 가족들, 나아가 지역민

전체가 밝고 건강한 삶을 누리는데 기여하기 위해 최선을 다하기 위해 노력하고 있다.

▷**해설**

이 글은 뉴욕 YMCA를 주제로 구성한 단락이다. 밑줄친 첫 문장 (A)가 단락의 중심문장인 화제문이다. 이 화제문의 화제어는 '뉴욕 YMCA', 핵심어는 '봉사기관'이다. 그리고 중심내용은 '지역민의 사회복지를 위한 봉사기관'이다. (B)는 화제문을 뒷받침하는 문장들로 구성되었고, (C)는 단락을 마무리하는 맺음문장이다.

▷**참고**

어떤 글을 이해거나 요약하려고 할 때 대부분 '핵심어'를 찾으라고 말한다. 마치 핵심어가 글을 이해하는 만능열쇠인 것처럼 말이다. 그런데 핵심어는 글의 중심문장인 화제문을 찾는 데 도움이 되는 포괄적 개념을 가진 한 개 단어일 뿐이다. 실제로 모든 글을 이해하는데 있어 가장 중요한 단서는 핵심어가 아니라 '중심내용'이라고 말할 수 있다. 중심내용을 가진 문장이 바로 단락에서는 화제문이 되고, 복합단락이나 논술에서는 주제문이 된다. 중심내용은 화제문의 주어부를 적절하게 조절하는 역할을 한다. 이를테면, '뉴욕 YMCA는 지역민의 사회복지를 위한 봉사기관이다.'라는 화제문에서 중심내용은 '지역민의 사회복지를 위한 봉사기관'이다. 이와 같이 중심내용은 화제문이 지향하는 목적이나 주장을 명확하게 드러낸다. 핵심어인 '봉사기관'만으로는 글의 목적이나 주장을 충분히 이해할 수가 없다. 따라서 단락을 이해하는 주요한 단서가 되는 것은 '핵심어'가 아니라 '중심내용'이다. 요약할 때도 마찬가지로 핵심어만 가지고서는 정확하게 작업할 수가 없다. 화제문의 중심내용을 알아야 요약도 가능하다. 게다가 화제문에서 핵심어 없이 중심내용만 드러나는 경우가 더 많다. 이와 같이 글을 이해하는데 필요한 만능열쇠는 핵심어가 아니라 중심내용이기 때문에 이 책에서는 '핵심어'라는 효현을 자제하고 대신핵심어를 포괄하고 아우르는 '중심내용'으로 표현하기로 한다.

화제문과 일반문장

화제문은 글의 목적이나 주장을 담고 있기 때문에 독자에게 궁금증을 가지게 한다. 반면 일반문장은 단순하고 주관적이거나 너무 포괄적이어서 독자의 관심보다는 통상적인 의미만 전달한다. 따라서 특정 주제를 가지고 단락을 쓰고자 한다면 독자의 관심을 끌 수 있도록 화제문을 작성해야 한다.

주제 1 : 에펠탑

화제문 : 에펠탑은 예술가들의 반대를 무릅쓰고 건립된 관광도시 파리의 상징물이다.

(독자들은 예술가들이 왜 에펠탑 건립을 반대했는지에 대해 궁금하게 여길

수 있다.)

일반문장 : 에펠탑은 철재로 만든 대표적인 건축물이다.

(탑은 대개 석탑, 목탑, 철탑처럼 한가지 재료로 만들어지기 때문에 너무 일반적이다.)

주제 2 : 거짓말

화제문 : 사람들은 여러 가지 이유로 거짓말을 하게 된다.

(사람들이 어떤 이유로 거짓말을 하게 되는 지에 대해 궁금하게 여길 수 있다.)

일반문장 : 거짓말은 해서는 안되는 나쁜 말이다.

(거짓말이 나쁘다는 것은 누구나 아는 일반적 사실이므로 화제문이 될 수 없다.)

주제 3 : 루이비통 가방

화제문 : 루이비통 가방이 비싼 데는 몇 가지 분명한 이유가 있다.

(루이비통 가방이 비싼 이유가 무엇 때문일까에 대한 궁금증을 가질 수 있다.)

일반문장 : 나는 분홍색 루이비통 가방을 좋아한다.

(색깔에 대한 선호는 다양하지만 지나치게 주관적이므로 화제문으로 적합하지 않다.)

화제문 '중심내용'의 특징

화제문의 중심내용은 '구체적 또는 개괄적'으로 표현할 수도 있고, '함축적'이거나 '추상적'으로 표현할 수도 있다.

(1) 구체적 또는 개괄적 표현의 예 : 글의 목적이나 주장을 분명하게 나타내거나, 줄거리나 요점을 간추려서 전체적으로 뭉뚱그려 드러냄으로써 화제문만 읽고도 충분히 내용을 짐작할 수 있다.

(A) 에펠탑은 예술가들의 반대를 무릅쓰고 건립된 관광도시 파리의 상징물이다.

(B) 사람들은 여러 가지 이유로 거짓말을 하게 된다.

▷**해설**

(A)는 에펠탑이 건립될 당시 예술가들의 반대가 심했다는 것을 구체적으로 밝히고 있다. 따라서 이 글은 예술가들이 왜, 어떻게 반대했는가를 뒷받침문장으로 쓸 것이라는 것을 충분히 짐작할 수 있다. **(B)**는 사람들이 거짓말하는 이유가 몇 가지 있다고 개괄하고 있으며 이 화제문도 **(A)**와 마찬가지로 거짓말하는 이유를 밝힐 예정이라는 것을 쉽게 짐작할 수 있다.

(2) 함축적 표현의 예 : 필자가 쓰고자 하는 글의 목적이나 주장을 시어처럼 압축하여 담고 있는 화제문을 말한다. 따라서 화제문만 읽고는 중심내용을 대강 짐작만 할 수 있다.

(A) 우리가 꽃을 좋아하는 것은 꽃이 상징하는 몇 가지 특징 때문일 것이다.

(B) 우리의 일상 생활에서 반복만큼 효과적인 신뢰를 주는 것은 쉽게 찾아보기 어렵다.

▷**해설**

화제문 (A)의 중심내용은 '꽃의 상징성'을 함축하고 있다. (B)도 '반복에 대한 효과적인 신뢰'에 대한 내용을 함축하고 있다. 따라서 (A)와 (B)는 중심내용만으로는 글의 내용을 구체적으로 이해하기가 어렵다.

(3) **추상적 표현의 예** : 필자가 쓰고자 하는 화제문의 중심내용이 일정한 형태나 성질을 갖추고 있지 않아 직-간접적인 경험으로 지각하여 알 수 있는 경우를 말한다.

(A) 고독의 의미는 부정적 측면보다 긍정적인 면이 크다고 할 수 있다.

(B) 논쟁은 논쟁으로서의 몇 가지 특징을 가지고 있다.

▷**해설**

화제문 (A)의 중심내용은 '고독의 양가적 측면'을 기술하고 있다. (B)의 중심내용은 '논쟁의 특징'에 대한 것을 담고 있다. 따라서 (A)와 (B)의 중심내용이 추상적이기 때문에 화제문만으로는 단락의 내용을 구체적으로 이해하기가 어렵다.

뒷받침문장이란

뒷받침문장이란 단락의 본론 부분을 구성하고 있는 문장들을 말한다. 화제문의 상황이나 이유 따위를 차례를 좇아 기술하거나 논리적으로 입증하는 역할을 한다. 따라서 뒷받침문장은 화제문의 중심내용과 한결같이 통일성과 일관성을 유지해야 한다.

주제 : 거짓말

화제문 : <u>사람들은 여러 가지 이유로 거짓말을 하게 된다.</u> 〈개괄적〉

(A) 사람들은 여러 가지 이유로 거짓말을 하게 된다. <u>(a) 때때로 자신들의 실수를 최소화하기 위해 거짓말을 한다. 우리 모두가 가끔 실수를 한다는 것은 사실이라고 하더라도 잘못으로 인해 비난을 받을 수 있기 때문에 실수를 자백하지 못하고 거짓말을 한다는 것이다.</u> <u>(b) 사람들이 거짓말을 하는 또 다른 이유는 자신들이 어떤 모임에 참여하고 싶지 않은 상황에서 빠져 나오기 위해서라는 것이다. 이를테면, 토요일 아침 일찍 기숙사 미팅에 나가고 싶지 않으면 나는 '일주일 내내 감기를 앓고 있고, 다른 사람에게 혹시나 전파할까봐 토요일 아침 미팅에 참석을 할 수 없다'고 변명할 수 있다는 것이다.</u> (c) 또 다른 이유는 타인의 감정을 해치고 싶

않을 때 선의의 거짓말을 하게 되는데, 이 경우에는 부정적인 면보다 긍정적인 결과를 가져 올 수도 있다. 예를 들면, 친구가 호감이 가지 않게 머리를 깎고 나타났을 때, '너의 머리는 정말 엉망이야, 너에게 전혀 어울리지 않아'라고 진실을 말할 수도 있다. 하지만 사람들은 '나는 너의 머리를 좋아한다. 그것은 너에게 참 잘 어울려'라고 거짓말을 하면서 친구의 감정을 건드리지 않으려고 한다. 그리고 종종 의사들이 환자에게서 심각한 병을 발견했을 때도 마찬가지로 '큰 병이 아니다'라고 선의의 거짓말을 하게 된다. (B) 사람들은 이처럼 다양한 이유로 거짓말을 하게 되지만 거짓말은 종종 우리를 난처하게 하거나 신뢰를 떨어뜨릴 수 있으므로 거짓말을 할 때는 신중하게 생각을 해야 한다.

▷해설

이 단락은 밑줄친 뒷받침문장인 (a), (b), (c)를 통해 화제문의 중심내용인 '것짓말을 하게 되는 이유'에 대한 근거를 밝히고 있다. 그리고 뒷받침문장은 화제문의 중심내용에 대해서만 언급을 하고 있다. 화제문 (A)는 중심내용을 개괄적으로 밝히고 있다. 맺음문장 (B)는 화제문을 재진술하면서 이를 근거로 제언을 덧붙이고 있다. 맺음문장은 단락의 내용을 요약, 정리하거나 주요 근거를 재확인하는 마무리 문장이다. 따라서 단락의 맺음문장은 대개 화제문을 구체적으로 재진술함으로써 글의 분명한 요지를 드러내면서 글의 수미상관을 유도하는 역할을 한다.

맺음문장이란

맺음문장 쓰는 방법

(a) **화제문 재진술** : 화제문을 구체적으로 재진술하여 글의 요지를 드러낸다. 그럼으로써 단락의 수미상관을 유도하고 글을 마무리하는 역할을 한다.

(b) **긍정적 예견** : 간혹 화제문의 중심내용을 바탕으로 긍정적인 미래를 예견하거나 새로운 제언을 덧붙일 수도 있다. 이 경우는 맺음문장이 두 문장으로 구성될 수 있다.

화제문과 맺음문장

EXERCISE

화제문1 : 사람들은 여러 가지 이유로 거짓말을 하게 된다. 〈개괄적〉

맺음문장 : 사람들은 이처럼 다양한 이유로 거짓말을 하지만 거짓말은 종종 우리를 난처하게 하거나 신뢰를 떨어뜨릴 수 있으므로 거짓말을 할 때는 신중하게 생각을 해야 한다. 〈구체적〉

화제문2 : 우리가 꽃을 좋아하는 것은 꽃이 상징하고 있는 몇 가지 의미 때문이라고 말할 수 있을 것이다. 〈함축적〉

맺음문장 : 이러한 꽃이야 말로 아름다운 향기로 만인을 유혹하는 요염한 미의 표상이 되어 사랑을 받게 되는 것이다. 〈구체적〉

화제문3 : 고독의 의미를 새겨보면 부정적인 측면보다 긍정적인 측면이 더 크다고 할 수 있다. 〈추상적〉

맺음문장 : 고독을 받아들일 때 자신의 존재를 이해할 수 있고, 다른 사람과의 의미있는 관계를 형성할 수 있을 뿐만 아니라 인생의 긍정적인 변화도 모색할 수 있다는 것이다. 〈구체적〉

▷**해설**

단락의 화제문과 맺음문장을 직접 비교함으로써, 맺음문장을 어떻게 쓰는가를 이해할 수 있다. 〈화제문1〉은 내용이 개괄적이고, 〈화제문2〉는 함축적이다. 그리고 〈화제문3〉은 추상적임을 알 수 있다. 그러나 모든 맺음문장(결론)은 한결같이 화제문을 구체적으로 재진술하면서 글의 요지를 드러내고 있다.

특히, 화제문이 추상적일 경우에는 글의 내용이 일정한 형태나 성질을 갖추고 있다. 따라서 우리가 경험이나 지각으로만 알 수 있을 뿐, 어떤 실체가 보이지는 않기 때문에 화제문을 읽고 글의 내용을 구체적으로 이해하기는 어렵다는 것을 알 수 있다.

그러므로 추상적인 화제문을 가지고 단락을 쓸 때는 경험적으로 알고 있는 내용으로 구체화하거나 사실화해야 한다. 그리고 종종 전문가나 유명인들의 말을 인용하여 설득력을 확보하여 글을 쓴다면 추상적인 내용의 글을 쓰는데 도움이 된다.

화제문과 단락

EXERCISE

주제 : 에펠탑

화제문 : <u>에펠탑은 예술가들의 반대를 무릅쓰고 건립된 관광도시 파리의 상징물이다.</u>〈구체적〉

(a) <u>에펠탑은 예술가들의 반대를 무릅쓰고 건립된 관광도시 파리의 상징물이다.</u> (b) 에펠탑은 1889년 프랑스 혁명 100주년 기념 세계만국박람회를 위하여 세워진 뒤 파리를 상징하는 조형물이 되었다. 에펠탑은 세워진 장소가 프랑스 혁명 당시 민중의 집회장소였다는 점에서 역사적 상징성이 있다. 그리고 19세기말 무한한 진보를 약속하는 과학기술의 상징이기도 하다. 그런데도 에펠탑 건립 계획이 발표됐을 때, '여자의 일생'을 쓴 모파상, '아베 마리아'의 작곡가 구노 등 당대 프랑스 유명 예술가들이 앞장서서 건립을 반대했다. 이들은 '에펠탑이 전통적 미의 기준을 벗어나고 구체적인 용도가 없다'며 '공업의 문화재 파괴로부터 예술을 지키자'고 주장하면서 조직적으로 반대했다. 구스타브 에펠은 탑 건립을 반대하는 이들의 주장을 무마하고 국민을 설득하기 위해 '에펠탑이 있음으로써 우리는 300m 높이의 깃대에 국기를 휘날릴 수 있는 유일한 국가가 될 것'이라는 유명한 말을 남기기도 했다. 이런 곡절로 인해 에펠탑이 국민으로부터 파리를 상징하는 건축물로 평가를 받게 된 것은 반세기가 더 지난 1955년이었다. 서구 근

대 건축의 아버지라는 르 코르뷔지에가 '직감과 과학과 신념의 열매이자 용기와 인내의 땀이며, 국제 도시 파리라는 부식토의 열매인 에펠탑은 1889년 마치 깃발처럼 세워졌다. 나는 에펠이 크고 높은 정신과 부드럽고 능숙한 계산능력을 가진 사람임을 확신한다'고 평가한 뒤에 프랑스 국민의 인정을 받았다고 한다. (c) <u>에펠탑은 이런 반대를 이겨내고 자유와 파리를 상징하는 기념물이 되면서 해마다 수백만 명의 관광객을 끌어들여 엄청난 부가가치를 창출하고 있다.</u>

▷**해설**

이 글은 화제문 (a), 뒷받침문장 (b), 맺음문장 (c)의 3가지 구성요소로 이루어졌다. 화제문 (a)의 중심내용은 '에펠탑이 예술가들의 반대를 무릅쓰고 건립된 파리의 상징물'이라는 역사적 사실을 구체적으로 밝히고 있다. 따라서 독자들로 하여금 '누가, 왜, 또는 어떻게 반대했으며, 에펠은 이를 어떻게 극복했는가?'를 궁금하게 여기도록 문장이 구성되었고 적절한 뒷받침문장들을 통해 의문을 해소시켜 주었다.

뒷받침문장 (b)는 화제문의 중심내용과 통일성 및 일관성을 잘 유지하면서 글이 전개되고 있다. 그리고 맺음문장 (c)는 화제문을 더욱 구체적으로 재진술하면서 글의 요지를 잘 드러내고 있다.

| 제3장 브레인스토밍 |

브레인스토밍이란

글감 마련하기

글쓰기 과제를 수행하기 위해 글감을 준비하는 데는 '브레인스토밍'이 효과적이다. 브레인스토밍이란 본래는 창조적인 능력개발을 위한 전문용어로 사용되었다. 어떠한 문제에 대한 해결책을 마련할 때 여러 사람의 아이디어를 모아 구체안을 정리한 후, 이를 바탕으로 더 나은 최종안을 만드는 방법으로 활용되었다. 이 때 브레인스토밍이란 두뇌의 아이디어를 폭풍처럼 쏟아내는 것을 의미한다.

글쓰기에서 이러한 브레인스토밍은 특정한 문제의식을 가지고 다양한 시각과 분석적 관점을 적용하여 글쓰기 재료(글감)를 준비하는 사고의 집중적인 연상과정으로 활용되고 있다. 따라서 브레인스토밍이란 글쓰기 과제를 수행할 때 반드시 필요한 '글감'을 마련하는 중요한 작업이라고 할 수 있다.

글감의 중요성

특정 주제를 가지고 글을 쓰려면 누구든 당황하게 된다. 말은 다소 비논리적이어도 부연설명으로 이끌어 나갈 수 있다. 하지만 글은 다르다. 한 번 정리된 글은 전달된 뒤에는 바로잡기가 어려우므로 처음부터 논리적으로 조리있게 써야 한다. 또한 좋은 글은 풍부한 '글감'에서 나오기 때문에 브레인스토밍으로 많은 아이디어를 장만하는 것이 매우 중요하다.

　음식을 만들 때 식재료가 풍부해야 맛있는 음식을 만들 수 있듯이 좋은 글을 쓰기 위해서는 글감이 풍부해야 한다. 풍부한 글감은 무엇보다 핵심어나 중심내용을 구상하는 데 도움이 된다. 글을 쓰면서 아이디어가 고갈되면 글감으로 또 다른 아이디어를 연상할 수 있다. 비슷한 내용의 아이디어를 그룹별로 정리해 놓으면 글을 쓸 때 중복을 피하는 데도 도움이 된다. 이처럼 브레인스토밍으로 준비된 글감은 어느 것 하나 버릴게 없을 만큼 중요하다.

브레인스토밍하는 방법

　1) 브레인스토밍을 하기 전에 반드시 주제의 요지를 정확하게 파악해야 한다.

　2) 브레인스토밍이 막히면 주제와 관련된 이미지, 명언, 어록, 뉴스 등을 떠올린다.

　3) 브레인스토밍으로 떠오른 아이디어(글감)는 한 두 단어로 빠

르게 기록한다.

주제 브레인스토밍과 화제문 작성

주제1 :꽃

아름다움/ 행복/ 기쁨/ 화려함/ 상징/ 미의 표상/ 꽃의 의미 등

향기/ 그리움/ 그윽함/ 한란의 향기/ 감동/ 격조/ 품격/ 취함 등

유혹/ 벌/ 나비/ 봄바람/ 연인/ 사랑/ 즐거움/ 마음의 문/ 섹스 등

화제문 작성 : 우리가 꽃을 좋아하는 것은 꽃이 상징하고 있는

몇 가지 의미 때문이라고 말할 수 있다. 〈함축적〉

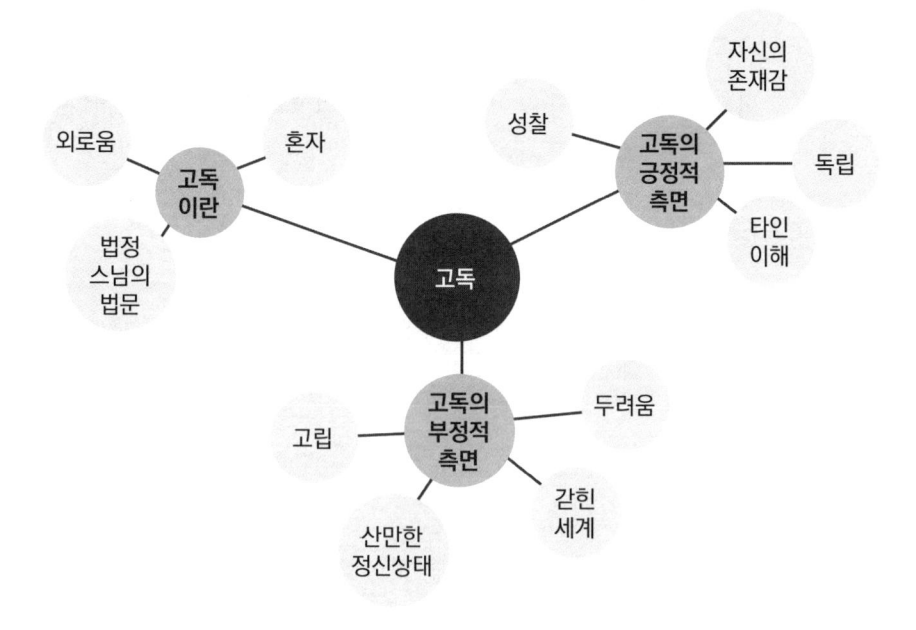

주제 2 : 반복의 효과

반복/ 주장/ 믿음/ 신뢰/ 강조/ 반복을 통한 강조/ 효과 증진 등

광고/ 광고주/ 활용/ 상품/ 상표/ 이용/ 세뇌/ 인식 등

심리/ 심리적 이용/ 대통령 후보/ 추천/ 되풀이 등

화제문 작성 : 우리의 일상 생활에서 반복만큼 효과적인 신뢰를 주는 것은 쉽게 찾아 보기 어려울 것이다. 〈함축적〉

주제 3 : 고독의 긍정적 측면

고독/ 혼자/ 외로움/ 윌리엄 맥나마라/ 법정스님/ 달라이 라마 등

부정적/ 고립/ 두려움/ 산만한 정신상태/ 갇힌 세상/ 나만의 세계 등

긍정적/ 자신의 존재감/ 이해/ 타인/ 진정한 관계형성/ 변화 모색 등

화제문 작성 : 고독의 의미를 찬찬히 새겨보면 부정적인 측면보다 긍정적인 측면이 더 크다고 할 수 있다. 〈추상적〉

| 제4장 단락의 전개 |

단락의 전개란

단락의 전개는 첫 문장인 화제문을 논리적으로 뒷받해 나가는 것을 말한다. 이를테면, 화제문으로 'A는 B이다'라는 명제가 주어진다면 이어지는 문장은 이 명제를 논리적으로 설득력 있게 잘 '설명'되어야 한다. 그리고 이를 조리있게 설명하는 방법으로 '왜(이유)', '그래서~이다(결과)', '예를 들어(예시 또는 예증)', '~하기 때문에 ~하다(인과관계 또는 논증)' 등이 활용된다. 따라서 이러한 설명방법을 통하여 화제문을 논리적으로 뒷받침하는 것이 바로 단락 전개의 핵심이라고 말할 수 있다.

글의 흐름과 맥락

모든 글은 전개되어 나갈 때 앞뒤의 문장이 막연하게 이어지지 않는다. 글의 전개는 반드시 화제문과 한 줄기로 이어져 진행되는 일정한 '흐름'이 있다. 이는 마치 수많은 지류들이 이어져 한 줄기 큰 강을 이루는 것과 흡사하다. 지류의 어느 한 부분이 끊어지면 본류로 나아갈 수 없는 것처럼 글은 모두 한줄기를 이루고 있어야 한다.

그리고 부분적으로는 앞의 문장과 뒤의 문장이 서로 긴밀하게 연관되는 상호 '맥락'이 닿아 있어야 한다. 이는 마치 우리 인체의 핏줄이 서로 밀접하게 이어져 있는 것과 같은 이치라고 할 수 있다.

그러므로 글을 전개해 나가다가 막연한 생각이 들거나 더 이상 아이디어가 떠오르지 않는다면, 곧바로 글의 주제나 화제문으로 돌아가 처음부터 다시 읽어내려오면서 글의 흐름과 앞뒤 문장의 맥락을 정확히 파악해야 한다. 모든 글은 반드시 전체 글의 흐름과 앞뒤 문장의 맥락이 유기적으로 연관되어 전개되기 때문이다.

UNIT 단락 전개의 해결방안

단락 전개의 어려움

단락 전개란 본격적인 글쓰기 수행 과정이므로, 이를 논리적으로 써 내려간다는 것은 누구에게나 큰 부담으로 작용한다. 논리적인 글이란 올바른 논증을 담고 있어야 하므로 '누가, 언제, 어디서, 무엇을, 어떻게, 왜'라는 육하원칙 하에서 사실관계나 인과관계가 논리적으로 뒷받침돼야 한다. 게다가 배경정보와 관련 지식까지도 갖추어야 하기 때문에 글을 전개하기가 어려운 것이다. 따라서 이런 어려움을 해결하기 위한 방법으로 다음 몇 가지 방안을 활용하면 도움이 된다.

해결방안

(1) 바로 앞 문장의 **'핵심어'**나 **'중심내용'**과 이어질 문장의 맥락을 파악한다..

(2) 본론 단락 화제문의 **'핵심어'**나 **'중심내용'**을 한 번 더 명확하게 파악한다.

(3) 브레인스토밍으로 목록화한 **'글감'**을 보면서 관련 아이디어를 구상한다.

(4) 주제와 관련된 **'명언'**, **'속담'**, **'어록'**을 떠올리거나 관련 **'뉴스'**를 검색한다.

모든 글은 타당한 근거를 바탕으로 서술된다. 이를테면 묘사·정의·비교대조·분석·예시 및 예증·인과관계·논증·유추 또는 비유 등 다양한 설명 방식을 통해 글이 이루어진다. 그러므로 보다 근원적으로 평소에 이런 관계를 면밀히 분석하고 이해하여 지식으로 쌓아 둔다면 글을 전개할 때 느끼는 부담감을 줄일 수 있다.

직설적 설명방법

모든 글의 서술 방법은 크게 '직설적인 설명'과 '비유적인 설명'의 두 가지로 분류할 수 있다. 이 두 가지 설명 방법을 이해하면 단락을 전개하는 데 도움이 된다. 따라서 '모든 글쓰기는 '설명'의 방법으로 전개된다'고 말할 수 있다. 아직도 '설명문'이 따로 존재하는 것처럼 가르치고 있다면 이것도 바로 잡아야 할 일제의 잔재 가운데 하나다. 모든 글은 어떤 형태이든 설명이 아닌 것이 없기 때문이다.

묘사방법DESCRIPTION

어떤 대상이나 현상을 보고 있는 그대로 설명하는 '사실묘사'와 자신의 내면에서 일어나는 느낌이나 생각을 통해 서정적 혹은 서사적으로 서술하는 '반응묘사'가 있다.

(a) **사실묘사** : 대상이나 현상을 보고 있는 그대로 단순하게 서술하는 것을 말한다.

-**동작묘사** : 저 멀리서 깔때기 모양의 검은 구름이 지상으로 내려오더니 순식간에 우리가 살고 있는 마을을 덮쳤다.

-**현상묘사** : 그 한옥의 대청마루에는 조선백자 달항아리 한 점이 받침대 위에 놓여 있다.

(b) **반응묘사** : 대상이나 현상을 보고 받은 느낌을 서정적 방법

으로 설명하거나 또는 그 대상이 갖는 상황이나 사건을 연속적인 서사적 방법으로 서술하는 것을 말한다. 이러한 반응묘사는 주로 문학작품 등에서 잘 드러난다.

　-서정묘사 : 나는 그 달항아리 조선백자를 보는 순간 창공에 두둥실 떠 있는 한가위 보름달을 보는 것 같았다.

　-서사묘사 : 문학에서 어떤 사건이나 상황을 과정의 연쇄적 흐름에 따라 있는 그대로 서술하는 표현 방법으로, 예문은 62페이지의 '주제 4 : 공항에서의 좌절'을 참고한다. 이는 한 순간을 포착하여 설명하는 현상묘사와는 다르다.

정의DEFINITION

어떤 대상의 범위를 규정하거나 특정 개념을 명제 형식으로 진술하는 설명 방법이다. 정의를 통해 대상이 지닌 본질적인 속성을 해명할 수 있다.

분석ANALYSIS

구성 요소들이 유기적으로 결합하여 전체를 이루고 있는 어떤 대상을 그 구성요소나 부분들로 나누어 설명하는 표현 방법을 말한다.

비교COMPARISION

둘 이상의 대상을 견주어 그 공통되는 성질이나 유사점을 중심으로 설명하는 표현 방법을 말한다.

대조CONTRAST

둘 이상의 어떤 대상의 특성 중 서로 상반되는 성질이나 차이점을 들어 설명하는 표현 방법을 말한다.

예증 또는 예시EXEMPLIFICATION

자신의 견해나 주장을 논리적으로 설명하려고 할 때, 그것이 옳다는 것을 예를 들어 보이거나 증명하는 방법이다.

논증PROOF

정확하게 정의되지 않거나 아직 명백하지 않은 사실에 대해 그 진실 여부를 논리적으로 증명하는 방법을 말한다. 논리적인 글쓰기에서는 올바른 논증이 뒷받침돼야 한다.

인과 CAUSE AND EFFECT

앞의 문장에 드러난 어떤 행위와 그 후에 발생한 사실 사이에 원인과 결과의 관계가 어떠한가를 밝히는 것을 말한다.

(a) **원인(cause)** : 어떤 사물이나 상태보다 앞서 일어나 그것을 발생시키거나 변화시키는 일을 말한다. 어떤 일이 일어나게 된 까닭이나 근거, 혹은 사건을 설명하는 방법을 말한다.

(b) **결과(effect)** : 어떤 원인으로 말미암아 이루어진 사건이나 일의 정황 또는 상태를 설명하는 방법을 말한다.

-**인과관계** : 그녀는 누구를 만나든 환한 미소를 짓는 평온한 모습과 고운 말을 사용하는 반듯함 때문에 많은 사람들의 사랑을 받고 있다.

유추 ANALOGY

어떤 대상의 특징을 그와 유사한 다른 대상에도 적용시키는 '유비 추리'의 방법을 활용한 글의 전개방식이다. 이를 원용하여 어떤 대상의 특징을 제시한 후 그것과 일부의 속성이 일치하는 다른 대상도 그런 특징을 가질 것이라고 정리해 나가는 설명 방법이다.

(a) 오렌지는 시다. 그래서 오렌지와 비슷하게 생긴 귤도 신맛이 날 것이다.

(b) 쟤는 아버지를 닮아서 키가 큰 것을 보니 머리도 그를 닮아 영리할 것이다.

무엇을 설명하고자 할 때 그것을 직설적으로 표현하지 않고, 그와 비슷한 다른 것에 빗대어 표현하는 설명 방법을 말한다.

비유적 설명방법

직유SIMILE

비슷한 성질이나 모양을 가진 두 사물을 '~같이, ~같은, ~처럼, ~양' 등의 말로 연결하여 직접 비유하는 수사법을 말한다.

(a) 예쁜 그 안내원은 마치 내 딸과 같이 상냥하고 다정다감하였다.

(b) 바람부는 늦가을 아스팔트 길에는 은행잎이 나비처럼 퍼덕거리고 있다.

은유METAPHOR

행동, 개념, 물체 등을 그와 유사한 성질을 지닌 다른 말로 대체하는 방법으로 대상을 간접적 또는 암시적으로 나타낼 수 있기 때문에 강렬한 인상을 전달할 수 있다.

(a) 인생은 마라톤이다.

(b) 내 마음은 어느새 하늘을 나는 한마리 새가 되었다.

의인PERSONIFICATION

사물을 사람처럼 나타내는 표현법이고 인격성이 부여된다. 이에 비해 활유법은 무생물을 생물로 나타내는 표현기법이다.

　(a) 가뭄이 심하니 대지가 갈증으로 아우성이다. 〈의인법〉

　(b) 청산이 날갯짓한다. 〈활유법〉

풍유ALLEGORY

비꼬아 말하고자 하는 '원관념'을 속뜻으로 숨겨 '보조관념'만으로 원관념을 간접적으로 드러내는 표현 방법이다. 속담, 격언, 우화, 정치풍자, 풍자소설 등에 많이 쓰이며, 보조관념이 흥미있고 재치가 있어야 한다.

　(a) 숭어가 뛰니까, 망둥이도 뛴다더니. 〈속담: 제 처지는 생각하지도 않고, 저보다 나은 사람을 모방하려는 사람을 비꼬는 말.〉

　(b) 나는 새머리 당수 대통령직을 사퇴합니다. 방금 내가 뭐라고 했죠? 〈풍자: 자기가 한 말을 금방 까먹는 새머리의 멍청함을 풍자한 말.〉

　이밖에 대유(환유-제유), 중의법 등이 있으나 자주 쓰이지 않으므로 생략하기로 한다.

주요 감성어

〈2015년 뉴욕타임스가 선정한 20개씩의 긍정적·부정적인 감성

어이다. 이들 단어를 기본적으로 상기해 둔다면 브레인스토밍을 하는데 도움이 될 수 있다.〉

(a) 긍정적 감성어

사랑/ 행복/ 희망/ 존중/ 감사/ 미소/ 만족/ 화해/ 기쁨/ 봉사/ 헌신/ 인정/ 섬김/ 신뢰/ 우정/ 양보/ 이해/ 인사/ 인내/ 은혜

(b) 부정적 감성어

불만/ 갈등/ 분노/ 짜증/ 미움/ 증오/ 고통/ 모멸감/ 불안감/ 불행/ 좌절/ 낙심/ 초조/ 최악/ 상처/ 폐해/ 비난/ 불신/ 교만/ 저주

UNIT

완성단락의 예문과 해설

EXERCISE

주제1 : 꽃

(a) 우리가 꽃을 좋아하는 것은 꽃이 상징하고 있는 몇가지 의미 때문이라고 말할 수 있다. (b) 무엇보다 이 세상에 피어 있는 꽃은 어느 것 하나 아름답지 않은 것이 없다. 들판에 핀 이름없는 야생화는 물론, 심지어 우리가 만든 조화의 아름다움에도 눈길이 간다. 그런 아름다움을 발견하면 마음에 기쁨이 일고, 이 기쁨은 곧 행복의 원천이 된다. 그래서 누구나 꽃을 사랑하는데 인색하지가 않다. 또한 대부분의 꽃은 그윽한 향기를 지니고 있다. 주변에

살아 있는 생명체를 찾아보기 어려운 한겨울철에 꽃과 향을 피워내는 한란(寒蘭)이 격조있는 꽃망울을 터뜨릴 때 그 환희와 감동은 이루 말로 설명하기 어렵다. 게다가 춘설을 뒤집어 쓰고 피어나는 설중매는 또한 어떠한가. 한기에도 향기를 팔지 않는다 하여 지조높은 선비들의 사랑을 받지 않았는가. 아름다움과 향기를 상징하는 꽃의 매력은 또한 유혹에 있다고 할 수 있다. 봄철이면 벌나비가 꽃의 유혹을 이겨내지 못하고, 여인들도 남성들이 선물하는 한 다발의 꽃에 종종 쉽게 굴복당하고 만다. 봄바람이 불고 산야에 꽃들이 화려한 자태를 뽐낼 때 사람들은 행복의 휘파람을 불며 겨우내 닫았던 마음의 문을 쉽게 연다. 그리하여 어떤 시인은 꽃을 유혹의 차원을 넘어 섹스의 의미로까지 표현하기도 한다. (c) 이러한 꽃이야말로 아름다운 향기로 만인을 유혹하는 요염한 미의 표상이 되어 사랑을 받게 되는 것이다.

▷**해설**

화제문 (a)는 꽃의 의미를 상징하는 중심내용을 〈함축적〉으로 표현한다. 뒷받침문장 (b)는 꽃의 상징성을 아름다움, 향기, 유혹의 3가지 의미로 나눠 화제문을 지원한다. 맺음문장 (c)는 화제문의 함축적 내용을 구체적으로 재진술하면서 요지를 드러낸다.

주제 2 : 반복의 효과

(a) 우리의 일상 생활에서 반복만큼 효과적인 신뢰를 주는 것은 쉽게 찾아 보기 어려울 것이다. (b) 어떤 주장이 반복적으로 되풀이 되는 것을 우리가 들었다는 사실만으로 그것이 바로 믿음으로 연결되지는 않는다. 하지만 반복은 어떤 주장이 옳지 않을 때 조차도 우리로 하여금 그 주장이 옳은 것으로 받아들이도록 유도할 수 있다. 이는 우리가 그 주장에 대한 친숙함을 그 주장의 정확성과 혼동할 수가 있기 때문이다. 만약 어떤 공공 조사기관이 '10명의 치과의사 중 9명이 '명품' 치약이 다른 모든 상표보다 낫다고 추천했다.'라고 발표한다면 브랜드 기업은 이러한 원리를 광고에 사정없이 이용한다. 실제로 한 연구에 따르면 어떤 사람이 하나의 의견, '김아무개가 대통령이 되기에 최고의 자격을 갖춘 사람이다.'를 열 번 말하는 것을 듣는 것은 열 사람이 이 의견을 한 번씩 말하는 것을 듣는 것만큼이나 강력하다고 한다. 반복하여 제시되는 의견은 대중에게 널리 받아들여지기 쉽기 때문에 우리를 특정한 생각 속으로 유도할 수 있다는 것이다. (c) 듣는 것은 흔히 믿음을 주는 것인데, 우리가 어떤 진술을 반복해서 들을 때 더욱 그러하다는 것이다.

▷해설

이 단락의 화제문 (a)는 중심내용을 〈함축적〉으로 표현하고 있다. 그리고 뒷받침문장 (b)는 화제문 중심내용인 '반복의 효과'에 대한 근거를 논증하고 있다. 맺음문장 (c)는 함축적인 뜻을 담고 있는 화제문을 구체적으로 재진술하면서 요지를 드러내고 있다.

주제 3 : 고독

(a) <u>고독의 의미를 새겨보면 부정적인 측면보다 긍정적인 측면이 더 크다고 할 수 있다.</u> (b) 어떤 사람들은 흔히 혼자 있을 때 외롭다고 생각한다. 그러나 우리가 혼자라는 사실을 받아들이면 우리는 두려움 때문에 일과 관계에 딸려 가는 것이 아니라 자유로운 선택에 따라 그것들에 전념할 수가 있다. 고독에 관한 글을 쓴 윌리엄 맥나마라(William McNamara) 신부는 고독과 고립을 동일시하는 것은 잘못이라고 지적한다. 그의 관점으로 보았을 때 고독은 고립이 아니다. 오히려 진정한 고독 속으로 들어갈 때 우리는 존재의 중심에 들어가서 다른 사람들과 의미있는 방식으로 소통할 수 있는 능력을 가진다는 것이다. 무소유를 쓴 법정스님도 우리가 홀로 있을 때 진정으로 함께 있는 것이라고 설파한다. 침묵과 고독은 우리 자신을 더 잘 알게 하고, 집중하게 하고, 타인과 의미있는 관계를 형성하기 위한 수단을 제공한다는 것이다. 달라이 라마는 인생에서 긍정적인 변화를 일으키기 위해 우리가 고독을 필요로 한다는 것을 강조하는데, 여기서 그가 의미하는 고독은 단지 조용한 곳에서 혼자 있는 행위가 아니라 산만함이 없는 정신상태를 말한다. (c) <u>따라서 우리가 고독을 받아들일 때 자신의 존재를 이해할 수 있고, 다른 사람들과의 의미있는 관계를 형성할 수 있을 뿐만 아니라 인생의 긍정적인 변화도 모색할 수 있다는 것이다.</u>

▷해설

　고독을 주제로 한 이 단락의 화제문 (a)는 '고독의 긍정적인 측면이 더 강하다'는 중심내용을 추상적으로 표현하고 있다. 뒷받침문장 (b)는 고독의 전문가 또는 고독을 경험한 유명인들의 이야기를 인용하면서 화제문의 중심내용을 적절하게 뒷받침하고 있다. 맺음문장 (c)는 화제문의 중심내용이 추상적인 뜻을 담고 있으므로, 이를 더욱 더 구체적으로 재진술함으로써 단락의 요지를 분명하게 드러내고 있다.

제2부

단락의 유형

단락의 유형이란 글의 내용이나 성격에 따라 분류한 것을 말한다. 단락의 유형은 필자의 견해에 따라 다르게 분류될 수 있다. 이 책에서는 단락을 '묘사단락', '정의단락', '비교대조단락', '논쟁단락', '과정분석단락', '복합단락'의 '6가지 유형'으로 구분한다. 그리고 모든 단락의 유형은 〈제 1부〉에서 배운 단락의 기본 구조와 구성방법이 거의 비슷하다. 따라서 〈제 2부〉에서는 글의 내용과 성격에 따른 단락의 유형을 배움으로써, 어떤 글이든 유형에 따라 쉽게 쓰는데 도움이 될 수 있도록 구성했다.

| 제1장 묘사단락 |

UNIT **묘사단락에 대한 이해**

'모든 길은 로마로 통한다'라는 말처럼, '모든 글쓰기는 '설명'의 방법으로 전개된다'라고 말할 수 있다. '묘사단락'이라는 말도 이러한 설명 방법 중 하나인데 이를 '묘사'라는 말로 구체화 한 것이다. '묘사단락'의 하위 유형에는 어떤 대상이나 현상 따위를 있는 그대로 설명하는 방법, 대상이나 현상에 대한 반응을 서정 또는 서사적으로 설명하는 방법의 두 가지가 있다.

'묘사단락'에서 다루어지는 대상이나 현상은 객관적인 정보나 지식일 수도 있고, 필자의 생각이나 느낌일 수도 있으며, 행위나 사건이 될 수도 있다. 이처럼 묘사를 통해 다루어지는 대상이나 현상은 다양하다. 이를 달리 표현하면 '묘사'를 잘 할 수 있다면 모든 글을 잘 쓸 수 있는 기본을 갖추었다고 할 수 있다. 따라서 묘사단락의 글이 가장 다양한 설명 방법으로 활용되고 있고 '묘사단락'이야말로 두루 통용될 수 있는 글쓰기의 한 방법이라고 말할 수 있다.

UNIT 묘사단락 예문과 해설

EXERCISE

주제 1 : 토네이도

묘사단락 : 〈동작묘사 : 구체적〉

(a) 길고 호리호리해 보이는 토네이도가 저 멀리 회오리 구름으로부터 내려앉기 시작했다. (b) 치명적인 깔때기 모양의 구름이 점점 더 지상으로 가까워지면서 먼지와 각종 부스러기들이 공기 중으로 흩어져 날아올랐다. 급기야 성난 파도와도 같은 토네이도는 낡은 지붕들을 덮치고 파괴하더니 순식간에 가정의 집기들이나 가구들까지도 인근 마당과 거리로 흩날려 버렸다. 토네이도가 급습

한 20~30분 동안 격렬하게 불어대던 바람은 마치 야수처럼 포효하면서 주변을 아수라장으로 만들었다. (c) 처음에 가냘퍼 보였던 그 어떤 것이 그처럼 엄청난 파괴를 불러 일으키리라고는 도저히 상상조차 할 수 없었지만 급기야 일은 벌어지고 말았다.

▷**해설**

이 글은 묘사단락 중에서도 '동작'을 위주로 설명한 글이다. '토네이도'라는 강한 바람이 한 마을을 덮치는 자연 현상을 바라보고 생동감 있게 묘사하고 있다. 동작묘사는 주로 농구, 축구, 야구, 골프 등의 스포츠 게임이나 체육대회 등에서 보고 느낀 것을 한 편의 단락으로 표현할 때 유용하게 활용할 수 있다. 그리고 (a), (b), (c)는 단락의 3가지 구성요소로서 각각 화제문, 뒷받침문장, 맺음문장의 역할을 수행하고 있다.

EXERCISE ✎

주제 2 : 3년만의 귀가

묘사단락 : 〈현상묘사 : 개괄적〉

(a) 두 아이들이 취학을 하면서 급하게 고향의 시골집을 떠나 도회지로 나간 뒤 3년여 만에 돌아왔다. (b) 장난감들이 마룻바닥 위에 어지럽게 흩어져 있었다. 흔들 목마의 유리 눈은 다음 번 목마 탈 사람을 기다리면서 멍하니 창밖을 바라보고 있었다. 완성

되지 않은 그림 맞추기 퍼즐 조각들이 창문에서 몇 미터 떨어진 바닥에 나뒹굴고 있었는데, 그것들의 모습은 지난 3년여 간 한결같이 그 방을 천천히 가로질러 이동했던 남향집 햇빛의 궤적을 따라 거의 하얀색으로 바래져 있었다. 창문의 오른편 금속 선반 위에는 온갖 종류의 인형과 봉제동물 인형들이 가득차 있었고, 그 중 일부는 바닥으로 굴러떨어져 마치 살인 현장의 시체처럼 누워 있었다. 나머지는 누군가 자신들을 집어들어 놀아 주겠다는 사람을 애타게 기다리고 있는 것 같았다. (c) 오랜 시간 사람의 손길이 닿지 않은 텅 빈 집안은 스산한 기운마저 감돌고 있었다.

▷**해설**

이 단락의 글은 3년 동안 비워놓았던 고향으로 돌아와 텅 빈 집안의 현상을 묘사한 글이다. 현재 집안이 처해 있는 상황의 현상을 있는 그대로 묘사하고 있다. 이 글도 구체적인 화제문 (a)와 뒷받침문장 (b), 그리고 맺음문장 (c)로 단락이 구성되었다.

주제 3 : 결혼 선물 진주반지

묘사단락 : 〈서정적 묘사 : 함축적〉

(a) 진주의 아름다움은 침상 곁의 작은 스탠드의 불빛을 받아 영롱하게 반짝이면서 나를 행복 속으로 안내했다. (b) 진주가 발

산하는 빛은 정말 아름답고 부드러웠으며 진주 자신의 노래가 거기서 흘러나오는 듯했다. 그 음악은 약속과 기쁨의 노래였고, 미래의 안락과 행복을 보장하는 것이었다. 진주의 따뜻한 빛은 갖가지 질병을 막아주는 약 혹은 액운으로부터 우리 신혼부부를 보호해 주는 부적과도 같았다. 그것은 또한 미래의 배고픔에 대한 근심과 걱정을 없애 주었다. 그리고 내 곁에서 은밀히 진주반지를 응시하는 아내의 눈은 한없이 부드럽고 아름다웠으며, 얼굴은 천사처럼 평안해 보였다. 스탠드 불빛의 영상이 진주의 부드러운 표면에서 반사되는 것을 보면서 진주가 살았던 바닷속의 아름다운 노래와 바다 밑바닥에 흩어져 있는 푸른 빛의 음조가 다시 귀에 들려오는 것 같았다. 서정에 취해 진주를 바라보는 나를 슬쩍 훔쳐보는 아내의 얼굴에서 행복한 미소를 보았다. (c) 그리고 우리 부부는 일심동체가 되었고, 그날 밤 미래의 행복을 상상하면서 환상의 잠을 청할 수가 있었다.

▷해설

이 단락은 한 신혼부부가 결혼 선물로 주고 받은 진주 반지를 바라보면서 쓴 서정적인 내용의 글이다. 불빛을 받아 반짝이는 진주를 바라보면서 현재와 미래, 그리고 다시 과거로 돌아가 진주가 가지고 있는 상징성과 의미를 서정적으로 묘사한 단락이다. 함축적인 화제문 (a), 뒷받침문장 (b), 그리고 화제문을 구체적으로 재진술한 맺음문장 (c)로 글을 구성하고 있다.

주제 4 : 공항에서의 좌절

묘사단락 : 〈서사적 묘사 : 개괄적〉

(a) <u>내 인생에서 이 보다 더 크게 좌절하여 본 적이 없었다.</u> (b) 나는 그리운 고국으로 돌아가기 위해 마지막 3 시간 동안 공항에 도착하려고 발버둥쳤다. 버스 운전기사가 내 수화물을 공항 인도 위에 내려놓을 때부터 막연한 불안감과 좌절감이 터져 나오는 것을 깨달았다. 이날은 난생 처음 나 홀로 공항의 국제구역에 가본 것이어서 모든 게 낯설기만 했다. 어디서 탑승수속을 밟아야 하는 것일까? 나는 늦을 것만 같아 도움을 요청하기 위해 지나가는 공항직원에게 뭘 물으려고 말을 건넸다. 그러나 그는 내 말을 알아듣지 못하고 얼굴을 찡그리며 지나쳐 버렸다. 도대체 어떻게 되었단 말인가? 공부를 하기 위해 4년 간을 이 나라에 있었는데, 방향을 묻는 것조차도 할 수 없단 말인가. 이것은 참으로 끔찍한 일이었다. 또 다른 버스 한 대가 터미널에 도착했다. 승객들은 자신의 모든 짐을 끌고 나오기 시작했다. 나의 기회가 바로 여기 있었군! 나는 그제야 그들을 따라 올바른 장소로 이동할 수가 있었다. 그리고 그들에게 한 마디 말을 할 필요도 없었다. 나는 거대한 내 여행용 가방을 뒤로 끌면서 무리를 따라갔다. 마침내 엘리베이터 앞에 도착했다. 아! 아니야, 이게 웬말인가. 그들은 모두가 탔지만 내가 탈 공간이 없었다. 엘리베이터 문이 닫혔고 나는 절망감으로 쳐다만 봤다. 한참 뒤에 엘리베이터가 되돌아왔고 혼자 탔다. 이

제는 어느 버튼을 눌러야 할 지 몰라 당황한 모습으로 모든 버튼을 바라봤다. 어느 버튼일까? 막연히 3번을 눌렀다. 엘리베이터는 3층으로 올라갔고, 높은 톤의 삐걱거리는 소음이 문이 열리는 것을 알렸다. 나는 머뭇거리며 겁먹은 모습으로 주위를 둘러봤다. 사람이 없는 로비에서 절망감으로 한숨과 눈물이 흘러나왔다. 비행기를 놓칠 것이라고 불안해 하는 바로 그 순간 한 늙은 직원이 주변에서 이리저리 움직이고 있었다. 그는 내가 길을 잃었다는 것을 알아채고 무엇을 도와줄 것인가를 물었다. 곤경에 처해 눈물을 흘리고 있는 것을 안 그는 나에게 손수건을 건넸다. 그는 친절한 미소를 지으며, 내 손을 잡고 긴 복도를 따라갔다. 어떤 계단으로 올라가 한 코너를 돌자 마침내 그곳에 탑승객들이 있었다. 그는 나를 데리고 검사대에 수화물을 올려 놓았다. 그러나 그의 도움에 감사를 표하려고 하자, 그는 벌써 가고 없었다. 나를 도와준 그 분의 이름을 알지는 못했지만, 나는 항상 그의 친절한 행동을 기억하고 있다. (c) 그는 내가 가장 필요로 했을 때 나를 도와 준 고마운 분이었다. (d) 어느날 나처럼 끔찍한 여행으로 고통 당하고 있을 또 다른 여행객을 만난다면 그의 도움을 생각하면서 친절을 베풀기를 소망하고 있다.

▷ **해설**

이 글은 서사적인 묘사단락으로서, 흔히 '이야기단락'이라고도 말한다. 서사적 묘사는 기본적으로 사건이 일어나는 과정에 초점을 맞추는 단락이다. 따라서 서사단락은 사건이나 행위가 진행되는 전 과정을 그리는 단락이므로 한 순간의 사건이나 현상에 초점을 두는 현상묘사와 다르다.

그리고 서사적 묘사는 '논술'에서 '이야기논술'로 확장된다. 서사적 묘사단락의 특징은 이야기논술 처럼 맺음문장 (c)를 쓸 때 주제문을 재진술하지 않고 마지막 사건이나 행위로 결론을 맺는다. 마지막 문장 (d)는 본론의 핵심내용을 근거로 자신의 긍정적인 견해를 밝히면서 결론을 강화하고 있다. 서사적 묘사단락은 신변잡기나 짧은 여행기, 단상 같은 것을 글로 정리하는데 도움이 된다.

| 제2장 정의단락 |

정의단락에 대한 이해

정의단락은 사물의 이름이나 현상에 대한 여러 속성 가운데서도 특히 본질적인 속성이 어떠하다는 것을 정확하고 명백하게 밝혀 규정하는 글을 말한다. 이러한 정의단락은 어떤 용어나 개념에 대해 포괄적인 정의를 구성하는 글을 쓸 때 활용한다. 따라서 정의단락을 쓴다는 것은 단순한 정의 이상의 어떤 구체적인 것들, 즉 사물의 이름이나 개념에 대한 사실·상세한 내용·그리고 구체적인 보기 등을 제시하고, 가능한 분명하고 완전하게 독자들이 이해할 수 있도록 설명해야 한다. 그러므로 정의단락은 각종 보고서 형식의 글을 쓰는 데도 유용하게 활용되고 있다.

정의단락 예문과 해설

주제 1 : 가십(gossip)

정의단락 : 〈용어정의 : 구체적〉

(a) 가십이라는 말은 헤리티지 사전에 따르면 사람과 사람 사이에 퍼지고 있는 사소한 이야깃거리로 정의된다. 그러나 이 사전적 정의는 가십이 가지고 있는 변화의 속성까지 제대로 진단한 것이라고 할 수 없다. (b) 가십을 단순히 사소한 이야깃거리로 정의를 한다면 실제로 가십이 가지고 있는 유해성을 제대로 이해하지 못하게 된다. 처음에 가십은 나쁘지 않게 보이는 것 같다. 어떤 사람이 다른 사람에게 누군가에 대한 이야기를 전달한다. 그리고 그 두 번째 사람은 세 번째 사람에게 전하고 이렇게 해서 그 이야기(정보)는 이 사람에게서 저 사람에게로 점점 퍼져 나간다. 이 과정에서 가십은 본래의 이야기보다 훨씬 더 커지면서 과장되기도 한다. 그 이야기가 지속됨에 따라 이야기는 변화의 과정을 거치게 된다. 사람들은 그 모든 실제 사실을 잘 모르기 때문에 개인의 생각이나 다른 정보를 덧붙이기도 한다. 가십이 한 사람에게서 다른 사람에게로 전해짐에 따라 본래의 이야기가 크게 왜곡되어 그 가십의 주체인 사람은 자신을 보호하거나 해명할 어떤 기회도 가질 수 없다. 그런 지속적인 변화를 거치면서 조금씩 왜곡되기 시작한

것이 결국 한 개인의 감정을 해치고 나아가 인격까지도 손상시키는 경우가 허다하다. (c) 따라서 가십은 단순히 사소한 이야깃거리로만 정의되기 보다 본래의 사소한 이야깃거리를 훨씬 더 나쁘게 변질시킬 수 있는 어떠한 것이라는 사실을 알 수 있다.

▷해설

이 글은 가십을 정의한 단락이다. 화제문 (a)가 두 문장이지만 실제 의미로는 하나의 '중심내용'으로 봐야 한다. 대등접속사, '그리고', '그러나' 등은 두 문장간의 의미가 대등한 관계로 이어지기 때문이다. 뒷받침문장 (b)도 가십의 사전적 의미로는 정확한 정의를 내릴 수 없으므로, 접속사 '그러나'를 통해 가십이 가지고 있는 또 다른 정의를 덧붙여 뒷받침하고 있다. 맺음문장 (c)는 사전적 정의와 함께 전달 과정에서 변화하고 왜곡되는 부분까지 구체적으로 재진술하면서 요지를 드러내고 있다.

EXERCISE 🖉

주제 2 : 막사발(이도다완)

정의단락 : 〈사물정의 : 구체적〉

(a) 막사발은 우리 조상들이 만든 수수한 밥그릇이다. 하지만 일본인들의 미학적 가치를 담은 위대한 차 그릇이 되었다. (b) 16세기 초 중반 조선의 경상남도 웅천지역을 중심으로 남쪽 해안지

방에서 만들어진 이 그릇은 어떤 장식도 없고 어디 하나 꾸밈도 없이 만들어진 막 생겨먹은 듯 평범하고 소박한 우리 서민들의 밥그릇이다. 수려한 형태도 화려한 빛깔도 간직하지 않고 있다. 하지만 그 속엔 자연의 기운과 삶의 이치가 은은하게 투영되어 있다. 막사발은 자연을 범하지 않는 마음가짐으로 만들어야 진정한 완성을 이룰 수 있음을 보여준다. 부드러운 곡선, 붉은 듯 신비로운 비파색, 생동감 넘치는 투박한 손자국이 배어있다. 밑굽은 단숨에 거침없이 처리된 당당함이 있다. 이런 그릇을 우리는 그저 문자 그대로 막사발이라 부르고 있다. 그러나 막사발은 일본 땅으로 건너가 소중한 가치를 지닌 이도다완(井戶茶碗)으로 변모한다. 우리의 밥그릇인 막사발 속에서 일본인들이 발견한 미학은 그야말로 자연 그 자체였다. 그들은 자연이야말로 불완전한 것 같지만 그 속에 완전함을 내포하고 있다고 생각했다. 이러한 막사발에 대한 일본인들의 세계관이 그들의 현실적 사고로 표출되면서 막사발에 대해 깊은 경외심을 갖게 된다. (c) 따라서 본래 막사발은 우리 서민의 소박한 밥그릇에 불과했다. 하지만 일본인의 심미안에 비친 일본 문화가 찾아낸 위대한 차 그릇, 이도다완으로 새롭게 태어난다.

▷**해설**

이 단락의 경우도 첫 화제문이 두 문장으로 되어 있다. 첫 문장은 우리의 막사발을 언급하고 있다. '그러나(하지만)'의 대등절로 일본인의 미학적 가치가 부여되면서 단순한 밥그릇에서 위대한 차 그릇으로 새롭게 태어난 과정을 설명한다. 따라서 중심내용은 막사발 본래 의미에 일본인의 심미안에 비친 의미가 보태진다. 그리고 (a), (b), (c)는 단락의 기본 구성요소인 화제문, 뒷받침문장, 맺음문장으로 구성됐다.

주제 3 : 쓰나미(tsunami)

정의단락 : 〈현상정의 : 개괄적〉

  (a) 쓰나미는 가장 위험한 자연 재해 중 하나이다. (b) 원래는 해저 지진으로 인해 생기는 해일을 말하는데, 일본에서 자주 발생하다 보니 요즘은 지진해일을 통상 대표적인 일본식 영어 표현인 '쓰나미'로 통용하고 있다. 쓰나미가 해안에 도착하면 바닷물이 빠르게 빠져 나가면서 해일이 밀려오는 일이 되풀이 된다. 대개 리히터 규모 6.3이상으로 진원 깊이가 80km이하인 얕은 곳에서 수직 단층운동에 의해 발생한 지진일 경우 쓰나미가 발생한다. 현재 과학 기술로는 지진 발생을 예측하기 어렵지만, 먼 거리에서 일어난 쓰나미에 대해서는 도착시간을 예측할 수 있어 대비할 수는 있다. 따라서 사태에 대비해 해저에서 일정 규모 이상의 지진이 일어나면 주의보나 경보를 발표하는 것이 국제 관례다. 그동안 세계적으로 피해가 가장 컸던 것은 2004년 12월 인도네시아의 수마트라 섬 부근 인도양에서 규모 9.0 강진으로 발생한 쓰나미

로, 주변국 해안 지역에서 모두 15만 7천2명의 생명을 앗아갔다.
(c) 쓰나미는 비록 예측이 가능하나 전 세계 어느 곳에서나 발생할 수 있고 주로 휴양지가 있는 해안 도시를 광범위하게 덮침으로써 인명과 더불어 재산상의 큰 피해를 가져오는 매우 위험한 자연재해이다.

▷ **해설**

이 글은 쓰나미라는 자연재해 현상을 정의한 단락이다. '현상정의'는 사회·정치·문화·자연 등 다양한 분야의 현상에 대해 설명할 수 있다. 용어나 사물의 정의와는 달리 현상이 일어나는 원인이나 배경·규모·영향 등에 대한 자세한 정보와 지식을 전달할 수 있다. 행정기관이나 기업체 등에서 짧은 보고서 형식의 글을 작성하는 데 활용된다.

한 가지 덧붙이자면 앞에서 공부한 현상을 묘사하는 단락과 현상을 정의하는 단락은 매우 다르다. '현상 묘사단락'이 어떤 사물이나 현상을 있는 그대로 묘사하는 것이라면, '현상 정의단락'은 어떤 사물이나 현상의 본질적 속성이 어떠하다는 것을 정확하고 명백하게 밝혀 규정하는 것이기 때문이다.

| 제3장 비교대조단락 |

엄격하게 구분하면 '비교'라는 말은 두 사물의 비슷한 점을, '대조'는 서로 다른 점을 견주어 지적하는 데 쓴다. 그런데도 현실에서는 비교대조를 뭉뚱그려 구별없이 사용한다. 사안에 따라 비교나 또는 대조만으로 단락을 구성하기도 하고, 비교와 대조를 동시에 하기도 하지만 이를 모두 비교대조단락이라고 말한다. 비교대조단락은 둘 또는 둘 이상의 사람이나 그룹·아이디어·사물 또는 현상을 가지고 설명하거나 분석하는 데 유용한 글쓰기 방법이다. 이를테면 '말'과 '글'을 비교하면 생각과 느낌을 나타내거나 전달하는 표현수단이라는 점에서 비슷하다.

그러나 이를 대조하면 하나는 소리를 수단으로 하고 다른 하나는 글자를 수단으로 한다는 점에서 다르다. 비교대조는 또한 모르는 어떤 사항을 이미 알려진 것과 견주어 말할 때도 쓴다. 이처럼 비교대조단락은 다양한 곳에서 폭넓게 활용될 수 있는데, 특히 대입 논술시험의 경우 대부분 이 방법을 채택하고 있다.

비교와 대조를 할 경우

〈대상의 비슷한 점과 차이점을 제시하여 적절하게 논의하는 방법을 말한다.〉

비교대조단락 구성방법

(a) **화제문** : 비교 대상의 유사점과 차이점을 밝힌다.

(b) **뒷받침문장** : 유사점과 차이점을 동시에 밝힌다.

(c) **맺음문장** : 유사점과 차이점을 이끌어내 화제문을 재진술한다.

비교만 할 경우

〈주로 두 대상간의 비슷한 점을 논의하는 글쓰기 방법을 말한다.〉

(a) **화제문** : 비교 대상의 유사한 점을 밝힌다.

(b) **뒷받침문장** : 비슷한 점을 구체적으로 밝힌다.

(c) **맺음문장** : 비슷한 점을 이끌어내 화제문을 재진술한다.

대조만 할 경우

〈주로 두 대상 사이의 차이점에 초점을 맞춰 논의한다.〉

(a) **화제문** : 비교 대상의 차이점을 밝힌다.

(b) **뒷받침문장** : 차이점을 구체적으로 밝힌다.

(c) **맺음문장** : 두 대상의 차이점을 이끌어내 화제문을 재진술한다.

비교대조단락 예문과 해설

주제1 : 바람 소리

비교대조단락 : 〈비교 및 대조방법 : 구체적〉

(a) 잔잔히 부는 미풍이 삶의 평화를 상징한다면 사납게 부는 폭풍은 삶의 공포를 상징한다. (b) 바람은 평화로운 삶과 동시에 두려운 삶을 내포하는 이미지이다. 바람소리도 마찬가지이다. 잔잔히 부는 봄날의 바람소리, 혹은 가을날 사원(寺院)의 풍경을 울리고 지나가는 바람소리는 공포가 아니라 이상한 동경의 세계를 떠올린다. 이상한 동경의 세계란 우리가 한 번도 당도한 적이 없는 정신의 세계, 구원의 세계를 의미한다. 그것은 격렬하지 않은 음악의 세계이다. 돌, 나무, 쇠, 짐승 등의 소리에 비유하자면 잔잔히 부는 바람은 나무가 내는 소리, 그것도 여러 나무가 모여 내는 소리이다. 악기에 비유한다면 목관악기(木管樂器)가 내는 소리라고 할 수 있다. 그러나 겨울 밤 산골에서 듣던 격렬한 바람소리, 황량한 겨울 바닷가에서 듣던 바람소리는 신비로운 삶이나 이상한 동경으로 감싸인 그러한 음악과는 거리가 머-언 탄식, 고통, 저주와 같은 그러한 음악이었다. 그것은 찢어질 것만 같은 삶의 고통, 어떤 절대의 세계에 의지하고 싶은 삶의 공포로 몰드는 쇠의 음악이었다. 니체가 그토록 꿈꾸었던 절대적 생성, 무의 영광,

투명한 정신이 그렇지 않았던가?

〈이승훈 "바람 소리" 중에서〉

▷ **해설**

이 글은 '바람'이라는 하나의 현상을 가지고 '평화'와 '공포'라는 두가지 이미지로 비교대조하는 방법으로 구성한 단락이다. 화제문 (a)는 비교대상의 유사점과 차이점을 밝히고 있다. 그리고 뒷받침문장 (b)는 전반부에서는 바람을 평화에 비교하고 후반부에서는 공포에 비교함으로써 바람을 평화와 공포라는 두 가지 이미지로 대조한 것이다. 이는 현상을 한데 묶어 비교대조하는 〈덩어리 비교대조 방법〉의 서술 방식이다. 이 글은 맺음문장이 없이 뒷받침문장만으로 단락을 완성하고 있다.

EXERCISE ✎

주제2 : 인터넷과 인트라넷

비교대조단락 : 〈비교 및 대조방법 : 개괄적〉

(a) 인터넷과 인트라넷은 어떤 공통된 특징들을 가지고 있으면서도 또 다른 면에서 중요한 차이가 있다. (b) 인터넷은 수억의 컴퓨터를 연결하는 국제적이고 대중적인 네트워크이다. 인터넷은 네트워크에 연결된 컴퓨터를 가지고 있는 모든 사람들이 정보에 접근할 수 있도록 사용된다. 인터넷처럼 인트라넷도 인트라넷의

사용자들이 데이터, 뉴스, 그리고 의견을 빠르고 쉽게 공유하도록 하는 컴퓨터 네트워크이다. 인트라넷은 인터넷이 의사소통을 용이하게 하기 위해 사용되는 것처럼, 동일한 기준을 사용한다. 그러나 인터넷과 인트라넷 사이에는 차이가 있다. 인터넷이 훨씬 공개적이다. 인터넷은 대중적이며 단일 독립체에 속하지 않는다. 그에 반해 인트라넷은 대개 업계나 대학에서처럼 특정 단체의 내부에서 정보를 공유하는 폐쇄적이고 사적인 수단으로 제공된다. 어떤 단체는 주로 보안상의 이유로 인트라넷을 이용하며, 외부로부터 그것을 보호하기 위해 안전장치를 한 후 정보를 저장한다. 인트라넷과 달리 인터넷은 안전이 보장되지 않으며 자유롭게 정보를 훔치거나 공유할 수 있을 뿐 아니라 컴퓨터시스템을 해칠 수도 있다. (c) 그래서 인터넷과 인트라넷이 관련 컴퓨터들의 정보를 공유할 수는 있을지라도 그들은 어떤 결정적인 방법에서는 차이가 있다.

▷해설

이 글은 인터넷과 인트라넷이라는 두가지 시스템의 비슷한 점과 차이점을 비교대조한 단락이다. 뒷받침문장 (b)의 전반부는 인터넷과 인트라넷의 비슷한 점을 비교했고, 후반부에서는 인터넷과 인트라넷의 차이점을 대조했다. 그리고 비교와 대조 대상을 한데 묶어 비교하는 〈덩어리 방법〉으로 비교대조단락을 구성했다. 화제문 (a)는 중심내용을 구체적으로 밝혔다. 맺음문장 (c)는 화제문을 재진술하면서 글의 요지를 드러내고 있다.

주제3 : 음주 습관과 TV시청

비교대조단락 : 〈비교만 하는 방법 : 개괄적〉

(a) 우리의 음주 습관이나 TV를 시청하는 습관에는 비슷한 점이 많다. (b) "딱! 한잔만"으로 출발한 술자리가 2, 3차를 돌며 끝없이 이어지기도 하고, "딱! 한 프로만"을 위해 켠 TV를 밤새 시청하고 결국 애국가까지 듣고 마는 경우가 허다하다. 2, 3차로 이어지면 예외 없이 사람이 술을 마시는 게 아니고 술이 사람을 마시게 되듯이, TV 시청도 점차 몰입이 더해지면 사람이 프로그램을 고르는 게 아니고 TV가 오히려 시청자를 고르는 형세가 되는 것도 유사하다. 술 취한 사람들이 스스로 취했다고 말하지 않듯이 대부분 TV 시청 중독자들도 자신이 TV 시청에 깊이 빠져 있다는 사실을 시인하려 들지 않는다는 점에서도 같다. 과음한 다음날 아침 두통이 나는 것도, 밤늦게까지 잠을 설친 채 TV시청으로 시간을 보낸 사람에게 머리가 아파 오는 증세가 나타나는 것과 유사하다. 전날 과음과 과시청으로 인해 계획된 일을 그르치고 후회하는 것도 비슷하고, 무절제한 음주 및 TV 시청을 반복하지 않겠다는 다짐에도 불구하고 며칠을 못 가 번번이 약속을 깬 후 자책하며 허망한 자괴감에 빠지곤 하는 것도 유사하다. 이렇듯 과음과 과시청의 폐해들은 비슷한 점들이 많다. 그런데도 알코올 중독이나 과음에 대한 관심만큼 TV 중독이나 잘못된 TV시청에 대해서는 그 심각성이 부각되지 못하고 있는 것 같다. 겉으로 드러나는 폐해뿐

아니라 우리의 정신세계에 깊숙이 영향을 미치는 영상물이란 점에서 보면 훨씬 적극적인 대책이 세워져야 하는데도. 더구나 2, 3년 안에 수십 개의 TV 채널이 우리 안방으로 들이닥치게 되어 있는 영상 환경의 변화 추세에 비하면 올바른 TV 시청 문화 형성에 대한 대책이 시급하다. 술도 적당히 마시면 유익한 게 한두 가지가 아니듯 TV 시청도 마찬가지다. 절제된 주체적 TV 시청만 이루어진다면 '현대문명의 총아'로서 얼마든지 가치를 인정받을 수 있는 이기(利器)이기 때문이다. 문제는 그것에 지나치게 빠져들어 헤어나지 못하는 우리들이다. 술을 끊거나 적당히 마시기 어렵듯이 TV를 아예 보지 않거나 적당히 골라보는 것도 결코 쉬운 일이 아니다. (c) 따라서 우선 자신과 가족의 TV 시청 습관을 찬찬히 관찰해 보는 일부터 시작해보자.

〈김경태 "TV 중독" 중에서〉

▷해설

이 글은 화제문 (a)의 중심내용을 '음주의 습관과 TV를 시청하는 습관의 비슷한 점'을 개괄적으로 밝히고 있다. 비교단락을 쓸 때 이와같이 유사한 것 중에 잘 알려진 것과의 비교를 함으로써 설득력을 발휘할 수 있다. 뒷받침문장 (b)는 한 항목씩 직접 비교를 하는 〈항목별 방법〉으로 글을 구성했으며, 맺음문장 (c)는 화제문을 재진술하면서 요지를 밝히고 있다.

주제 4 : 여자와 남자의 사고유형

비교대조단락 : 〈대조만하는 방법 : 구체적〉

(a) 여자는 남자와 사고 유형이 퍽이나 다르다. (b) 여자는 대개 현재의 상태를 생각하는 경향이 있다. 남자가 미래에 눈을 두고 있는 것과는 다르다. 여자는 보통 가정, 사랑 그리고 안정성을 주로 생각한다. 이는 남자들이 모험과 성(sex)의 문제를 중심으로 생각하는 것과는 대조적이다. 여자는 은밀한 분위기를 소중히 여기는데 남자는 현재의 기분을 더 중요한 요인으로 보고 있다. 여자들은 '당신 사랑해요.' 라는 정감 있는 말 한 마디에 행복해하지만, 남자들은 '당신 잘났어요.' 라는 칭찬에 우쭐해 한다. 여자들은 조그마한 성취에도 매우 기뻐한다. 남자들이 큰 성공을 거두지 않고는 만족하지 않는 것과는 또 다른 점이다. (c) 이처럼 여자와 남자의 사고유형이 많이 다른 것은 대개 성별에서 나타나는 경향이 크다고 할 수 있다.

▷**해설**

이 글은 남자와 여자의 사고유형의 차이점을 대조하는 방법으로 단락을 구성했다. 특히 한 구절씩 서로 다른 점을 언급하는 〈항목별 방법〉을 통해 여자와 남자의 사고 유형이 어떻게 서로 다른가를 구체적으로 대조하고 있다. 대조방법에는 이처럼 한 항목별로 대조하는 방법도 있고, 다른 점을 한덩어리로 묶어서 대조하는 방법도 있다. 이러한 대조방법은 필자가 표현하고 싶은 대로 선택할 수 있다

| 제4장 논쟁단락 |

논쟁단락에 대한 이해

논쟁단락은 논쟁의 소지가 있는 현상이나 행위 등에 대해 자신의 견해나 주장을 밝히는 글이다. 논쟁단락은 '찬성과 반대', '선호와 비선호', '논쟁점 주장' 등이 있다. 논쟁단락의 목표는 필자의 견해나 주장에 독자가 동의하도록 설득하는 데 있다. 따라서 논쟁논술은 다양한 사례나 근거를 제시하면서 자신의 주장이나 견해가 옳다는 것을 예시하거나 논증을 해야 하는 논리적인 글쓰기 유형이다. 논쟁단락의 한 가지 특징은 화제문을 뒷받침하는 문장이 일반적인 사례나 이야기로 흘러가다가 종종 중반부에서 역접부사 [그러나]로 기존의 이야기를 완전히 뒤집고 본격적으로 주장하고자 하는 글의 목적을 후반에서 밝힌다는 것이다. 논쟁논술도 '묘사단락'이나 '비교대조단락'처럼 활용범위가 넓고 사용빈도가 높은 글쓰기 유형이다.

논쟁단락의 구성

예증 또는 예시

논쟁단락의 구성은 자신의 견해나 주장을 논리적으로 설명하려고 할 때, 그것이 옳다는 것을 예를 들어 증명하는 방법인데, 다음 내용들을 제시 근거로 활용하면 도움이 된다.

(a) 통계 및 분석자료

(b) 과학적 이론이나 법칙

(c) 검정된 사례나 입증된 팩트

(d) 전문가의 견해나 입장

(e) 역사적 사실이나 사건

(f) 공감하는 명언이나 속담

(g) 개인의 확실한 경험담

(1) 의사들은 담배가 폐암을 유발하는 직접적인 원인이 된다고 말한다. 실제로 폐암 환자들 가운데는 담배를 피우는 사람들이 90% 이상을 차지하고 있는 것은 이를 방증하고 있다. 〈전문가 의견〉

(2) 한 통계자료에 따르면 에이즈로 해마다 100만 명이상 죽어가고 있고 한다. 〈통계〉

(3) 총칼로 대한제국의 외교권을 박탈한 일제가 1907년 우리 땅

간도를 청나라에 매각하였다. 그러므로 국제법상 간도는 대한민
국의 영토임이 분명하다. 〈역사적 사실〉

논증

아직 명백하지 않은 사건이나 정황 등에 대해 옳고 그름에 관한
진실 여부를 논리적으로 증명하는 방법이다. 논리적인 글이란 올
바른 논증을 담고 있는 글이어야 한다. 따라서 논증은 논쟁논술에
서 가장 핵심적인 설명 방법라고 할 수 있다. 그리고 논증은 대개
전제와 결론으로 구성된다.

(1) 고래는 포유동물이다. 그러므로 고래는 물고기라고 하지 않
는다.

(2) 사람은 죽는다. 소크라테스는 사람이다. 따라서 소크라테스
는 죽는다.

(3) 심리학적으로는 18세 이하의 청소년들은 아직 가치체계가
형성되지 않았기 때문에 자신이 저지르는 범죄에 대한 이해가 부
족하다. 정신과정이 여전히 미숙하고 불안정하기 때문에 다른 사
람이나 외부 환경이 영향을 미칠 수 있다. 따라서 이런 조건에서
청소년들은 절대로 사형이나 종신형에 처해질 수 없다.

논쟁단락 예문과 해설

주제 1 : 청소년 사형제도

논쟁단락 : 〈반대 : 개괄적〉

　(a) 사형제도는 언제나 당대의 사법제도에서 가장 예민한 문제 가운데 하나이다. (b) 몇 년 전만 해도 범죄자 중 대부분이 20대 이상의 성인남성이었다. 하지만 이제는 그 상황이 크게 변하고 있다. 성인들 뿐만 아니라 18세 이하의 어린이들 역시 살인이나 충격적인 범죄를 저지르고 있다. 대개 청소년 범죄는 성인 범죄와 같은 제약 조건이 적용되지 않는다. 그런데도 청소년 범죄가 특별히 사형 범죄에 관한 것이라면, 사람들은 청소년들에게도 사형제도 적용에 관한 토론을 시작할 수밖에 없다. 어떤 사람들은 말하기를 그들의 나이가 얼마이든 간에 모든 사람은 평등해야 한다고 한다. 그들은 사형 범죄 행위의 결과는 범죄자들에 따라 변할 수 없다고 주장한다. [그러나] 어린이는 항상 어린이일 뿐이다. 어린이가 어떤 범죄를 저지른다면 그것은 그들을 사랑해주고 진실로 도와주는 사람이 없거나 그들을 올바른 길로 인도하는 사람이 없다는 것이 불행의 원인이다. 특별히 11~17세 사이의 시기는 신체적으로나 정신적으로 급격히 변화하는 사춘기다. 따라서 자신의 행동에 분명한 책임을 질 수 있는 성인과 같은 연장선상에 청

소년을 둔다는 것은 공평하지 못하다. 심리학적으로도 18세 이하의 청소년들은 아직 가치 체계가 형성되지 않았기 때문에 청소년들은 자신이 저지르는 범죄에 대한 이해가 부족하다. 정신과정이 여전히 미숙하고 불안정하기 때문에 다른 사람이나 외부 환경이 영향을 미칠 수 있다. 따라서 이런 조건에서 청소년들은 절대로 사형이나 종신형에 처해질 수 없다. 왜냐하면 그들은 여전히 그들의 삶을 변화하고 재평가할 기회를 가지고 있기 때문이다. (c) 더구나 수감의 목적이 18세 이하의 어린이들이 더 나은 사람으로 변화시키기 위한 것이 최우선 순위라면 말할 것도 없이 사형제도를 적용해서는 안 된다.

▷**해설**

이 단락의 화제문 (a)는 중심내용인 '사형제도'를 개괄적으로 밝히고 있다. 그리고 뒷받침문장 (b)는 요즘 점점 흉포화해지는 청소년 범죄를 근거로 청소년 사형제도를 도입하려는 사회 분위기를 전달한다.

그리고 중반부에서 역접부사 [**그러나**]로 시작하여 청소년 사형제도에 반대하는 다양한 근거를 들어 이를 예시 또는 논증하고 있다. 맺음문장 (c)는 화제문의 중심내용이 개괄적이기 때문에 화제문을 구체적으로 재진술하면서 본론의 핵심내용을 바탕으로 청소년 사형제도를 분명하게 반대하고 있다.

주제 2 : 콘돔사용

논쟁단락 : 〈찬성 : 개괄적〉

(a) <u>최근 인체와 환경적인 측면의 문제를 놓고 콘돔사용이 크게 사회적 논란이 되고 있다.</u> (c) 콘돔사용 반대자들은 콘돔을 사용하는 것이 나쁜 행위이거나 인체에 위험하다고 말한다. 그들은 첫째로 바이온 세제나 살정제와 같은 화학물질 때문에, 이 재료가 인체에 심각한 병을 야기할 수 있다고 주장한다. 두 번째 주장은 콘돔 재료의 사용 관점에서 지구 온난화에 부정적인 효과를 미친다는 것이다. 콘돔이 물에 젖으면 인체의 면역구조는 물론 환경을 해칠 수 있다는 것이다. 게다가 소위 자연주의자들은 콘돔은 고무나무에서 추출한 유액이기 때문에 자연을 해치고 있다며 절대로 콘돔을 사용할 수 없다고 주장한다. [그러나] 지금 세계인구는 통제할 수 없을 정도로 빠르게 증가하고 있다. 그리고 어떤 누구도 '그만(stop)'이라고 말할 수 없다면, 나중에 자연에서의 평등이란 더 이상 존재하지 않을 것이다. 인구가 크게 증가함에 따라 콘돔 사용을 지지하는 사람들이 많아지고 있다. 인간은 살아가는 동안 대기 중으로 더 많은 카본을 쏟아낼 것이기 때문에 적어도 한 명의 자녀만을 낳도록 산아제한을 한다면 인간이 위협하는 지구의 위험을 크게 줄일 수 있다. 게다가 전 세계인구의 약 5%가 HIV에 감염된 것으로 추정된다. 보건당국에 따르면 에이즈는 지금까지 2천만 명 이상의 사람들을 죽이고 있다. 이러한 HIV의 위험이 콘

돔 사용의 다른 위험요인보다 훨씬 크다는 것을 보여준다. (c) 결론적으로 건강과 자연의 방어가 사람들의 논쟁이 된다면, 놀라울 것으로 보일지 모르지만, 콘돔은 인간의 삶의 질을 강화할 수 있으므로 반드시 사용되어야 한다.

▷**해설**

이 글의 화제문 (a)의 중심내용은 '콘돔사용에 대한 사회적 논의'를 개괄적으로 제시하고 있다. 뒷받침문장 (b)는 일반적인 콘돔 사용 반대 논의를 먼저 제시한 뒤, 중반부에서 역접부사 [**그러나**]로 그 부분을 완전히 뒤집고 이러한 반대 이유에도 불구하고 콘돔을 사용하는 것이 여러 가지 면에서 훨씬 유리하다는 필자의 견해를 밝히고 있다. 맺음문장 (c)는 개괄적인 화제문을 구체적으로 재진술하면서 필자의 견해인 콘돔 사용을 주장한다. 이처럼 찬성과 반대 의견이 팽팽하게 논의되는 사항에 대해서 일반적인 사실을 먼저 서술한 뒤에, 역접부사 [그러나]로 기존의 주장을 뒤엎고 필자 자신의 주장을 본격적으로 펼치는 글쓰기는 논쟁단락에서 자주 사용되는 패턴이다. 이 경우에는 특히 후반부에 필자의 주장이 담겨 있으므로 신경을 기울여야 한다.

EXERCISE

주제 3 : 존엄사(尊嚴死)
논쟁단락 : 〈찬성 : 구체적〉

(a) <u>최근 연구조사들은 존엄사를 지지하는 사람들의 수가 늘고 있다는 것을 보여주고 있다.</u> (b) 존엄사는 죽음에 이르는 병에 걸린 사람들이 생명을 지속하기 보다는 자신의 생명을 마감하기를 선택할 때 일어난다. 최근 증가하고 있는 존엄사에 대한 한 가지 공통된 견해는 만약 그들이 엄청난 고통을 당하고 있으면서 이 고통을 가지고 살아갈 수 없다고 판단되면, 삶을 계속 유지할 필요가 없다는 것이다. 두 번째 이유는 오랫동안 병원에 입원을 한다는 것은 종종 한 가정의 경제적인 부담을 야기할 수 있다는 것이다. 죽음에 이르는 병에 걸린 사람들은 종종 그들의 가족에게 끼칠 곤경을 걱정한다. 끝으로, 죽어가는 사람들은 때때로 희망을 포기한다. 비록 그들이 살 수 있다고 하더라도 그들은 단지 침상에 누워 지낼 수 있는데, 어떤 사람들은 이것이 사는 것이 아니라고 생각한다. **그런데도 많은 사람들은 존엄사는 자연스럽게 죽음에 이르는 방법이 아니라고 생각하고 여전히 불법이라고 믿는다.** (c) 하지만 만약 아픈 사람들이 원한다면 그들의 생명을 마감할 수 있는 권리를 분명히 가져야 한다고 생각한다.

▷**해설**

이 글의 화제문 (a)는 '존엄사'에 대한 중심내용을 구체적으로 드러내고 있다. 그리고 뒷받침문장 (b)를 통해 존엄사에 대한 내용과 지지 상황을 밝히면서 여러 가지 존엄사가 안고 있는 문제점들을 밝히고 있다. 그리고 맺음문장 (c)에서 존엄사에 대한 자신의 지지 견해를 구체적으로 분명하게 재진술한다.

특히, 논쟁단락은 종종 결론을 내리기 직전에 필자 자신의 주장에 반론의 여지가 있는 부분을 먼저 언급한 뒤에, 이를 논박하면서 끝을 맺는 경우가 있다. 이 단락은 밑줄친 굵은 글씨의 문장이 반론의 여지가 있는 문장이다. 따라서 필자는 이 문장을 논박하면서 맺음문장 (c)로 자신의 분명한 주장을 펴고 있다.

EXERCISE

주제 4 : 교복착용

논쟁단락 : 〈찬성 : 구체적〉

(a) <u>교복은 다양한 이유로 모든 학생들에게 의무적이어야 한다.</u> (b) 첫째로 교복은 학생들을 평등하게 만든다. 교복을 입는 환경에서는 부자 학생들이나 가난한 학생들이 서로 동일하다. 게다가 교복을 착용하는 것은 사복을 입는 것 보다 훨씬 빠르고 간편하기 때문에 많은 시간을 절약할 수 있다. 다수의 학생들은 학교에 갈 때 무엇을 입을 것인가를 선택하는 데 시간을 낭비하고 있으며, 또한 그들은 흔히 마지막 선택에 매우 불만족스러워 하다가 다시 옷을 갈아입음으로써 종종 지각을 자초하는 경향이 있는 것으로 조사됐다. 어떤 중요한 연구 보고에 의하면 학교 교복이 학생들로 하여금 더욱 학생다운 행동을 하도록 하게 만들어 준다. **어떤 사람들은 교복이 학생들 개인의 자유를 손상한다고 말할 수 있을 것이다.** (c) 하지만 나는 좋은 점이 불리한 점보다 훨씬 더 많고 중

요하다고 믿고 교육 착용이 반드시 필요하다고 생각한다.

▷**해설**

이 단락의 화제문 (a)는 중심내용인 '학교 교복착용'에 대해 필자의 지지 견해를 분명히 밝히고 있다. 필자는 (b)를 통해 교복착용을 해야 하는 몇가지 분명한 이유를 제시하면서 이를 근거로 하여 맺음문장 (c)에서 교복 착용이 훨씬 더 유리하다는 점을 강하게 주장한다.

이 단락도 반론의 여지가 있는 밑줄친 굵은 글씨의 문장을 서술한 뒤에, 맺음문장 (c)로 논박하고 있다. 이처럼 논박을 할 경우 필자의 주장이 더욱 설득력을 얻을 수 있어 논쟁단락에서 자주 사용된다. 그리고 단락에서의 논박문장이 〈단원2〉의 '논쟁논술'에서는 논박단락으로 확장되므로 〈논박〉에 대한 의미를 이해하는 것이 논쟁의 글을 쓰는 데 도움이 된다.

| 제5장 과정분석단락 |

과정분석단락에 대한 이해

과정분석단락은 어떤 '방법(how-to)'을 알려주거나 자세히 설명하는 글이다. 방법이나 행위의 과정이나 분석을 설명하므로, 묘사나 비유적인 단어를 거의 사용하지 않고 명확한 시간의 순서와 관련된 단어를 주로 사용한다. 그리고 다음에 일어날 행위를 설명할 시간의 순서에 따라 세부 항목을 제시하고 특정한 결과나 해법을 가지고 결론을 맺는다.

예를 들면, '소총의 분해 조립', '음식을 만드는 과정', '질병을 예방하는 방법' 등을 설명할 때 과정분석단락을 활용한다. 이때 그 단계는 순서대로 정확하고 간결하게 설명해야 한다. 이는 대학이나 연구기관의 과학 실험실이나 정보기술의 습득과정 등을 위한 사용빈도가 높은 글쓰기 유형이다.

과정분석단락의 3 가지 특징

시간순서 CHRONOLOGY

모든 행위는 하나, 둘, 셋 등 단계적인 방법으로 설명한다. 단계적인 방법이란 하나의 행위가 이루어지고 나면 다음에 무엇을 해야 하는가를 순서대로 설명하는 것을 말한다.

명확성 CLARITY

지시나 설명은 분명하고 간결한 말로 명확히 해야 한다. 따라서 과정분석단락은 묘사나 주관적인 언어, 또는 개인적인 견해가 들어간 문장을 거의 사용하지 않는다.

설명 EXPLANATION

과정분석 단락은 특정한 결과가 어떻게 성취될 수 있는가를 정확하고 분명하게 설명해야 한다. 따라서 주관성이 아니라 객관성, 논리성, 합리성을 가져야 한다.

과정분석단락 예문과 해설

주제1 : 거짓말 탐지기

과정분석 단락 : 〈과정 : 개괄적〉

(a) 사람들은 거짓말 탐지기와 거짓말 탐지 테스트에 대해 알고 있지만, 실제로 이 테스트가 어떻게 행해지고 있는가에 대해서는 잘 모르고 있다. (b) 이 테스트는 어떤 사람이 질문에 답할 때 그 자신의 신체에서 일어나는 생리적 반응의 과정을 분석하는 것이다. 첫째로 호흡기록기라는 기계가 호흡의 패턴을 기록하도록 가슴에 부착된다. 그리고 공식적인 대화를 나누는 동안 호흡의 패턴에서 비정상적인 것이 기록된다. 다음에 의사의 진찰실에서 사용하는 기계와 비슷한 것이 혈압 재는 팔에 부착된다. 거짓말 탐지를 하는 동안에 맥박과 혈압, 그리고 심장고동이 기록된다. 마지막으로 피부반응이 거짓말 탐지의 조사로 사용된다. 일반적으로는 사람의 손가락 끝부분이 전극에 부착된다. 정상적인 땀의 양이 그 사람이 거짓말을 하고 있다는 지표가 된다. 이러한 각 단계들이 진행 된 후에 거짓말 탐지 전문가들은 그 결과를 분석한다. (c) 이러한 데이터를 바탕으로 전문가들은 그 사람이 진실을 말하고 있다거나 거짓말을 하고 있다는 판단을 내리게 된다.

이 단락의 구성은 3가지 구성요소인 화제문, 뒷받침문장, 맺음 문장으로 짜여 있다. 화제문 (a)는 중심내용을 개괄적으로 밝히고 있다. 뒷받침문장 (b)는 거짓말 탐지에 대한 4 가지 방법을 간결하고도 구체적인 '과정'을 들어 설명하고 있다. 맺음문장 (c)는 이들 단계를 분석하여 결론을 내리고 있다. 이 글은 어떤 '묘사'나 '비유'가 없이 사실을 구체적으로 자세하게 설명하고 있음을 알 수 있다.

주제2 : 햇빛과 암 진행의 관계

과정분석 단락 : 〈분석 : 구체적〉

(a) 최근 뉴욕의 한 암연구센터에서 암환자들을 대상으로 행한 햇빛과 암 진행의 관계를 분석한 결과를 발표한 적이 있다. (b) 이 연구의 책임을 담당하고 있는 J.C. Wright박사는 연구를 진행하면서 15명의 말기 암환자를 선정하여 날씨가 따뜻한 봄철부터 몇 개월 동안 환자들이 가능한 많은 시간을 야외에서 보낼 것을 조언했다. Wright 박사는 종양의 성장에 관한 한 눈으로 들어오는 빛 에너지가 종양의 성장 조절 인자가 될 수도 있다는 믿음에 매료돼 있었다. 그들은 인공적인 빛이나 선글라스나 돋보기를 포함해서 유리를 통해 눈으로 들어오는 빛을 피하도록 했다. Wright 박사

와 그녀의 연구팀은 실험이 꾸준히 진행된지 6개월쯤 지나고 여름이 끝날 무렵에 15명의 환자 중 14명에게서 종양의 성장이 더는 진행되지 않았다는 것을 알아냈다. 그런데도 나중에 상태가 악화된 한 명의 환자가 있었는데, 그는 자연 태양광의 자외선 부분이 눈에 도달하는 것을 차단하는 맞춤형 처방안경을 계속 쓰고 있었다는 사실이 밝혀졌다. (c) 이에 따라 Wright 박사팀은 자연 태양광이 직접 눈을 통해 들어오는 것이 다양한 암의 진행을 막는데 매우 효과적이라는 것을 밝히는데 성공했다.

▷**해설**

이 글은 햇빛과 암 진행의 관계를 '실험분석'한 과정분석단락이다. 이를 분석한 연구팀이 어떻게 이 과정을 수행했는지를 순서와 방법을 단계별로 서술한 글이다. 단락의 화제문 (a)는 중심내용 '햇빛과 암 진행의 관계'를 어느 정도 구체적으로 밝히고 있다. 그리고 뒷받침문장 (b)는 특히 햇빛과 암의 관계를 '분석'하는 진행절차를 차례로 서술하고 있다. 맺음문장 (c)는 분석 결과 자연 태양광이 암 진행에 매우 효과적이라는 사실을 구체적으로 밝히고 있다.

| 제6장 복합단락(문단) |

복합단락에 대한 이해

복합단락이란 전달하고자 하는 내용을 가진 3~5개 정도의 '연결단락'으로 구성한 글을 말한다. 하지만 단락들이 막연하게 서로 연결돼 있는 것이 아니다. 복합단락도 〈단원2〉에서 공부하게 될 〈논술〉처럼 '서론-본론-결론'이라는 3가지 구성요소를 가지고 논리적으로 구성된다.

복합단락은 두 가지 형태의 글이 있다. 하나는 특정 주제를 가지고 복합단락으로 쓴 독립된 형태의 글이다. 이는 '논술'과 매우 비슷한 구조를 취하고 있다. 다만 이런 경우의 복합단락은 논술보다 글의 구조가 훨씬 더 자유롭고 간편하게 구성되는 것이 특징이다. 그리고 이는 글쓰기가 어느 정도 훈련된 사람들이 쓰는 글의 형태이기도 하다. 왜냐하면 굳이 논술의 틀에 의존하여 글을 구성할 필요가 없기 때문이다. 따라서 전문가들이 종종 복합단락으로 칼럼이나 사설, 평론 등을 쓰는 경향이 있다.

또 다른 하나는 논문이나 책 속에서 필요한 부분을 발췌하여 구성한 복합단락을 말한다. 이는 주로 교육목적으로 활용되고 있으며, 각종 시험문제로도 자주 출제된다. 그리고 특정한 글에서 한 부분을 발췌한 내용이기 때문에 '서론-본론-결론'이라는 구성요소를 뚜렷이 갖추지 않고 단지 주제와 관련된 내용들이 논리적으로 연결되어 있을 뿐이다. 따라서 발췌한 글의 복합단락은 대부분 글을 읽고 이해하는 데 활용된다.

끝으로, 독립형 복합단락은 언론이나 기업 또는 대입 논술시험 등의 답안을 작성할 때 또는 신문의 사설이나 칼럼 등을 쓰는 데 많이 활용되고 있다. 이 때 발췌한 복합단락은 교육 목적으로 교과서나 참고서 등에 주로 활용되고 있다. 특히 대입 수능 국어의 비문학 독해와 수능영어 독해의 마지막 (영어)제시문에서 매우 비중 있게 다루고 있다. 따라서 이 두 가지 유형의 복합단락의 구조를 잘 이해하면 '논술형'의 글을 쉽게 쓸 수 있뿐 아니라 다양한 글을 읽고 이해하는 데도 도움이 된다.

UNIT 복합단락의 구성형태

복합단락은 글의 중심문장인 '주제문'이 서론단락 안에서 자유롭게 배치될 수 있다는 점이 논술과 다르다. 주제문이 첫번째 문장으로 올 수도 있고 중간에 배치되기도 하며 논술처럼 서론 단락의 마지막에 놓이기도 한다. 복합단락의 구성방법과 구조가 큰 틀에서는 논술과 매우 유사하면서도 정형화된 틀에 묶여 있지 않은 점이 논술과 다르다. 따라서 이는 '논술'의 구조와 비교하면 차이점을 더 분명하게 이해할 수 있다.

(A) 첫째 단락

복합단락은 중심문장인 주제문이 서론단락 안에서 자유롭게 배치된다. 논술의 서론단락처럼 '후크-연결문장-주제문'이라는 정형화된 구조가 아니다. 그러므로 복합단락의 글을 이해하기 위해서는 서론단락의 주제문을 찾는 것이 중요하다.

(B) 본론 단락

본론단락은 논술의 본론과 거의 유사하다. 주로 '화제문-뒷받침문장-맺음문장'으로 구성된다. 논쟁의 글일 때는 논술처럼 반론의 여지를 줄이기 위해 〈논박단락〉을 쓰기도 한다. 논박단락에 대해서는 앞의 '논술'에서 상세하게 다루었다.

(C) 마지막 단락

복합단락의 결론은 '논술'과는 달리 주제문을 재진술한 요지를 자유롭게 배치한다. 따라서 논술과 달리 종종 결론단락의 마지막에 주제문을 재진술함으로써 한 글의 요지를 드러내기도 한다. 또한 경우에 따라서는 논술에서처럼 결론단락의 첫문장으로 주제문을 재진술하여 요지를 드러내고, 본론의 핵심내용을 덧붙인 뒤에, 긍정적인 예시나 제언을 하는 경우도 있다.

연결단락이란

연결단락은 논문이나 책 등에서 기본적인 구성요소를 이루고 있는 '문단'을 의미한다. 연결단락은 글 속에서 유기적으로 이어져 주제에 기여하는 역할을 하므로 글을 구성하는 주요 부속품과도 같다. 따라서 연결단락은 하나의 주제로 완성된 글인 독립단락과는 약각의 차이가 있다.

하지만 연결단락도 중심문장인 화제문을 가지고 있으며 이를 뒷받침하는 문장들이 논리적인 연속성을 가지고 구성된다. 다만 한 편의 단락으로 끝나는 것이 아니라 글의 일부로써 유기적으로 연결돼 있기 때문에 단락과 단락 간의 연관성을 유지하고 있다는 점이 독립단락과 다르다.

따라서 연결단락은 결론문장으로 화제문을 재진술하는 것 보다 글의 전환을 암시하는 전환문장을 쓰거나 화제문을 뒷받침하는 문장만으로 끝나는 경우가 많다. 연결단락은 모든 글의 기본적인 구성요소를 이루고 있기 때문에 매우 중요하다. 그리고 이 장에서 본격적으로 다루는 복합단락은 대부분 연결단락으로 구성된 글이다.

연결단락 구성요소

(a) **화제문** : 글의 목적이나 주장을 담고 있는 단락의 중심문장을 말한다.

(b) **뒷받침문장** : 화제문의 중심내용을 논리적으로 설명하거나 지원하는 문장이다.

(c) **맺음문장** : 주제문 재진술문장, 전환문장, 뒷받침문장으로 단락을 끝맺는 문장이다.

'복합단락'으로 쓴 최근 이슈

독립형태로 구성한 〈복합단락〉은 우선 독자를 유인하는 후크를 거의 사용하지 않는다. 그리고 주제문(중심문장)이 서론단락 안에서 자유롭게 배치되는 점이 〈논술〉과 다를 뿐, 나머지 글의 구성이나 구조는 매우 흡사하다. 따라서 복합단락은 글 구성이 자유롭기 때문에 전문적인 식견을 가진 칼럼니스트들이 자주 활용하는 글의 유형이라고도 할 수 있다.

다음은 복합단락으로 쓴 전문가 칼럼의 예문과 해설이다. 그리고 이어서 〈논술〉의 형태로 쓴 전문가 칼럼을 게재하여 〈복합단락〉과 〈논술〉의 칼럼을 비교대조하도록 한다.

EXERCISE

주제1 : 신돈의 나라, 라스푸틴의 왕국 (최순실 게이트)

(가) 총체적 혼돈이다. 사상 최악의 국정 농단 사태가 온 나라를

초토화하고 있다. 국가 극비 문건인 청와대 인사·회의 자료와 정부 외교·안보·군사·경제정책 문서를 사인(私人) 최순실이 사전에 '보고' 받았다. 대통령 탄핵과 하야를 외치는 성난 민심 앞에 박근혜 대통령은 정치 인생 최악의 위기에 직면했다. 국가 지도자로서 그는 전면적 신뢰 상실의 재앙을 자초해 나라를 나락에 빠뜨렸다.

(나) 최순실 게이트는 희대의 요승(妖僧)인 고려 말 신돈(辛旽·?~1371)과 제정 러시아 말기 라스푸틴(G. Rasputin·1869~1916)을 연상케 한다. 이들은 왕과 황제의 무한 신임을 빌미로 권력 1인자로 나랏일을 전횡하다 국가를 망쳤다. 하지만 라스푸틴과 달리 신돈에겐 혁명가의 얼굴이 있다. 공민왕(1330~1374)이 신돈을 스승으로 삼아 과감한 개혁 정책을 폈기 때문이다. 신돈의 전민변정도감(田民辨正都監)은 기득권 세력의 사회·경제적 기반을 겨냥했다. 토지제도와 노비제도를 일신한 혁신 정책이 성공했더라면 왕조 재건에 탄력이 붙었을 것이다. 그러나 신돈의 권력 남용에 권문세족의 반발과 공민왕의 변심이 겹쳐져 신돈은 몰락한다.

(다) 라스푸틴에겐 신돈의 개혁적 면모가 전무했다. 정식 수도 사이기는커녕 무식하고 방탕한 떠돌이 '돌중'에 지나지 않던 라스푸틴은 신비주의적 최면 요법으로 황후를 사로잡았다. 외아들 알렉세이 황태자의 혈우병을 라스푸틴이 '치유'한 게 계기였다. 황제와 황후의 전폭적 신임을 업은 라스푸틴은 온갖 국사(國事)에 개입하고 포악한 중세(重稅) 정책으로 민중 폭동을 야기한다. 장관 인사를 좌지우지한 데다 전쟁터에 나간 황제에게 신의 현몽(現

夢)을 내세워 군사작전까지 지시해 러시아군의 참패를 부른다. 한마디로 황제와 황후는 라스푸틴의 꼭두각시였다. 나라를 걱정한 황족들이 라스푸틴을 살해한 게 1916년 12월이었으나 로마노프 왕조는 정확히 두 달 후 붕괴한다.

(라) 최순실의 아버지 최태민은 신돈보다는 라스푸틴을 배닮았다. 혹세무민으로 사리사욕을 채우고 호가호위(狐假虎威)로 거부(巨富)를 일군 협잡꾼이다. 일제(日帝) 순사 출신인 최태민은 1970년대에 승려와 목사를 참칭했다. 불교·기독교·천도교 교리를 합친 '영혼합일법'(일종의 최면술)에 기초한 '영세계'(靈世界)를 주창했다. 스스로 미륵이자 태자 마마를 자칭하는 신흥 종교 교주가 된 것이다. 박근혜 대통령은 퍼스트레이디 시절 박정희 전 대통령의 호된 질책에도 불구하고 고(故) 육영수 여사의 현몽을 앞세운 최태민을 평생의 '멘토'로 따랐다. 최태민을 승계한 최순실과도 '피보다 진한' 40년의 인연을 이어왔다. 그 결과가 최순실 게이트다.

(마) 미르와 K스포츠재단은 빙산의 일각에 지나지 않는다. 최순실 사태의 핵심은 도대체 최순실이 어떤 존재이기에 대한민국의 국가 시스템 자체를 사유화했느냐는 것이다. 어떻게 이화여대 같은 명문 사학 위에 왕처럼 군림했느냐 하는 의문이다. 그 답은 자명하다. 국가 극비 문서들을 청와대가 최순실에게 사전 '보고'한 사실이 입증하는 최순실의 실질적 '국정 기획과 결제 상황'이 모든 걸 설명한다. 최순실은 '한국의 라스푸틴' 최태민을 훨씬 넘어섰다.

(바) 박 대통령은 전무후무한 국기 문란 행위의 장본인으로 전락했다. 공적인 나랏일을 민간인 최순실과 함께 밀실에서 사유화 함으로써 민주국가 시스템 전체를 파괴하고 주권자인 국민을 모독했다. 최순실 게이트의 막장극(劇) 앞에 시민들의 마음은 갈기갈기 찢겼다. 대한민국의 국격(國格)이 시궁창으로 추락하고 말았다. 국가의 운명이 바람 앞의 촛불이다. 무너진 나라를 어떻게 다시 세울 것인가가 최대의 국가 현안으로 등장했다.

(사) 혼군(昏君)이 지배하는 난세에는 간신과 내시가 설친다. 법치주의를 우롱한 '우병우 사태'에서 본 그대로다. 암군(暗君) 곁에서 '임금님 귀는 당나귀 귀'라고 외친 의인(義人) 하나 없는 암흑의 시대다. 하지만 이런 어둠 속에서도 태양처럼 빛나는 사실이 엄존한다. 21세기 한국은 신돈의 나라가 아니다. 한국 시민은 라스푸틴의 왕국을 단호히 거부한다. 국가는 임기 5년의 공복(公僕)에 불과한 대통령의 소유물이 아니다. 민주공화국 대한민국은 오로지 '국민 모두의 것'이다. 국가원수의 자격을 스스로 포기한 박 대통령이 꾀할지도 모르는 어떠한 정치공학적 책략도 즉각 분쇄되어야 마땅하다. 헌법이 선언한 바 대한민국의 모든 권력은 국민으로부터 나온다. 나라의 주인은 결코 대통령이 아니다. 바로 우리 자신이다.

〈조선일보 2016년 10월 28일자 윤평중 교수 칼럼〉

▷**해설**

이 글은 복합단락 형식으로쓴 신문 칼럼이다. (가) 단락이 서론인데, 필자가 주장하는 주제문 '국가지도자로서 박근혜 대통령은 전면적 신뢰상실의 재앙을 자초해 나라를 나락에 빠뜨렸다.'라는 내용을 서론의 마지막 문장으로 배치했다. 주제문의 중심내용은 '신뢰상실로 나라를 나락에 빠뜨렸다.' 부분으로 구체적이다.

(나), (다)의 단락은 역사적으로 비근한 사례들에 비추어 현 사태의 심각성을 논증한다. 그리고 (라) 단락은 현재 사태의 실세인 최순실이라는 인물이 아버지로부터 시작하여 오늘에 이르렀다는 것을 밝히면서 최순실 게이트의 연원을 밝힌다. (마), (바)는 각각 주제문과 관련된 최순실 게이트의 장본인인 최순실과 박대통령의 문제점을 짚고 있다. (사)는 결론단락으로 전체 글을 환기한 뒤에, 단락의 마지막에 주제문을 구체적으로 재진술하면서 필자가 말하고자 하는 글의 요지를 분명하게 드러내고 있다.

주제2 : 오만한 중국

(가) 최근 눈부신 경제발전으로 강대국이 된 중국이 점차 제국의 민낯을 드러내 보이고 있다. '대국굴기'라는 명분으로 국방력과 자금력을 양손에 쥐고 많은 약소 국가들을 중국의 질서 체제로 편입하려고 애쓰고 있다. 특히 이해관계가 얽힌 경우 해당국의 입장은 아랑곳하지 않고 자국의 억지주장만 한다. 지난 7월 12일 네덜란드 헤이그의 상설중재재판소가 '중국이 주장해 온 남중국

해 영유권에 근거가 없다'고 판결하자 이에 반발하며 연일 무력행동으로 과시하고 있다. 하지만 이는 지도만 봐도 중국의 과욕임을 단번에 알 수 있다. 이처럼 중국이 국제법을 무시하고 여러 분야에서 오만한 힘의 논리로 자국의 이익만을 주장한다면 미래가 암담할 수밖에 없다.

(나) 남중국해의 문제는 중국이 무려 600년 전 명나라 장수 정화의 남해원정 기록을 근거로 '9단선'을 주장하면서 제기된다. 관련 국가들의 입장에서는 어이가 없는 노릇이다. '9단선'을 근거로 중국은 그 광활한 남중국해의 80~90%를 자국의 영유권에 해당한다고 주장한다. 하지만 누가 봐도 이는 억지 주장임이 분명하다. 국제법으로도 이런 거대한 영해기선을 인정하는 전례가 없다. 이처럼 중국이 터무니없는 주장과 함께 연일 무력 해상시위까지 계속하고 있으니 볼썽사납다. 1988년 3월에는 베트남과 영유권 다툼이 있는 스프래틀리 제도의 6개 섬을 무력으로 점령하는 등 중국은 급격한 경제성장을 바탕으로 20세기 말 이후 틈만 나면 자국의 이익을 위해 망설이지 않고 무력을 과시하거나 억지 논리를 펴고 있다. 베트남, 필리핀, 태국, 인도네시아 등 남중국해 주변 국가들은 물론, 우리의 이어도까지도 저들의 방공 식별 지역으로 포함하고, 일본과 인도와도 분쟁을 계속하고 있다. 중국은 바늘구멍만한 틈만 나면 개입해 영토분쟁을 야기하고 있다. 물론 자국의 영토와 영해를 지키는 일은 모든 국가의 본연의 임무이다. 하지만 국제법을 준수하고 나아가 실효지배를 하고 있는 현실을 감안해야 한다. 그런데도 중국은 자국 이익만을 주장하면서 금세

기 들어 더욱 강력하게 억지주장을 부리고 있어 대국답지 못하다는 국제사회의 비난이 쏟아지고 있다.

(다) 특히, 우리 정부가 최근 북한 핵의 위협에 맞서 한반도에 사드배치를 결정하자 중국은 오만한 모습을 서슴없이 보여주고 있다. 박근혜 정부 들어 한 때 시진핑 주석과 밀월관계를 가졌다. 친중외교로 치우치는 중국 경사론이 화두가 될 정도로 한-중 관계가 뜨거웠다. 하지만 연이은 북한의 핵실험과 장거리 미사일 발사 등 국제법 위반에도 북한에는 지극히 원론적인 태도만 취하자 중국을 믿을 수 없다고 판단한 한국 정부는 급기야 사드배치를 결정한다. 이는 북한의 핵 위협으로부터 한국민을 보호하기 위한 정부의 고육지책이었다. 그런데도 중국은 오만함을 여과없이 드러내고 있다. 기관지 환구시보를 통해 연일 한국을 때리고 어르는 것이 정말 가관이 아니다. 마치 한국을 속국이나 되는 것처럼 거칠게 몰아붙이기도 하고 공갈 협박을 가하기도 한다. 우리에게 사드배치가 왜 필요한가를 저들이 더 잘 알고 있을 텐데도 연일 경제보복을 앞세워 오만함의 도를 넘고 있다. 심지어는 한류의 연예인들에게까지도 제재를 가하는 '쩨쩨한 모습'까지 보이는 태도가 마치 덩치만 키운 어리석은 아이의 모습을 연상케 한다.

(라) 중국이 국제사회에서 보이는 이러한 행태를 보면 그들의 어두운 역사의 그림자가 어른거린다. 수천년 역사를 자랑하는 중국이 중원에서 제대로 된 대제국을 건설한 것은 6세기 말 무렵 수나라 문제 때라고 할 수 있다. 하지만 그들은 제국을 건설하자마자 끊임없이 주변의 북방 민족들을 괴롭혔다. 그러다 강대국 고구

려를 침공해 살수대첩에서 을지문덕 장군에게 대패하여 결국 멸망의 비운을 겪는다. 이어서 당나라가 중원을 다시 통일한다. 당시 당나라는 전 세계를 아우를 만큼 뛰어난 문명과 문화를 자랑했다. 하지만 당나라 마저도 주변의 돌궐, 고구려, 거란을 침공하여 괴롭히고 차례로 무너뜨리면서 국력이 쇠약해져 결국 내분으로 패망한다. 이후 중국은 끊임없이 같은 패턴을 반복하며 오늘에 이르고 있다. 인류 역사는 영원한 제국은 없다는 것을 가르치고 있다. 특히 중국이 지금 미국과 더불어 G2국가로 우뚝 서 있지만 지금과 같은 억지논리로 무력을 과시하며 주변 국가들과 끊임 없는 분쟁과 불신을 초래한다면 중국의 미래는 암울할 수밖에 없다는 것을 역사가 보여주고 있다.

(마) 중국이 앞으로도 계속 오만한 태도로 주변 국가를 괴롭힌다면 국제사회에서 고립될 수밖에 없다. 벌써 그런 조짐이 여기저기서 나타나고 있다. 게다가 미국과 각을 세우고 척진다면 더욱 곤경에 처하지 않을 수 없을 것이다. 물론 혹자는 중국은 다르다고 말 할 수 있을 것이다. 하지만 아직은 중국이 그만한 힘을 가졌다고 보기는 어렵다. 중국은 여전히 금융 및 정치 시스템에 불안한 점이 많다. 그리고 역사적으로 중국이 강성대국이 되었 때 주변국을 괴롭히지 않은 적이 있었던가. 하지만 중국은 그로 인해 패망의 길을 걸었다는 역사의 교훈을 명심해야 할 것이다.

▷**해설**

중국의 오만한 태도에 반응하여 쓴 복합단락형식의 칼럼이다. 서론단락 (가)는 주제와 관련된 배경정보와 배경지식으로 필자가 반응한 주제에 대한 독자의 공감을 환기하면서 글의 목적과 주장을 담은 주제문을 마지막에 배치하고 있다. 이는 〈깔때기 모양〉의 후크로 작성한 논술과 비슷하다.

본론단락 (나), (다), (라)는 주제문의 중심내용으로 각 화제문을 구성한 뒤 이를 뒷받침하고 있다. 결론단락 (마)는 주제문을 재진술하면서 글의 요지를 드러내고, 핵심내용을 덧붙였다. 본론의 핵심내용을 바탕으로 중국의 암담한 미래를 예견하며 제언으로 글을 마무리하고 있는데, 후크만 쓰지 않았을 뿐 '서론-본론-결론'의 구성이 논술과 흡사하다는 것을 알 수 있다.

주제3 : 불길한 망국 예감

(가) '오늘날 한국의 상황은 구한말 망국 때와 정확히 일치한다.' 필자가 『인민의 탄생』(2011) 후속작인 『시민의 탄생』을 출간하면서 가진 모 일간지와의 인터뷰 내용이다. 과장이 아니다. 오히려 덧붙이고 싶다. '그때보다 더 열악하다'고. 한국을 두고 벌어지는 극동정세가 그렇고, 그와는 아랑곳 없이 터지는 내부 분열이 그렇다. 누군가는 항변할 것이다. 그래도 백년 동안 힘을 길렀는데 오늘의 한국은 구한말 조선이 아니라고. 이렇게 말해주고 싶다. 4강은 한국이 커진 것보다 더 커졌고, 북한의 변수가 돌출한

이 시대 역학구도에서 한국의 입지는 한없이 쭈그러졌다고. 내부 분열? 당시에는 분열상이 조정에 한정되었지만 지금은 시민사회 전반을 갈라놓고 있다고 말이다.

(나) 그래도 믿기지 않는다면 중국-일본이 겹겹이 쳐놓은 방공식별구역으로 바짝 좁혀진 바다와 거기에 갇힌 한국을 보라, 4강 역학이 어떻게 작동하는지를. 방공식별구역 경쟁은 용암처럼 꿈틀대는 극동정세에 잠재된 하나의 상징적 사건일 뿐이다. 한국은 두 개의 분절선이 엇갈리는 위치에 몰려 있다. 한-중과 일본을 가르는 '역사대치선', 한-미-일과 중국-북한을 가르는 '군사대치선'이 한국의 지정학적 주소를 모순적으로 만들었다. 정세 변화에 따라 눈치를 살펴야 할 판이다. 일본의 우경화는 모순의 딜레마를 증폭한다. 아베 정권은 역사대치선의 중추신경인 영토분쟁을 일으키고 곧장 미국 뒤에 숨었는데, 한국은 중국과 위로주를 나누다가 얼떨결에 군사대치선으로 복귀해야 할 형편이다. 제주도 남쪽 상공에 신예전투기들이 난무해도 한국은 구경할 뿐 뾰족한 방법이 없다. 구중궁궐에 갇혀 '정의의 대국'이 오기를 고대했던 고종과, 틈새 전략도 구사하지 못하는 오늘날 한국이 무엇이 다른가. '난폭한 북한'이 불거지고 여기에 영토분쟁이 겹치면서 한국의 운명은 강대국 역학에 좌우된다.

(다) 구한말이나 지금이나 한국은 4강 역학에서 종속변수다. 두 개의 대치선에 끼어 쩔쩔매는 판에 내부 분열은 고종 때보다 더 심하다. 일년간 정치권은 집요한 싸움밖에 한 일이 없고, 분쟁에 시달리던 시민사회는 끝내 쪼개졌다. 종교계 일부가 듣기에도 거

북한 대통령 하야 선언을 하고 나설 정도니 부지불식간 정권의 거버넌스는 금이 갔다. 회복해도 영이 설지 의문이다. 국민의 건강한 판단력도 마비상태다. 명박산성보다 더 견고한 '요새정치' 앞에서 지쳤고, 야당과 비난 세력의 '돌격정치'에도 넌더리가 났다. 대통령 하야 요구가 정말 민주적인지, 120만 개 부정 댓글에 더해 뭐를 더 폭로할지 모를 판국에 법률 판단에 맡기자는 '회피정치'가 과연 민주적 리더십인지 헷갈린다. 정치권 분열, 약한 국력, 쪼개진 사회, 비전의 소멸, 그리고 열강의 충돌, 이것의 결말은 민족의 파멸이었다. 110년 전 대한제국을 멸망에 이르게 한 파국 드라마, 그 악몽은 오늘날 한국과 정확히 닮은 꼴이다.

(라) 이 시점에서 우리의 초라한 자화상을 냉철히 인정하자. 정치-경제적으로 한국을 이만큼 키운 20세기 패러다임은 끝났음을, 우리는 막힌 골목에 와 있음을 말이다. 산업화 세력이 그토록 자랑하는 성장엔진은 구닥다리가 됐고, 민주화 첨병이던 재야세력은 기득권집단이, 강성노조는 이익집단이 됐다. '사람투자'에 치중한 성장 패턴의 유효성은 오래 전 끝났음에도 보수와 진보 모두 새로운 모델 만들기를 저버렸다. '사람투자'에서 '사회투자'로 전환해야 하는 시대적 과제를 팽개쳤다. 연대와 신뢰를 창출하는 사회로의 전환이 사회투자의 요체이거늘, 원자화된 개인주의와 무한 경쟁으로 치닫는 현실을 부추기고 방치했다. 양극화 격차사회의 행진을 막지 못했으며, 사회조직은 승자독식을 허용했다. 미래가 막막한데 시민윤리와 공동체정신? 글쎄, 분쟁이 만연된 한국 사회에서 누가, 어떤 평범한 시민이 어렵고 못사는 사람들을

걱정할까? 진영논리로 쪼개진 이기적 시민들의 어설픈 국가운명을 극동의 강국들이 자국 이익에 맞춰 이리저리 재단하는 중이다.

(마) 너무 비관적인 진단이라고? 아니다. 구한말에는 그래도 민지(民智)를 모을 생각은 했다. 지금은 민지를 쪼개는 데에 정신이 팔렸다. 유길준이 강조한 '시세(時勢)와 처지(處地)'는 이 시대에 더 절실한 교훈이다. 망국의 아픔이 있는 민족은 이 보다 더 비관적인 진단을 안고 살아야 한다. 대한제국의 패망이 식민지, 전쟁, 독재를 치르게 했듯이 '침몰하는 한국'의 유산은 당대의 것이 아니다. 우리 자녀들과 미래 세대가 감당해야 할 고난의 짐이다. 망국을 부르는 전면전에 나서기 전에 한 번 자녀들의 얼굴을 보라. 그 맑고 순진한 표정이 그것을 허락한다면 다 같이 싸워 끝장을 봐도 좋겠다.　〈중앙일보 2013년 12월 3일자 : 송호근 교수 칼럼〉

▷해설

복합단락 형식으로 쓴 전문가 칼럼이다. (가) 단락이 서론인데, 필자가 주장하는 주제문 '오늘날 한국의 상황은 구한말 망국 때와 정확히 일치한다.' 라는 내용을 서론의 첫문장으로 배치했다. 주제문의 중심내용은 '구한말 망국상황'으로 구체적이다.

(나), (다), (라) 단락의 첫문장인 화제문은 주제문의 중심내용으로 작성했다. (마)는 결론단락으로 주제문을 질문형식으로 환기한 뒤에, 오히려 더 '비관적'이라고 재진술하면서 글의 요지를 강화한다. 그리고 구한말 당시를 다시 한번 우리의 현실과 비교하면서 국가의 미래를 자녀들의 몫으로 걱정하며 글을 맺고 있다.

주제4 : 생태학적 세계관으로

(가) 고속도로를 질주하는 컨테이너 트럭의 대열, 산을 뭉개는 불도저들의 활발한 움직임, 사방에 들어서는 고층건물 주변의 크레인 등을 볼 때마다 혼란과 고통을 느끼면서도 흐뭇해진다. 거기서 우리는 성공적으로 이룩한 산업화와 국력의 성장을 확인할 수 있기 때문이다. 지금 지구 곳곳에 동일한 모습과 현상이 퍼져가고 있다. 산업화를 통한 문명화가 인간을 빈곤과 억압에서 해방시키는 수단인 한 이 작업은 더욱 추진되어야 한다. <u>그러나 우리가 겪고 있는 혼란과 고통은 너무 크고 그것이 동반하는 그늘은 너무 어둡다.</u>

(나) <u>서울이나 뉴욕 등에서 숨 쉬는데 생리적 고통을 느낀다.</u> 오염된 하천에서 죽어 떠 있는 물고기를 볼 때 자연 파괴의 심리적 아픔을 경험한다. 산더미 같이 쌓인 쓰레기장에서 코를 막아야 할 때 썩어가는 자연의 모습이 안타까워진다. 생태계가 파괴되고 지구가 죽어가고 있는 것이다. 자연의 개발, 경제적 풍요, 역사적 진보에 대한 낙관과 전망은 흐려지고 지구의 앞날이 깜깜해진다. 역사와 문명에 관한 방향 감각에 혼란이 생긴다. 세계는 어떻게 되는 것이며, 인류는 어떤 삶의 형태를 갖추게 되는 것인가.

(다) <u>오늘과 같은 추세로만 갈 때 생태계 파괴와 인류의 종말과 지구의 죽음은 기정사실처럼 보인다.</u> 이런 상황에서 오늘날의 인류가 대처할 문제 가운데서 생태계의 문제보다 더 심각하고 절망

스런 문제는 없다. 산업화가 당장 물질적 풍요를 가져온다 해도 더는 그것을 맹목적으로 추진하고 구가할 수 없다. 현재까지 인류가 택한 방향과 그런 지평에서 이룬 문명의 의미에 대해 근본적 반성과 재해석이 필요하다. 이미 심각한 병에 든 오늘의 지구가 어두운 세계가 우리의 세계관에 의해서 조작된 것이라면 그러한 세계관은 근원적 전환을 필요로 한다.

(라) 인류의 역사는 자연 정복과 복종의 시각에서 서술될 수 있다. 한 개인이나 집단의 역사가 인간 사이의 정복과 복종의 긴장된 관계로 기록될 수 있다면, 인류 전체의 시각에서 볼 때, 인간의 역사는 인간에 의한 끊임없는 자연정복으로 설명될 수 있다. 인간끼리의 관계에서나 자연과의 관계에서 인간의 행동을 지배해온 것은 '정복'의 이념과 그러한 목적을 효율적 도구로 사용한 과학적 자연관이다. 과학문명은 인간에 의한 자연정복의 놀라운 성공을 뜻한다. 정복이념과 과학적 자연관을 통틀어 인간 중심적 세계관으로 부를 수 있다. 그러나 인간 중심적 세계관은 궁극적으로 무엇을 의미하는가? 인류가 과학기술을 빌려 성공한 자연정복의 궁극적이고 구체적인 의미는 무엇이겠는가? 그것은 환경오염, 생태계의 파괴, 인류의 멸망, 그리고 지구의 죽음이라는 가능성을 뜻하게 됐다.

(마) 오늘날 인류가 직면한 절박한 위기의 원천적 밑바닥에 '정복'이라는 이념과 과학적 자연관으로 표현된 인간 중심적 세계관이 깔려 있다. 그렇다면 그런 위기를 극복할 수 있는 유일한 가능성은 바로 그 세계관을 원천적으로 수술해내는 데서만 찾을 수 있

다. 그것은 세계관의 근본적 전환을 의미한다. 근원적 문제는 근원적으로만 해결된다. 근원적 해결책은 인간 중심적 세계관을 생태학적 세계관으로 전환-대치시키는 데 있다.

(바) 생태계적 세계관은 거시적 입장에서 미시적 입장에 갇혀 있는 인간 중심적 세계관의 포기를 의미한다. 자연은 인간의 욕망 충족을 위한 도구나 자료가 아니라 인간의 근원적 모체이며 조화를 찾아야 할 대상이다. 인간 외의 생물체는 정복과 약탈의 대상이 아니라 인간과 공생할 권리를 갖고 있다. 이런 생태학적 세계관에 비추어볼 때, '발전'과 '진보'의 의미는 재해석된다. 인류의 참다운 발전은 무제한적 자연정복이 아니라 자연과 공존이다. 인류의 진정한 진보는 생물학적 욕망의 이기적 충족이 아니라, 오히려 그러한 욕망을 극복하여 남의 존엄성을 고려하고 남과 화해-조화 속에서 공존하는 도덕적 태도와 실천력에 의해서만 측정된다.

(사) 생태학적 이념은 자연에만 적용되지 않는다. 그것은 여러 차원과 측면에서 나타나는 모든 인간관계에도 다 같이 적용되어야 한다. 물질적 가치를 가장 존중하고 인간의 이기심을 전제한 자본주의적 이념이나 개인의 자유를 억압하는 모든 전체주의적 이념은 생태학적 이념과 배치된다. 그러므로 서로 대립하면서 지난 한 세기 동안 세계를 지배하고 갈등을 일으켜 온 이 두 개의 이념들은 다 같이 비판되고 극복되어야 한다. 과학기술이나 위의 두 가지 정치-사회적 이념이 서양적 사상의 산물이라면 서양적 사상은 생태학적 이념으로 대치되어야 한다.

〈철학자 박이문 선생님 글〉

▷**해설**

복합단락으로 구성된 이 글은 주제문이 서론단락 (가)의 마지막에 '그러나 우리가 겪고 있는 혼란과 고통은 너무 크고 그것이 동반하는 그늘은 너무 어둡다.' 라는 내용으로 씌어 있다. 주제문의 중심내용은 '(성장 이면에) 우리가 겪고 있는 혼란과 고통'으로 간접적으로 표현하고 있다.

본론단락 (나), (다), (라), (마)의 화제문은 모두 주제문의 중심내용인 '고통과 혼란'이라는 내용으로 구성됐으며, 화제문을 뒷받침하는 '연결단락'으로 구성됐다.

마지막 (사)는 결론단락이다. 따라서 첫 문장에 간접 주제문을 구체적으로 재진술한 '생태학적 이념은 자연에만 적용되지 않는다. 그것은 여러 차원과 측면에서 나타나는 모든 인간관계에도 다같이 적용되어야 한다.' 라는 내용으로 글의 요지를 분명하게 드러내고 있다.

UNIT | # 복합단락으로 출제된 수능 비문학 독해

교육목적으로 구성된 복합단락은 책이나 논문 등에서 발췌한 내용일 경우 서론-본론-결론의 구성이 분명하지 않다. 그리고 이런 글은 종종 첫 단락이 서론이 아닌 경우가 있다. 따라서 대입수능의 비문학 독해 문제로 자주 출제되는 복합단락을 이해하기 위해서는 서론단락을 찾아 글의 주제문, 즉 중심문장을 찾는 것이 매우 중요하다. 복합단락의 주제문은 글의 '중심내용'을 담고 있기 때문에 전체 글의 내용을 이해하는데 필요한 핵심문장이다. 다음 예문은 최근 대입 수능시험에 출제된 비문학독해의 복합단락인데, 이 중 어떤 글은 발췌한 내용이므로 참고하기 바란다.

주제1 : 양자역학

(가) <u>고전 역학은 20세기 초기까지 물리학자들이 세계를 기술하던 기본 이론으로, 다음과 같은 두 가지 가정을 포함한다.</u> 물리적 속성에 대한 측정은 측정 대상의 다른 물리적 속성을 변화시키지 않고 이루어질 수 있다는 가정과 물리적 영향은 빛의 속도를 넘지 않고 공간을 거쳐 전파된다는 가정이 그것이다. 예를 들어 어떤 돌의 단단한 정도를 측정한다고 해서 그 돌의 색깔이 변하는 것은 아니며, 돌이 유리창을 향해 날아가는 순간 유리창이 '이미 알고' 깨질 수 없다는 것이다. 이러한 고전 역학의 가정은 우리들에게 자연스럽게 받아들여진다.

(나) <u>양자 역학은 고전 역학보다 더 많은 현상을 정확하게 예측함으로써 고전 역학을 대체하여 현대 물리학의 근간이 되었다.</u>〈간접 주제문〉 그럼에도 불구하고 양자 역학이 예측하는 현상들 중에는 매우 불가사의한 것이 있다. 다음의 예를 살펴보자. 양자

역학에 따르면, 같은 방향에 대한 운동량의 합이 0인 한쌍의 입자는 아무리 멀리 떨어져도 그 연관을 유지한다. 이제 이 두 입자 중 하나는 지구에 놓아두고 다른 하나는 금성으로 보냈다고 가정하자. 만약 지구에 있는 입자의 수평 방향 운동량을 측정하여 +1을 얻었다면, 금성에 있는 입자의 수평 방향 운동량이 -1이 된다. 도대체 그렇게 멀리 떨어진 입자가 어떻게 순간적으로 지구에서 일어난 측정의 결과에 영향을 받을 수 있을까?

(다) <u>또한 양자 역학에 따르면 서로 다른 방향의 운동량도 연관되어 있다.</u> 예컨대 수평방향 운동량과 수직 운동량을 측정하고 다시 수평 운동량을 측정하면, 이제는 +1만 나오는 것이 아니라 +1과 -1이 반반의 확률로 나온다. 두 번째 수직 방향 측정이 수평 운동량 값을 불확정적으로 만들어 버린 것이다. 어떻게 지구에서 이루어진 측정이 엄청나게 멀리 떨어져 있는 입자의 물리적 속성에 순간적으로 영향을 줄 수 있을까? 이 현상에 대해 고전 역학의 가정을 만족시키면서 인과적으로 설명하는 것은 불가능해 보인다.

(라) 이처럼 불가사의한 양자 현상을 실험적으로 검증하기는 매우 어렵다. 하지만 1980년대에 이루어진 아스펙의 일련의 실험 이후, 이러한 양자 현상이 미시적인 세계에서 실제로 존재한다는 사실은 부인할 수 없게 되었다. 양자 역학은 이 현상을 정확하게 예측하기는 하지만 우리가 이해할 수 있도록 인과적으로 설명해 주지는 못한다. 이러한 양자 역학의 한계에 대해 물리학자들은 대체로 두 가지 반응을 보인다. 첫째는 양자 역학을 자연에 적용할 때 매우 성공적이었으므로, 이러한 양자 현상이 우리에게 이상하

게 보인다는 점은 별로 문제될 것이 없다는 입장이다. 둘째는 양자 역학은 미래에 더 나은 이론으로 대체될 것이고, 그래서 그때가 되면 불가사의한 양자 현상도 어떤 형태로든 설명될 것이라는 입장이다. 〈2017학년도 EBS 수능 연계 교재에서 발췌〉

▷ **해설**

이 글은 첫 단락 (가)의 내용으로 보아 '고전역학과 양자역학'이라는 글에서 발췌한 내용임을 알 수 있다. (가) 단락은 먼저 고전역학에 대한 이야기를 마무리하고 다시 양자역학에 관한 내용으로 글을 전환하고 있음을 알 수 있다. 따라서 (나) 단락이 사실상 이 글의 서론단락에 해당되기 때문에 주제문이 배치되어 있는 것이다.

(나) 단락부터 필자가 실제로 말하고자 하는 주제문의 중심내용인 '양자역학의 정확한 예측'에 대한 이야기를 시작한다. 주제문은 (나) 단락의 첫번째 문장인 '양자역학은 고전 역학보다 더 많은 현상을 정확하게 예측함으로써 고전 역학을 대체하여 현대 물리학의 근간이 되었다.' 라는 내용이다. (나), (다)는 모두 고전역학에 대비하여 양자역학을 설명하는데 둘다 양자역학이 중요하면서도 불가사의한 점이 있다는 것을 밝히고 있다. 마지막 (라)가 결론단락으로, 양자역학을 재진술한 '그래서 그 때가 되면 불가사의한 양자 현상도 어떤 형태로든 설명될 것이라는 입장이다.' 라는 내용이 글의 요지로 결론단락의 마지막 문장으로 배치됐다. 따라서 이 글은 '양자역학의 불가사의'에 대한 글임을 알 수 있다.

복합단락의 구조를 이해하면, 아무리 어려운 과학 지문이라고 해도 이를 쉽게 이해할 수가 있다. 따라서 모든 글은 구조를 이해하면 국어 비문학독해의 제목·논지 전개 형식 찾기·요지 또는 주제 찾기에서부터 글의 흐름과 구성 방법을 묻는 문제까지 모든 문제를 쉽게 해결할 수 있다.

EXERCISE

주제2 : 괴테의 진정한 인간성

(가) 괴테는 정신 세계에 다양한 요소를 지닌 사람이었다. 예리한 판단력, 풍부한 상상력 그리고 예민한 감수성을 괴테만큼 두루 지녔던 사람도 드물다. 그런데 이런 특성들이 선천적이라기보다는 자기 스스로 노력하고 탐구하여 얻은 것이라는 데 그의 매력이 있다. 그는 평생 동안 완전한 자기 자신을 만들기 위해 노력한 사람이다. 시인이며 자연과학자이고, 사상가이며 정치가인 삶을 살았지만 그는 이 모든 것에 앞서 인간다운 인간이 되고 싶어했다. 그가 말하는 '진정한 인간성'은 이러한 삶의 목표를 반영하고 있다. 여기서 인간다운 인간은 한 곳에 안주하지 않고 끊임없이 노력하는 사람이며, 동시에 어떠한 상황에서도 고결하고 선량하며 동정심을 잃지 않는 사람을 말한다. 아울러 그 바탕에는 내면 세계를 부단히 성찰하면서 자신의 참 모습을 일구어 가는 진지함이 자리잡고 있다. <u>이러한 품성(진정한 인간성)을 두루 갖춘 인간성을 괴테는 자연과 유사한 상태로 간주하였다.</u>

(나) '진정한 인간성'을 강조하는 괴테의 목소리에 귀기울이며 현대사회의 척박함 속에서도 개인이 인간성을 자유롭게 실현할 수 있을까 하는 의문을 가져본다. 여러 가지 점에서 현대인은 자연스럽지 못한 상태로 변해 가고 있다. 인간성이 근원인 자연에서 점점 멀어지면서, 현대인은 자신의 참 모습을 만들기 위해 노력하기보다는 물질이나 이념과 같은 외면적 가치에 더욱 매달리고 있다. 그리하여 왜곡된 인간성에 의해 저질러지는 폭력과 살생을 안은 채 욕망이 이끄는 대로 휩쓸려 가는 사람들의 모습을 보면 어둠 속에서 미소를 짓고 있는 악마 메피스토펠레스가 떠오른다.

(다) 괴테가 세상을 떠난 지 긴 세월이 지난 오늘날, 우리는 그의 의미를 새롭게 발견한다. 그는 현대의 공기를 마셔보지 않았지만 대단히 현대적인 시각에서 우리에게 충고를 하고 있다. 지금 진행되고 있는 이 무서운 드라마를 끝내기 위해서는 모든 사람이 다 함께 '진정한 인간성'을 추구해야 한다. 물질적 편리함을 위해 정신적 고귀함을 간단히 양보해 버리고 집단의 목적을 위해 개인의 순수성을 쉽게 배제해 버리는 세태 속에서 우리는 자신의 혼을 가진 인간으로 살기 위해 노력해야 한다. 이런 점에서, 순수하고 고결한 인간성을 부르짖은 괴테의 외침은 사람 자체를 존중하는 마음이 사라져 가는 오늘날의 심각한 병폐를 함께 치유하자는 세계사적 선서의 의미를 지닌다. 모든 사람들이 근본적으로 지니고 있는 사랑하는 마음을 잃지 않고 각자 '진정한 인간성'을 행동으로 실천한다면, 현대 사회의 비인간화 현실을 극복할 수 있다.

<2017학년도 EBS 수능 연계교재에서 발췌>

이는 복합단락으로 구성된 발췌 글이라고 할 수 있다. (가) 단락이 서론으로, 괴테의 정신세계에 대한 이야기로 배경정보를 던지면서 주제문 '이러한 품성(진정한 인간성)을 두루 갖춘 인간성을 괴테는 자연과 유사한 상태로 간주하였다.'를 단락의 마지막에 배치했다. 주제문 중심내용은 '진정한 인간성'이다.

(나) 본론단락의 화제문은 주제문의 중심내용을 가지고 작성했다. 결론단락인 (다)는 괴테의 이야기로 되돌아가 괴테가 추구했던 정신을 환기하고 있다. 그리고 마지막에 주제문의 중심내용인 '진정한 인간성'을 재진술하면서 글의 요지를 드러내고 있다.

주제3 : 사단 칠정

(가) 사단은 측은지심, 수오지심, 사양지심, 시비지심의 네 가지 마음으로, 맹자 이래 주희까지도 이 네 가지 마음을 모두 인간의 본성으로부터 유래한 것으로 이해하고 있었다. 한편 칠정은 기쁨, 노여움, 슬픔, 두려움, 사랑함, 싫어함, 욕망함이라는 일곱 가지 감정을 가리킨다. 즉 사단이 본성으로부터 출현한 마음의 양태라고 한다면, 칠정은 인간이면 누구나 가지고 있는 현실적인 마음의 양태를 가리키는 것이라 볼 수 있다. 한국 성리학상 최대의 논쟁으로 대두됐던 사단 칠정 논쟁은 정지운이라는 유학자가 '사단은

이(理)에서 드러난 것이고, 칠정은 (氣)에서 드러난 것이다.'라고 한 데 대해 이황이 '사단은 이가 드러난 것이고, 칠정은 기가 드러난 것이다.'라고 고쳐준 것으로부터 시작된다. 이황은 정지운의 글에서 이와 기의 역할이 수동적으로 서술되어 있다는 점을 지적한 것인데, 이에 대해 기대승이 반박하는 편지를 보내면서 두 학자 사이에 여러 차례 서신이 오가게 된 것이다.

(나) 이황은 사단과 칠정을 질적으로 다른 것으로 보았다. 본성에서 직접 드러난 것이기 때문에 사단을 이가 드러난 것이라고 보았고, 칠정은 본성과는 무관하게 사적인 개체의 감정이기 때문에 기가 드러난 것이라고 본 것이다. 이에 반해 기대승은 사람에게는 윤리적인 마음이 나올 수 있고 혹은 그렇지 않은 현실적인 마음도 나올 수 있지만, 어느 경우이든 이와 기는 동시에 함께 고려돼야 한다고 생각했다. 그래서 그는 본성을 발할 때 기가 잘못 작용하지 않아 본연의 선이 이루어지는 것을 사단이라고 이해했으며 사단도 결국 칠정으로 대표되는 현실적인 마음들 가운데 특히 절도에 맞는 윤리적 마음을 가리키는 것이라고 주장했다. 이황은 기대승의 비판을 일정 부분 수용하면서도 자신의 기존 입장을 고수하는 타협책을 제시했다. 사단과 칠정 모두 이와 기라는 범주를 적용하지만 사단에서는 이가 중심적인 역할을 하는 반면 칠정에서는 기가 중심적인 역할을 한다고 보자는 것이었다. 이러한 생각을 그는 '사단은 이가 드러날 때 기가 따르는 것이고, 칠정은 기가 드러날 때 이가 타는 것입니다.'라는 말로 정리했다.

(다) 이황의 타협책은 그리 오래되지 않아 다시 심각한 도전에

<u>직면하게 되었다.</u> 사단은 이가 드러날 때 기가 따르는 것이라는 주장에 대해 이이가 의문을 제기했던 것이다. 이이가 볼 때 사단에 대한 이황의 논리의 핵심은 결국 이가 먼저 드러난다는 것을 그대로 주장한 데 지나지 않기 때문에 '사단은 이가 드러난 것이다.'라고 말한 처음 입장에서 한 걸음도 나아가지 않았다는 것이다. 이이는 사단 가운데 하나인 측은지심은 〈맹자〉의 사례에서도 설명된 것처럼 갓난아이가 우물에 빠지려고 할 때 자신도 모르게 발생하는 선천적인 마음이라고 보았다. 이 경우 측은지심이란 타인의 불행에 대해 공감하게 되는 일종의 동정심이라고 볼 수 있다. 이황은 측은지심이 우리의 현상적 의식이 통제할 수 있는 그런 종류의 것이 아니므로 내면의 본성에서부터 필연적으로 실현되어 나온 마음이라고 본 맹자의 관점을 따랐다.

(라) 하지만 이이는 갓난아이를 보고 측은해지는 것 자체가 바로 기라는 범주로 설명되어야 한다고 주장했다. 여기서 이이는 '갓난아이를 봄'이라는 경험적 사태에 주목했다. 과거에 주희는 만물이 개체성의 원리로서의 기와 공통성의 원리로서의 이라는 두 범주로부터 생성된다고 보았다. 이런 맥락을 토대로 이이는 '갓난아이를 봄'이라는 행위가 지각하는 자와 지각되는 대상 간의 구별, 즉 개체적 구별이 전제되어야 가능한 것이기 때문에 그러한 행위를 개체성의 원리로서의 기로 이해해야 한다고 주장했다. 갓난아이를 보았을 때에만 측은심이 생긴다면 결국 갓난아이를 보았던 기의 측면에 수반되어 측은지심이라는 마음이 드러나는 것이고, 이 마음을 통해 비로소 이가 기 안에 타 있는 모습을 볼 수

있다고 생각한 이이는 단호하게 '기가 드러나서 이가 탄다는 말은 옳지만 단지 칠정만 그런 것은 아닙니다. 사단도 또한 기가 드러나서 이가 타는 것입니다.' 라는 주장을 펼쳤다.

(마) 이이의 반박 이후로 이황의 입장을 지지하는 영남학파와 이이의 입장을 지지하는 기호학파가 학파로서 확고하게 정립되어 갔으며, 그 양립된 입장이 수백 년을 내려오면서 반복되는 논쟁으로 성리학적 인식을 심화했다. 그 과정에서 두 입장을 종합하거나 새로운 쟁점을 제기하면서 한국 성리학의 독자적 수준을 확보했던 것이다. 곧 한국 성리학은 사단 칠정 논쟁을 계기로 인성론의 문제를 심화한 점에서는 중국 성리학의 수준을 넘어서는 발전을 이루었다고 볼 수 있다.

〈2017학년도 EBS 수능 연계 교재에서 발췌〉

▷**해설**

이 글도 〈사단칠정〉이라는 논문이나 책에서 발췌한 글의 형태를 이루고 있다. 따라서 '서론-본론-결론'의 구성이 분명하지 않다. 서론단락 (가)의 마지막 부분 '이황은 정지운의 글에서 이와 기의 역할이 수동적으로 서술되어 있다는 점을 지적한 것인데, 이에 대해 기대승이 반박하는 편지를 보내면서 두 학자 사이에 여러 차례 서신이 오가게 된 것이다.' 라는 내용이 주제문이다. 중심내용은 '이와 기에 대한 이황과 기대승의 의견 차'로 구체적이다.

본론단락 (나), (다), (라)의 화제문은 모두 주제문의 중심내용인 '이와 기에 대한 의견 차'라는 내용으로 구성됐으며, 화제문을 뒷받침하는 '연결단락'으로 구성됐다. 물론 이황의 사단에 대하여 이이의 반론도 제기된다. 이는 모두 이와 기에 대한 관점의 차이를 드러낸 것이다. 마지막 단락 (마)는 결론단락이다. 따라서 첫 문장에 주제문을 재진술한 '이이의 반박 이후로 이황의 입장을 지지하는 영남학파와 이이의 입장을 지지하는 기호학파가 학파로서 확고하게 정립됐다'라는 내용으로 글의 요지를 분명하게 드러내고 있다. 그리고 이로 인해 한국의 성리학이 중국 성리학의 수준을 넘어서는 발전을 이루었다고 예시하고 있다.

복합단락을 제대로 이해하기 위해서는 무엇보다 글의 중심내용을 담고 있는 주제문을 찾아서 파악하는 것이 중요하다. 모든 복합단락은 중심문장인 주제문을 중심으로 글이 전개되어 나가기 때문이다. 그리고 주제문의 중심내용을 파악하면 바로 글의 전체 윤곽을 이해할 수가 있다. 따라서 이 글〈사단칠정〉도 바로 중심문장인 주제문이 이와 기에 대한 서로 상반된 주장을 담고 있고, 나아가 이 문제를 중심으로 글이 전개되고 있다는 것을 알 수 있다.

주제4 : 생물다양성

(가) 생물다양성이란 원래 한 지역에 살고 있는 생물의 종이 얼마나 다양한가를 표현하는 말이었다. 그런데 오늘날에는 종의 다양성은 물론이고 각 종이 가지고 있는 유전적 다양성과 생물이 살

아가는 생태계의 다양성까지를 포함하는 개념으로 확장해서 사용한다. 특히 최근에는 생태계를 유지시키고 인류에게 많은 이익을 가져다 준다는 점이 부각되면서 생물다양성의 가치가 크게 주목받고 있다. 〈간접 주제문〉

(나) 생물다양성의 가장 기본적인 가치로 생태적 봉사 기능을 들 수 있다. 생물은 생태계의 엔지니어라 불릴 정도로 환경을 조절하고 유지하는 커다란 힘을 가지고 있다. 숲의 경우를 예로 들어 보자. 나무는 서늘한 그늘을 만들어주고 땅 속에 있는 물을 끌어 올려 다양한 생물종이 서식할 수 있는 적절한 환경을 제공한다. 숲이 사라지면 수분 배분 능력이 떨어져 우기에는 홍수가 나고 건기에는 토양이 완전히 말라 버린다. 이로 인해 생물 서직지의 환경이 급격하게 변화되고 마침내 상당수의 종이 사라지게 된다. 이처럼 숲을 이루고 있는 나무, 물, 흙과 그곳에서 살아가는 다양한 생명체는 서로 유기적인 관계를 형성하면서 생태계의 환경을 조절하고 유지하는 역할을 담당한다.

(다) 또한 생물다양성은 경제적으로도 커다란 가치가 있다. 대표적인 사례로 의약품 개발을 들 수 있다. 자연계에 존재하는 수많은 식물 중에서 인류는 약 2만여 종의 식물을 약재로 사용해 왔다. 그 가운데 특정 약효 성분을 추출하여 상용화한 것이 겨우 100여 종에 불과하다는 사실을 고려하면, 전체 식물이 가지고 있는 잠재적 가치는 상상을 뛰어넘는다. 그리고 부전나비의 날개와 사슴벌레의 다리 등에서 항암물질을 추출한 경우나 야생의 미생물들에서 페니실린, 마이신 등 약 3,000 가지의 항생제를 추출한

경우에서도 알 수 있듯이 동물과 미생물 역시 막대한 경제적 이익을 가져다 준다. 의약품 개발 외에도 다양한 생물이 화장품과 같은 상품 개발에 이용되고 있으며, 생태 관광을 통한 부가가치 창출에도 기여한다.

(라) 생물다양성은 학술적으로도 매우 중요한 가치가 있다. 예를 들어, 다아윈은 현존하는 여러 동물들의 상이한 눈을 비교하여 정교하고 복잡한 인간의 눈이 진화해 온 과정을 추적했다. 해파리에서 나타나는 원시적 빛 감지세포로부터 불가사리처럼 빛의 방향을 감지할 수 있는 오목한 원시형태의 눈을 가진 다음, 빛에 대한 수용력과 민감도를 높인 초기 수정체 형태의 눈을 지나 선명한 상을 제공하는 현재의 눈으로 진화됐다는 것이다. 이처럼 모든 생물종은 고유한 형태의 특성을 가지고 있어서 생물진화의 과정을 추적하는 데 중요한 정보를 제공한다. 형태적 특성 외에도 각각의 생물종이 지닌 독특한 생리적·유전적 특성에 대한 비교 연구를 통해 생물을 더 깊이 이해할 수 있다. 이렇게 축적된 정보는 오늘날 눈부시게 성장하고 있는 생명과학의 기초가 된다.

(마) 이와 같이 인간은 생물다양성에 기초하여 무한한 생태적·경제적 이익을 얻고 과학발전의 토대를 구축한다. 그런데 최근 급격한 기후변화와 산업화 및 도시화에 따른 자연파괴로 생물다양성이 크게 감소하고 있다. 따라서 이를 억제하기 위한 생태계 보존 대책을 시급히 마련해야 한다. 동시에 생물다양성 보존을 위한 연구 기관을 건립하고 전문인력 양성 체계를 갖추어야 할 것이다.

〈2017학년도 EBS 수능 연계 교재에서 발췌〉

　이 글은 독립적 형태로 쓴 복합단락이다. 따라서 '서론-본론-결론'의 구성이 논술과 비슷하다. 서론단락 (가)의 마지막에 '특히 최근에는 생태계를 유지시키고 인류에게 많은 이익을 가져다 준다는 점이 부각되면서 생물다양성의 가치가 크게 주목받고 있다.'라는 주제문이 배치됐다. 중심내용은 '생물다양성의 가치'로 구체적이다.

　본론단락 (나), (다), (라)의 화제문은 모두 주제문의 중심내용인 '생물다양성의 가치'라는 내용으로 구성됐다. 이 글처럼 깔때기형 후크로 쓴 학술적인 내용의 논술은 복합단락과 구조가 매우 유사하다는 것을 알 수 있다.

　마지막 단락 (마)는 결론단락이다. 따라서 첫 문장에 주제문을 재진술한 '이와 같이 인간은 생물다양성에 기초하여 무한한 생태적, 경제적 이익을 얻고 과학발전의 토대를 구축한다.' 라는 내용으로 글의 요지를 분명하게 드러내고 있다.

기능이 뛰어나야 한다고

분들이 또 있을까. 그런

마르도록 잘 설명하면서

우리사회 글쓰기의 현주소라

잘 못 쓰는지를 알고 있다.

교육이 부재하기 때문에 우

세우지 못한 것이다. 다른 하나는

'선생'이나 ' 없다. 이러한

하기란 사실상 불가능하다. 그런데

를 하는 사람들이 많다. 이들은

의 승진 등을 위해 논술

글쓰기가 필요한

설이나 칼럼

가지고

대로

논술

Essay

논술의 기술

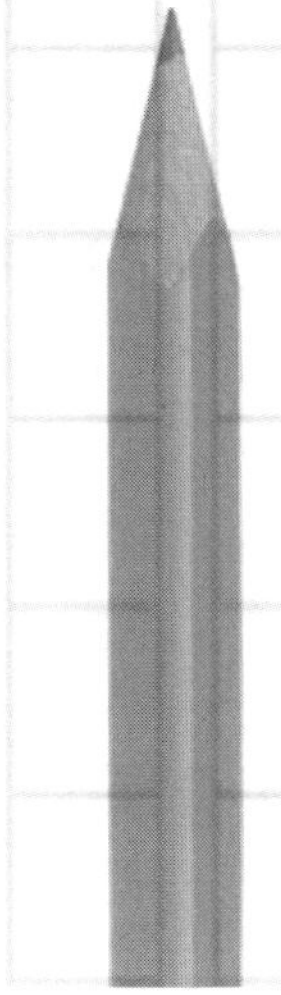

제1부

논술에 대한 탐구

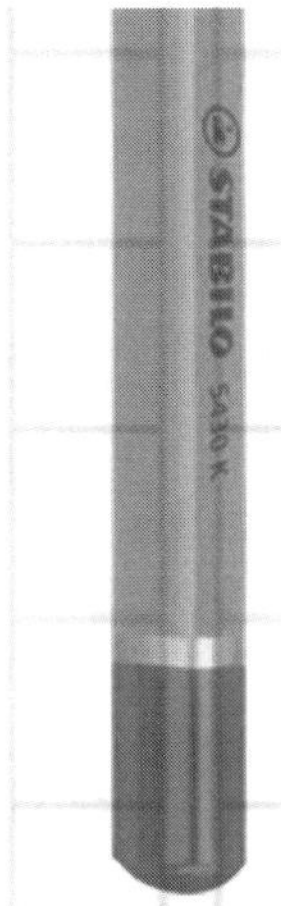

| 제1장 논술에 대한 이해 |

에세이(Essay : 논술)란?

에세이란 무엇인가? 논술을 논의하기 전에 먼저 우리가 잘못 이해하고 있는 에세이에 대해 올바로 인식하는 것이 중요하다. 영어에서 에세이는 사전적 정의로 (어떤 논제나 문제에 관한) '소론'과 (신변잡기나 잡문에 관한) '수필'이라는 두 가지 의미로 대별할 수 있다. 그런데 우리는 일제를 통해 현대식 교육이 본격화 되면서 에세이를 수필로만 사용해왔다. 수필을 신변잡기인 '경수필'과 철학적이거나 사회적인 내용을 객관적이고 논리적으로 서술하는 비개성적인 '중수필'로 구분하고 있다.

하지만 에세이의 올바른 번역이나 쓰임은 소론과 수필 두 가지로 나누는 것이 타당하다. 영어에서 중수필이라는 말은 아예 존재하지 않는다. 그리고 수필 개념인 미셀러니(miscellany)는 신변잡기나 잡문 등을 의미한다. 영어에서는 경수필이나 중수필이라는 말로 구분하지 않는데도 우리가 에세이를 뭉뚱그려 수필로 이해하면서 혼란을 겪고 있는 것은 일제 잔재의 폐해라고 할 수 있다.

나는 이 책을 준비하면서 이러한 혼란을 바로잡기 위해 큰 틀에서 에세이를 '논술'로 통칭하였다. 그리고 〈제1, 2, 3, 4, 5장〉의 논술은 에세이의 본래 의미인 소론으로 정의했고, 이를 각각 '논쟁논술', '비교대조논술', '반응논술', '과정분석논술', '분류논술'로 구분했다. 실제로 이 글들은 모두 소론 형식의 글이며, 이를 확장하면 바로 대학에서 주로 사용하는 학술논문 형식의 글이 된다.

그리고 〈단원2〉에서 준비한 '이야기논술'은 흔히 말하는 '붓이 가는 대로 쓴 글', 수필로 규정한 것이다. 실제로 우리는 그동안 에세이를 수필로만 생각해왔다. 그러나 미국유학이 활발해지면서 토플의 에세이 시험을 통하여 비로소 에세이라는 개념을 소론과 수필로 인식하게 된 것이다. 이 책에서는 소론과 수필의 두 가지 의미를 가진 에세이를 모두 '논술'이라고 명명했다.

이 책의 전반(全般)에서 논의되는 '논술(essay)'이라는 의미는 〈제 3편〉에서 다루고 있는 '단락(paragraph)'과 비교하기 위해 에세이를 소론과 수필이라는 두가지 의미를 '적절히' 담아 낼 수 있도록 번역한 것을 '논술'로 명명한 것임을 밝혀둔다.

하지만 넓은 의미로 보면 모든 글은 논술이 아닌 것이 없기 때문에 에세이를 논술로 번역한 것이 완전하다고 할 수는 없다. 현대식 글쓰기 교육은 본래 서양식 교육의 일환으로 우리에게는 일제를 통해 전래됐다. 일제 이전에는 지금과 같은 다양한 형식의 글쓰기가 없었다. 우리는 순전히 일본인의 눈과 의식을 통해 현대식 글쓰기 교육을 받았다. 그래서 곳곳에 일제 잔재의 폐해가 스며 있다는 것을 확인할 수 있다.

논술(essay)이란

'논술이란 무엇인가?' 라는 물음에 답하기 위하여 논술의 '의미(meaning)'를 가지고 논술의 형식에 맞추어 한 편의 글(논술)로 작성했다. 따라서 이 한 편의 논술을 통하여 논술이라는 의미가 무엇이며, 논술의 기본 구조가 어떠한 지를 이해하는 데 도움이 될 수 있도록 구성했다.

EXERCISE

주제 : 논술(essay)

〈서론〉

(A) 논술이란 무엇이며 논술교육이 왜 필요한가? (B) 넓은 의미에서 자신의 생각을 전달하기 위해 쓴 글은 논술이 아닌 것이 없다. '단락'이 가장 기본적인 글쓰기 수행과정이라면 '논술'은 보편적인 글쓰기 작업이라고 말할 수 있다. 논술은 '자신의 견해나 주장에 대해 논리적 근거를 제시하면서 생각을 조리 있게 서술하는 한 편의 글'을 말한다. 특히 논술은 논리에 근거한 명확성과 새로운 것을 추구하는 창조성을 기르는 데 중요한 바탕이 된다. 따라서 (C) 논술의 본래 목적은 창조성을 기반으로 언어 및 사고능력의 향상과 교육의 효율성을 높여 합리적 소통을 증대시키기 위한

교육적 필수 도구로 고안된 것이다.

〈본론1〉

(a) 논술은 무엇보다 논리에 기반하기 때문에 명확성과 새로운 것을 추구하는 창조성을 기르는 데 중요한 바탕이 된다. **(b)** 창조성이란 새로운 것을 생각하고 만들어내는 특성을 말하는데, 글쓰기가 바로 창조성을 발휘하는 '신비한' 능력을 가지고 있다. 글쓰기에서는 하나의 똑같은 '주제'를 가지고도 다양한 주장이나 내용이 나올 수 있다. 따라서 우리는 글쓰기를 통해 새롭고 다양한 아이디어를 생산하는 창조성의 능력을 기를 수가 있다. **(c)** 게다가 현대사회는 창조성을 발휘하지 못 하면 곧바로 퇴보나 실패로 이어질 수 있기 때문에 논술교육이 필요하다.

〈본론 2〉

(a) 논술은 언어능력과 표현능력을 향상시키는 데도 매우 중요한 바탕이 된다. 따라서 교육기관이 논술을 중요한 교과교육 과정의 하나로 수행하고 있는 것이다. **(b)** 논술을 공부하기 위해서는 먼저 독서와 토론이 필요한데, 이를 수행하는 과정에서 자연스럽게 현실 사회의 문제점을 접하게 된다. 그리고 어떤 현실의 문제를 깊이있게 이해하기 위해 인문-사회과학이나 역사, 철학 등에 이르기까지 다양한 분야의 책을 읽게 된다. 독서를 하고 문제점을 깊이 있게 이해하면서 쟁점을 찾아 이를 정리하고 분석하여 자기의 생각을 정확하게 논리적으로 표현하는 것이 논술교육의 핵심이다. **(c)** 그러므로 논술은 이러한 과정들을 통하여 개인의 언어능력과 함께 표현의 능력을 기르고 확장할 수 있게 한다.

〈본론 3〉

(a) <u>우리는 또한 논술교육을 통해 사고능력과 상상력을 향상시켜 나갈 수 있다.</u> (b) 논술은 현실 사회에서 어떤 문제가 있는가를 찾아내고, 그 문제가 왜 사회적 현상으로 나타나게 되었는가, 그리고 그 문제의 이면에는 어떤 원인이나 배경이 있는가를 발견하고 분석하게 된다. 이런 과정을 통하여 논술은 정치, 경제, 사회, 문화적으로 다양한 문제점들이 궁극적으로 어떤 본질적인 구조나 원인에 의해 발생하게 되었는가를 파악하게 한다. 이러한 문제점들을 해결할 수 있는 올바른 방안을 모색하는 과정을 거치면서 깊은 사고능력이 길러지게 된다. (c) 특히 단순해 보이는 사회적 현상이 여러 가지 원인과 유기적으로 얽혀 있다는 것을 이해하게 되고, 이를 추적하고 해명해 나가면서 성찰적 사고의 능력은 물론 상상력까지도 향상된다.

〈본론 4〉

(a) <u>문제의식을 갖고 논술을 공부하면 다양한 교육적 효과를 얻을 수 있다.</u> (b) 철학자 베이컨의 말처럼 글쓰기는 사람을 논리적이고 정확하게 만드는 데 효과가 있다. 많은 독서와 토론을 통해 언어능력과 합리적 사고능력이 배양되면서 평소 자신이 관심을 기울이지 못한 분야에도 관심을 가지게 된다. 특히 개인의 문제뿐만 아니라 사회·정치·경제적인 문제점과 지구촌 곳곳에서 벌어지고 있는 세계화의 과정에서 일어나는 문제점들까지도 관심을 가지게 되면서 인식능력을 확장할 수 있다. 그리고 개인의 인식능력이 넓어지면서 사고의 빈약함과 편협성을 깨닫게 되고 나아가 자신을 되돌아보는 기회를 갖게 된다. 이로 인해 자신과 생각이 다

른 사람의 의견도 존중할 줄 아는 자세를 취하게 된다. (c) 궁극적으로는 논술교육을 통해 진지한 삶의 성찰적 자세를 견지하게 되고 건강한 자아를 발견함으로써 인격성장에 도움이 된다.

〈결론〉

(a) <u>논술교육은 궁극적으로 창조성을 바탕으로 언어 및 사고능력의 향상과 교육적 효율성을 높여 사회의 합리적 소통을 증진시키는 데 기여한다.</u> (b) 따라서 논술교육은 당장 필요한 대학입시나 공기업 또는 언론사 논술시험이라는 현실 문제를 뛰어넘어 우리 삶의 다양한 문제를 진지하게 바라볼 줄 아는 폭넓은 가치를 가지게 한다. (c) 또한 어떤 문제를 그 이면으로까지 확장시켜 바라볼 줄 아는 합리적이고 통합적인 사고를 하게 함으로써 이상적인 삶의 가치를 추구할 수 있게 한다.

▷**해설**

이 글은 '논술'이란 주제로 논술의 구조에 맞춰 한 편의 논술로 구성됐다. 서론의 첫 문장 (A)는 독자 관심을 환기하는 '**후크**'다. (B)는 '**연결문장**'으로 주제인 논술과 관련된 배경정보와 배경지식이다. (C)는 글의 목적이나 주장을 담고 있는 '**주제문**'이다.

4개 본론단락의 각 화제문 (a)는 주제문의 중심내용을 가지고 작성했다. 본론단락은 각 화제문을 뒷받침하는 (b)와 본론단락을 맺음하는 (c)로 완성했다. 결론단락은 주제문을 재진술한 문장인 (a)로 전체 글의 요지를 드러낸 다음, 본론의 핵심내용을 덧붙인 (b)로 요지를 강화하고, 긍정적 예시문장 (c)로 글을 완성하였다.

논술의 구성형태

이와 같이 한편의 논술은 큰 틀에서 '**서론-본론-결론**'이라는 3가지 구성요소를 가지고 있다. 서론은 대개 1개의 단락으로 구성되며, 서론은 다시 '**후크-연결문장-주제문**'의 3가지 요소로 구성된다. 후크는 글의 성격이나 내용에 따라 생략될 수도 있다.

본론단락은 논술의 주제문을 뒷받침하는 내용으로 보통 2~4개 정도의 단락으로 이루어진다. 본론은 일반 단락의 구조인 '**화제문-뒷받침문장-맺음문장**'으로 구성된다. 맺음문장이란 (본론)단락의 마지막 문장을 말하는데, 대개 단락의 화제문을 재진술하는 결론문장, 글의 전환을 암시하는 전환문장, 또는 단락을 뒷받침하는 마지막 문장, 이 3가지를 통칭하는 말이라고 할 수 있다.

결론단락은 서론단락과 마찬가지로 1개의 단락으로 구성되며, 논술 전체의 글을 마무리하는 역할을 한다. 일반적으로 주제문을 구체적으로 재진술하면서 글의 요지를 드러낸 다음 본론의 핵심 내용을 덧붙여 요지를 강화한다. 그리고 긍정적인 예시나 조언 등을 할 수 있다. 이처럼 논술은 일정한 구성원리에 따라 완성되는 한 편의 글이다.

논술의 구성 요소

논술은 큰 틀에서 '서론-본론-결론'이라는 3가지 구성요소를 가지고 있다. 그리고 '서론-본론-결론' 단락의 성격에 따라 다시 각각의 세부적인 구성요소를 가진다.

서론

(a) 후크-(b) 연결문장-(c) 주제문

본론

(a) 화제문-(b) 뒷받침문장-(c) 맺음문장

결론

(a) 주제문을 재진술하는 문장

(b) 핵심내용을 덧붙이는 문장

(c) 긍정적 예시나 제언을 하는 문장

화제문과 주제문

화제문과 주제문은 모든 글의 '중심문장'이라는 점에서는 같은 의미를 가진다. 특히 화제문과 주제문은 글의 목적이나 주장을 담고 있는 '중심내용'을 가지고 있기 때문에 이를 뭉뚱그려 글의 '중심문장'이라고도 말한다. 하지만 글의 형식에 따라 약간의 차이가 있으므로 이를 화제문과 주제문으로 부르는 것이다.

(a) 화제문 (topic sentecne)

화제문은 단락의 '중심문장'을 말한다. 단락의 첫 문장으로 배치되며 글의 목적이나 주장을 담고 있다. 따라서 논술의 본론단락도 첫 문장을 화제문이라고 말한다. 화제문을 지원하는 뒷받침문장은 화제문의 중심내용으로 구성된다. 화제문의 중심내용은 '구체적, 개괄적'이거나, '함축적' 또는 '추상적'으로 표현되는 경향이 있다.

(b) 주제문 (thesis statement)

주제문은 복합단락이나 논술의 '중심문장'을 말한다. 복합단락과 논술의 본론단락은 주제문의 중심내용을 가지고 구성된다. 따라서 주제문이 화제문보다 좀 더 포괄적인 내용을 담을 수 있다. 그리고 주제문은 중심내용에 따라 '간접 주제문'과 '직접 주제문' 두 가지로 구성될 수 있다.

UNIT
브레인스토밍이란

논술에서 브레인스토밍이란 특정한 문제의식을 가지고 다양한 시각과 분석적 관점을 적용하여 '글감'을 준비하는 사고의 집중적인 연상과정을 의미한다. 따라서 브레인스토밍이란 글쓰기의 과제를 원활하게 수행하기 위해 반드시 필요한 첫 번째 작업이라고 말할 수 있다.

브레인스토밍의 중요성

좋은 논술은 풍부한 '글감'에서 나온다. 따라서 브레인스토밍을 통해 좋은 글을 쓰기 위한 아이디어를 준비할 수 있다. 이를테면 음식을 장만할 때 식재료가 풍부해야 맛있고 좋은 음식을 만들 수 있듯이 좋은 글을 쓰기 위해서는 글감이 풍부해야 한다.

풍부한 글감은 논술의 중심내용인 '주제문'을 구상하는 데 도움이 된다. 그리고 글을 쓰면서 아이디어가 고갈되면 글감으로 또 다른 아이디어를 연상할 수 있다. 또한 비슷한 내용의 글감을 그룹별로 정리해 놓으면 글의 중복을 피하는 데 도움이 된다. 이처럼 브레인스토밍으로 준비한 글감은 어느 것 하나 버릴 게 없을 만큼 중요하다.

주의할 점은 브레인스토밍을 하기 전에 반드시 주제나 제시문의 내용을 정확히 파악해야 한다는 것이다. 그래야 자신이 쓰고자 하는 글과 관련된 아이디어를 떠올릴 수가 있다. 좋은 논술은 글감에서 결정이 난다고 말할 수 있을 만큼 브레인스토밍이 중요하다.

주제 브레인스토밍

주제 : '정년퇴직제'

정년퇴직/ 사규/ 60~65세/ 선택권 박탈/ 폭력행위/ 개인/ 무차별/ 필수과정 등

나이 차별/ 노련/ 성숙/ 생활 수준/ 논쟁의 여지/ 기술발달/ 수

명연장/ 정년철폐 등

양질의 노동력/ 무지/ 노동력 무시/ 기술 낭비/ 일할 권리 박탈 등

키워드로 주제문 작성하기

‘정년퇴직제’란 주제로 브레인스토밍한 목록 가운데서 ‘중심내용’을 구상할 수 있다면 브레인스토밍은 성공한 것이나 다름 없다. 그리고 중심내용을 가지고 논술의 주제문을 작성한다면 이미 좋은 글의 개요를 완성한 것이다.

주제문 작성 : 정년퇴직제는 개인의 선택권을 빼앗는 행위이며 일종의 나이 차별인 동시에 양질의 노동력을 무시한 기술의 낭비라고 생각한다.

▷**도표**

〈단원 1 논술〉의 ‘제 1장’에서는 논술에 대한 이해를 돕기 위해 ‘논술이란 무엇인가’ 라는 주제를 가지고 논술을 개괄적으로 그려보았다. 그리고 이를 좀 더 구체적으로 쉽게 이해할 수 있도록 〈도표〉로 논술과 단락, 그리고 복합단락의 구조와 구성방법을 비교 분석한다.

단락형의 글 구성

서론	-화제문 (topic Sentence) -단락 전체의 문장을 아우르는 "핵심문장" -글의 목적이나 방향을 암시
본론	-화제문을 지원, 보조 -화제문의 중심 내용을 설명, 묘사 -일반적으로 3~7개 정도 문장으로 구성
결론	-화제문을 재진술, 글의 요지를 밝힘 -필자의 주장이 드러남

단락과 복합단락 그리고 논술

	단락형	복합 단락형	논술형
서론	• 화제문 • 단락 전체의 문장을 아우름	• 복합 단락의 글은 논술을 자유롭게 구성한 글 • 주제문이 자유롭게 배치됨 • 후크를 쓰지 않음	• 후크(Hook) : 독자의 관심 끌기 • 연결문장 : 후크와 주제문 연결 (배경지식, 정보) • 주제문 : 글의 목적이나 방향 암시
본론	• 화제문을 지원, 보조 • 화제문의 중심 내용을 논증·예시·비유로 설명	• 첫번째 화제문 -주제문 핵심 내용으로 구성 -첫번째 화제문을 지원 또는 보조 • 두 번째 화제문 -주제문의 핵심 내용으로 구성 -두번재 화제문을 지원, 보조 • 세번째 화제문 -주제문의 핵심 내용으로 구성 -세번째 화제문을 지원, 보조 -보통 2~5개의 화제문으로 구성	• 첫번째 화제문 -주제문의 핵심내용으로 구성 -첫번재 화제문을 지원, 보조 • 두번째 화제문 -주제문의 핵심내용으로 구성 -두번째 화제문을 지원, 보조 • 세번째 화제문 -주제문의 핵심내용으로 구성 -세번째 화제문을 지원, 보조 -보통 2~5개 화제문으로 구성
결론	• 화제문을 재진술 • 글의 요지를 드러냄	• 주제문을 재진술 • 글의 요지를 드러냄 • 본론의 핵심문장 덧붙임, 요지 강화 • 예시 또는 긍정적 미래 개진	• 주제문을 재진술 • 글의 요지를 드러냄 • 본론의 핵심문장 덧붙임, 요지 강화 • 예시 또는 긍정적 미래 개진

| 제2장 논술의 서론 |

서론단락이란

서론은 모든 유형의 글에서 본격적인 논의에 들어가기 전에 주의를 환기하고 문제를 제기하는 내용을 다루는 부분을 말한다. 서론단락은 필자가 쓰고자 하는 목적이나 주장을 담고 있는 '주제문'이 제시된다. 따라서 주제문은 주장하는 바의 '핵심어'나 '중심내용'을 담고 있는 논술의 '중심문장'이 된다.

서론단락은 '후크-연결문장-주제문'이라는 3가지 구성요소를 가진다. 서론이 중요한 것은 주제문이 완성되면 전체 글의 개요가 머릿속에 자연스럽게 그려지기 때문이다. 따라서 서론단락의 구성원리를 이해하면 서론만 읽고도 논술의 윤곽을 충분히 파악할 수가 있다.

서론단락의 구성형태

(1) 후크 – (2) 연결문장 – (3) 주제문

(1) 후크란

후크는 독자의 관심을 유도하기 위해 배치되는 서론단락의 첫 문장을 말한다. 후크가 중요한 것은 글의 내용이 아무리 훌륭하다 해도 독자로 하여금 글을 읽도록 관심을 이끌어내지 못한다면 글을 쓴 목적을 수행할 수 없기 때문이다. 따라서 좋은 후크는 물고기를 유인하듯 독자의 관심을 사로잡아야 한다. 그렇다고 모든 논술에 반드시 후크가 필요한 것은 아니다. 글의 성격에 따라 후크를 쓰지 않는 경우도 있다.

후크가 서론단락의 첫 문장이라고 해서 주제문보다 먼저 작성되는 것은 아니다. 논술의 서론단락은 주제의 브레인스토밍을 통하여 '주제문'을 작성한 뒤에 후크를 구성하는 것이 순서이다. 하지만 경우에 따라서는 브레인스토밍을 하기 전에 주제와 관련된 좋은 후크가 떠오를 수도 있다. 이런 경우에는 후크를 먼저 작성한다.

후크 구성방법

후크의 중요성은 알지만 막상 글을 쓰면서 적절한 후크를 떠올리기가 쉽지 않다. 좋은 후크를 쓰려고 골몰하다 보면 자칫 시간을 낭비할 수 있다. 그리고 좋은 후크를 써야 한다는 강박관념에 사로잡히게 되면 주어진 시간에 글을 완성하지 못할 수도 있다. 이를 위해 후크를 쉽고 빠르게 쓰는 데 도움이 되는 몇 가지 방법을 제시한다.

1. 질문던지기

가능한 짧고 간결한 문장으로 호기심을 자극하여 독자를 유혹할 수 있는 방법 중 하나가 질문을 던지는 것이다. 이 때 주의할 점은 반드시 주제와 관련된 문장이어야 한다. 그리고 큰 관심이나 흥미를 불러일으킬 수 있는 질문일수록 좋은 후크가 된다.

(a) 사드(HTAAD)배치가 북한의 핵공격을 방어하는데 얼마나 도움이 될까?

(b) 인구가 밀집한 수도권 지역에 진도 8규모의 지진이 일어난다면 어떻게 될까?

(c) 모든 종류의 암이 감기처럼 나을 수 있는 약이 개발된다면 얼마나 좋을까?

2. 쇼킹한 통계자료나 쟁점 제시

최근의 정치·경제·사회·문화적 상황과 관련있는 '쇼킹한 통계자료' 또는 새로운 이슈가 되고 있는 '쟁점' 등을 제시함으로써 독자의 관심을 환기할 수 있다.

(a) 우리나라의 한 해 자살자 수가 전세계 전쟁 사망자 수 보다

많다.

(b) 흡연으로 인해 전세계에서 매년 1천만 명 이상 죽어가고 있다.

(c) 전 세계 인구의 약 5%가 에이즈에 감염되어 있다.

3. 속담이나 명언 인용

문학작품이나 영화 등에서 나오는 '촌철살인'의 명언이나 적절한 속담을 인용하면서 논의로 들어가는 방법이다. 이 방법은 글쓴이의 독서 경험과 지식 정도를 가늠할 수 있고, 또한 글의 개성을 얻는 데도 효과가 있다. 한 가지 유의할 점은 줄거리를 장황하게 요약하는 것은 피해야 한다. 잘 알려진 작품의 내용을 인용할 경우 반드시 주제와 직접적인 관련이 있어야 한다. 그렇지 않으면 진부할 수 있다.

(a) 좋은 건강이 많은 재산보다 더 낫다. (속담)

(b) 제 때의 한 땀이 아홉 수고 던다. (속담)

(c) 인생은 마치 체리를 담은 그릇과도 같은 것이다. (명언)

4. 장면묘사

매우 인상적이고 극적인 장면을 묘사하거나 또는 독특한 시나리오를 씀으로써 독자의 관심을 이끌어내는 방법이다. 이는 대개 글쓰기 전문가들이 유려한 문장이나 박진감 넘치는 글을 쓸 때, 마치 소설의 '복선(伏線)'처럼 종종 서론단락에 앞서 도입하는 경향이 있다.

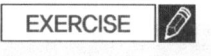

〈장면묘사 1〉

비겔란 조각공원은 압도적이었다. 소낙비 지나간 7월 오후, 노르웨이의 투명한 하늘 아래 야외에 임립(林立)한 조각 군상(群像) 212점은 인간의 희로애락을 침묵으로 절규하고 있었다. 세계적인 조각가 비겔란(Gustav Vigeland : 1869~1943)이 평생에 거쳐 만들어 오슬로시에 기증한 작품들이다. 남성과 여성, 아이들이 웃고 울며 사랑하는 일상의 순간을 포착했다. 공원 한 가운데 17m 높이로 선 모노리스(monolith)는 몸부림치는 121명의 등신대 인물상을 화강암 기둥 하나에 새긴 기념비적 대작이었다. 청명한 하늘, 청량한 바람 속 모노리스는 아름다움을 넘어 섬광 같은 숭고(崇高·the sublime)의 충격을 선사했다. 한반도와 세계의 소란스러운 세상사가 잠시 초극(超克)되는 순간이었다. 〈한 유명 칼럼의 '장면묘사'이다.〉

〈장면묘사 2〉

그는 코트 바닥에 연달아 볼을 튕기며 내달렸다. 앞을 가로막는 장애물을 능숙하게 살짝 비키면서 네트를 향해 쏜살같이 달려들었다. 이제 그 어떤 것도 그를 저지할 수 없었다. 순간 그는 높이 뛰어올랐다. 이 놀라운 선수의 발은 적어도 코트 바닥으로부터 5피트 이상 떠 있고 잠깐 공중에 멈춰있는 것 같았다. 그 순간은 시간도 멈춘 듯했다. 그 다음 갑자기 시간이 흐르고 관중은 열광한다. 마이클 조던은 다시 그것을 해냈다. 누구도 넘보기 어려운 놀라운 점프 능력을 타고났다 하더라도 타의 추종을 불허하는 그가 보여주는 신기에 가까운 묘기는 그에게는 너무나 당연하고 자연스러운 것 같아 보인다. 그러나 최고의 스타덤에 오른 이 선수에 대한 실제 이야기는 오랜 고통과 엄청난 노력, 그리고 끊임없이 장애물을 극복하고 성취한 인간 승리라고 할 수 있다.

〈In Charge p143 발췌 번역〉

5. 깔때기 모양(funnel form)

좋은 후크가 뚜렷이 떠오르지 않을 때 쓸 수 있는 방법 중 하나다. 이 경우는 쟁점보다는 내용을 진지하게 다룰 때 주로 사용한다. 따라서 대개 학술적인 내용의 글이나 신문의 사설 등에서 자주 사용된다. 그리고 깔때기 모양의 후크란 실제로는 후크가 존재하지 않는 것을 말한다. 이는 단지 서론단락의 전체가 깔때기 모양을 이루는 데서 따 온 것이다. 이를테면 주제문과 관련 있는 일반적인 견해나 주장을 가지고 시작하여 점차 구체적인 이야기로 진행하면서 독자의 관심을 유도하는 방법이다. 이는 마지막에 필자가 목적하는 바나 주장을 담은 주제문을 배치하는 서론단락의 전체 모양이 마치 깔때기처럼 생긴 것에 비유를 한 것이다.

주제와 관련한 일반적인
내용으로 글을 시작한다

내용을 점점 구체화 하면서
글을 전개한다

주제문

    정년퇴직이란 전통적으로 사규에 따라 60세에서 65세가 되면 자신이 다니던 회사를 그만 두는 경우를 말한다. 대부분 직장에서는 이 나이에 퇴직을 하는 것은 선택이 아니라 반드시 해야 하는 필수 과정이다. 그러나 생활수준이 나아지고 의학기술이 향상되면서 기대수명이 점차 늘어나고 있는 현시점에서도 정년퇴직제를 과거의 방식대로 규정한다는 것은 논쟁의 여지가 있다. 나는 일을 할 수 있는 데도 정년퇴직을 해야 하는 것에 대해 반대한다. <u>정년퇴직제는 개인의 선택권을 빼앗는 행위이며, 일종의 나이 차별인 동시에 양질의 노동력을 무시한 기술의 낭비라고 생각한다.</u>〈깔때기 모양의 후크로 서론단락〉

(2) 연결문장이란
연결문장은 서론단락의 후크와 주제문 사이를 물흐르듯이 논리적으로 자연스럽게 이어주는 문장들을 말한다. 보통 3~5개 정도의 문장으로 이어진다. 연결문장은 후크로 관심을 사로잡은 독자를 주제문으로 안내하는 역할을 한다.

연결문장 쓰는 방법

(a) 연결문장은 후크 문장의 핵심어나 중심개념을 부연하면서 시작한다.

(b) 논술의 주제 또는 주제문과 관련된 재미있는 배경이야기를 가져온다.

(c) 주제문의 배경정보나 배경지식을 통해 주제문을 이해하게 만든다.

(3) 주제문이란

주제문은 필자가 쓰고자 하는 목적이나 주장을 담고 있는 논술의 중심문장이다. 주제문은 대개 서론단락의 마지막 문장으로 배치된다. 대부분 1개의 문장으로 이루어지며, 경우에 따라서는 2개의 문장으로도 구성된다. 주제문은 '직접 주제문'과 '간접 주제문' 두 가지 형태가 있는데, 이를 쉽게 이해할 수 있도록 똑같은 내용으로 비교 구성하였다.

직접 주제문

필자가 쓰고자 하는 글의 목적이나 주장을 '구체적 또는 개괄적'으로 밝히는 문장을 직접 주제문이라고 말한다. 이 경우에는 주제문만 읽고도 전체 글의 윤곽을 충분히 이해할 수가 있다.

(a) 루이비통 가방은 명품브랜드와 고급품질, 그리고 수준 높은 디자인을 고집하기 때문에 값이 매우 비싸다.

(b) 우리가 고독을 받아들일 때 자신의 존재를 이해할 수 있고 다른 사람들과의 의미있는 관계를 형성할 수 있을 뿐만 아니라 인생의 긍정적인 변화도 모색할 수 있다.

간접 주제문

필자가 쓰고자 하는 글의 목적이나 주장을 간접적으로 밝히는 문장을 말한다. 이 경우는 주제문의 중심내용이 '함축적이거나 추상적'이다. 따라서 간접 주제문일 경우에는 결론단락에서 이를 구체화하여 글의 요지로 드러낸다.

(a) 루이비통 가방이 매우 비싼 것은 몇 가지 중요한 이유가 있다.

(b) 고독의 의미는 부정적 측면보다 긍정적인 면이 크다고 할 수 있다.

제3장 논술의 본론

본론단락이란

본론단락은 논술의 서론단락에 배치되어 있는 주제문의 중심내용을 가지고 구성한 단락을 말한다. 본론단락은 보통 2~4개 정도로 구성되며 주제문을 뒷받침하는 역할을 한다. 본론단락은 구성원리가 일반적인 단락과 흡사하다. 각 본론단락의 첫문장인 화제문은 주제문의 중심내용으로 구성되며, 이를 뒷받침하는 문장들과 맺음문장으로 본론단락이 완성된다. 따라서 본론단락은 반드시 주제문과 관련된 내용으로 전개되는 논술의 본체(body)에 해당한다.

본론단락의 구성요소

(a) 화제문 : 서론단락 주제문의 중심내용으로 구성한 단락의 중심문장

(b) 뒷받침 문장 : 화제문을 논리적으로 조리있게 설득 또는 논증하는 문장

(c) 맺음문장 : 화제문을 재진술하거나, 단락의 전환을 암시하는 전환문장

본론단락의 구성

본론단락을 작성하는 데는 적절한 '구성원리'가 작동한다. 구성원리란 글의 내용을 효과적으로 전달하기 위해 '화제문-뒷받침문장-맺음문장'이 '통일성'과 '일관성'을 유지하면서 유기적으로 이어지도록 문장을 배치하고 전개하는 방법을 말한다. 이러한 구성원리는 이미 〈제1편〉에서 배운 단락의 구성원리와 흡사하다. 따라서 여기서는 논술의 본론단락의 예문을 통하여 이를 학습하기로 한다.

본론단락의 예문

EXERCISE

주제 : 정년퇴직제

주제문 : 정년퇴직제는 (a) 개인의 선택권을 빼앗는 행위이며, (b) 일종의 나이 차별인 동시에 (c) 양질의 노동력을 무시한 기술의 낭비라고 생각한다.

〈본론1〉

(a) 정년퇴직은 일을 계속하려는 개인 선택을 방해하는 일종의

폭력행위라고 생각한다. 단순히 연령이 높다는 이유로 퇴직을 해야 한다는 것은 일을 계속할 수 있는 충분한 자질을 갖춘 사람에게는 일종의 폭력행위나 다름없기 때문이다. 노동을 계속할 수 있는 조건을 갖춘 사람은 자신의 퇴직연령을 선택할 권리를 가지는 것이 마땅하다. 한 개인의 삶에 대한 권리, 자유, 그리고 행복추구는 노동(일)과 매우 특별한 관련이 있다. 특히 정년퇴직은 사람들의 생계와 일할 권리를 박탈하는 것이고, 그들에게서 직업선택의 자유를 빼앗는 것이다. 그리고 무엇보다 그들이 행복을 추구하는 것을 가로막는 일이다.

〈본론2〉

(b) 특히 정년퇴직제는 일종의 나이에 대한 차별이라고 말할 수 있다. 회사가 더 젊고 창조적인 사람을 고용하는 것이 당연하다고 생각하는 젊은 사람에게는 왜 나이든 노동자가 계속 일을 해야 하는지를 이해하기 어려울 수도 있다. 그러나 젊은 사람이 반드시 더 낫거나 창조적인 노동자인 것만은 아니다. 무엇보다 나이가 한 사람의 노동의 질이나 가치를 나타내는 기준이 될 수는 없기 때문이다. 잘 알려진 수많은 예술가들, 정치가들, 그리고 작가들은 65세 이후에도 그들의 최고의 능력을 발휘하거나 뛰어난 작품을 창조한 예가 수없이 많다. 60대 이후의 사람들의 정신이 쇠퇴한다는 일반적인 믿음은 특히 기대 수명이 길어지고 있는 현대사회에서는 더욱 잘못된 생각이다. 불과 30년 전과 비교해도 기대수명이 10년 이상 늘어난 점을 감안하면 60세 또는 65세 정년 퇴직제는 반드시 고려되어야 한다.

〈본론3〉

(c) 고령의 노동자들은 실제로 도움이 되는 경험과 높은 기술력을 갖춘 양질의 노동력 가지고 있다. 불행하게도 많은 고용주들이 이런 사실을 간과하고 있다. 한가지 적절한 예로, 당시 58세였던 기장 앨 헤이즈는 DC-10기가 추락했을 때 탑승객 296명 가운데 186명을 살리기 위해 통제권을 벗어난 비행기가 착륙할 수 있도록 능력을 발휘했다. DC-10기 제작자인 맥도넬 더글라스는 같은 문제를 모형화하여 무려 45번이나 시도해 봤지만 단 한 번도 성공할 수 없었다. 안전 전문가들은 그 비행기에 탑승한 승객들의 높은 생존율은 헤이즈의 고도의 비행기술 때문이라는 데 동의한다. 경험이 미숙한 조종사라면 이같은 공적을 성취하기 어려울 것이다. 그럼에도 불구하고 2년 뒤 헤이즈는 당시 미국의 비행기 조종사 정년이 60세라는 이유로 퇴직을 해야만 했다. 실제로 이와 같은 사례는 우리 주변에서도 무수히 일어나고 있다.

▷**해설**

주제문의 밑줄친 (a), (b), (c)는 '중심내용'이다. 그리고 본론단락의 밑줄친 굵은 글씨의 (a), (b), (c) 문장들은 주제문의 '중심내용'을 가지고 작성한 화제문들이다. 본론단락은 이들 화제문을 뒷받침하는 문장과 글을 마무리하는 맺음문장으로 완성된다.

| 제4장 논술의 결론 |

UNIT 결론단락이란

논술의 결론은 글을 마무리하는 단락을 말한다. 영미권의 글은 대개 '결론적으로', '그러므로' 등과 같은 접속어를 통해 결론단락임을 분명히 알린다. 하지만 우리 글은 접속어를 잘 사용하지 않고 서론단락의 주제문을 재진술하면서 자연스럽게 결론임을 알린다. 글을 마무리할 때는 반드시 주제문의 이야기로 되돌아가는데, 이는 주제를 환기하면서 수미상관을 유도하고 요지를 드러낼 수 있기 때문이다. 논술은 주제문을 뒷받침하는 본론도 중요하지만 결론단락을 명징하게 끝내야 더 좋은 글이 될 수 있다.

UNIT 결론단락 쓰는 방법

많은 사람들이 결론단락 쓰는 것을 어렵게 생각하는 경향이 있다. 이는 결론단락을 쓰는 방법을 모르기 때문이다. 결론단락은 새로운 내용을 쓰거나 보태는 것이 아니라 글의 요지를 드러내면서 논술을 마무리하는 글이다. 다음 방법을 익혀두면 결론단락을 쓰는 것이 쉬워진다.

(1) 주제문 재진술

(a) 결론단락의 첫 문장은 대개 주제문을 구체적으로 재진술한다. 이는 주제문을 더 분명하고 상세하게 부연함으로써 글의 요지가 드러나게 하면서 수미상관을 유도한다. 특히 '간접 주제문'일 경우에는 더욱 더 구체적으로 명확하게 주제문을 재진술한다.

(b) 주제문을 재진술할 때 주의할 점은 주제와 상관없는 새로운 아이디어를 보태서는 안된다는 것이다. 주제를 벗어난 새로운 정보를 덧붙이면 본론의 연속으로 착각할 수 있기 때문에 혼란을 야기할 수 있다.

(2) 핵심내용 덧붙이기

결론단락의 두 번째 문장은 본론단락 핵심내용을 덧붙인다. 이를 통해 글의 요지를 더욱 강화할 수 있다. 본론단락의 핵심내용은 첫 번째 본론단락의 화제문이 될 수 있다. 필자는 대개 첫 번째 본론단락을 가장 중요하게 다루는 경향이 있기 때문이다.

(3) 긍정적인 예견 또는 예시

본론단락의 핵심내용을 근거로 주제문과 관련된 긍정적인 미래를 예견하거나 예시할 수 있다. 이 때 예시 내용은 독자가 공감할 수 있는 내용이어야 한다.

(4) 조언 또는 새로운 제언

논술의 내용이 교훈적인 글이라면 이를 근거로 조언이나 제언을 할 수 있다. 물론 반드시 주제문과 관련된 내용이어야 한다.

▷**해설**

결론단락을 쓸 때 이상 4가지 구성요소를 활용한다면 쉽고 간편하게 결론을 완성할 수 있다. 그리고 결론단락을 쓸 때 '주제문 재진술'과 '본론의 핵심내용 덧붙이기'는 필수적인 구성요소다. 하지만 '긍정적인 예시'와 '조언 또는 새로운 제언'은 결론단락의 필수 구성요소가 아니라 논술의 내용에 따라 선택적일 수가 있다.

UNIT ## 예시논술 파악하기

일반 논술의 기본적인 구조와 구성원리를 이해한다면 이어지는 〈제 2부 논술의 유형〉을 쉽게 이해할 수가 있다. 모든 논술은 유형에 따라 '서론-본론-결론' 단락의 구성만 조금씩 다를 뿐, 전체 글의 구성원리와 구조는 거의 비슷하기 때문이다. 완성된 한 편의 논술을 통하여 논술의 구성원리와 구조를 한 번 더 꼼꼼히 재검토하여 머리에 담아두도록 하자.

주제 : 정년퇴직제

〈서론〉

정년퇴직이란 전통적으로 사규에 따라 60세에서 65세가 되면 자신이 다니던 회사를 그만 두는 경우를 말한다. 대부분 직장에서는 이 나이에 퇴직을 하는 것은 선택이 아니라 반드시 해야 하는 필수 과정이다. 그러나 생활수준이 나아지고 의학기술이 향상되면서 기대수명이 점차 늘어나고 있는 현시점에서도 정년퇴직제를 과거의 방식대로 규정한다는 것은 논쟁의 여지가 있다. 나는 일을 할 수 있는데도 정년퇴직을 해야 하는 것에 대해 반대한다. <u>정년퇴직제는 개인의 선택권을 빼앗는 행위이며, 일종의 나이 차별인 동시에 양질의 노동력을 무시한 기술의 낭비라고 생각한다.</u>

〈직접 주제문〉

〈본론1〉

<u>정년퇴직은 일을 계속하려는 개인의 선택을 방해하는 일종의 폭력행위라고 생각한다.</u> 단순히 연령이 높다는 이유로 퇴직을 해야 한다는 것은 일을 계속할 수 있는 충분한 자질을 갖춘 사람에게는 일종의 폭력행위나 다름없기 때문이다. 노동을 계속할 수 있는 조건을 갖춘 사람은 자신의 퇴직연령을 선택할 권리를 가지는 것이 마땅하다. 한 개인의 삶에 대한 권리, 자유, 그리고 행복추구는 노동(일)과 매우 특별한 관련이 있다. 특히, 정년퇴직은 사람들의 생계와 일할 권리를 박탈하는 것이고, 그들에게서 직업선택의

자유를 빼앗는 것이다. 그리고 무엇보다 그들이 행복을 추구하는 것을 가로막는 일이다.

〈본론2〉

특히 정년퇴직제는 일종의 나이에 대한 차별이라고 말할 수 있다. 회사가 더 젊고 창조적인 사람을 고용하는 것이 당연하다고 생각하는 젊은 사람에게는 왜 나이든 노동자가 계속 일을 해야 하는지를 이해하기 어려울 수도 있다. 그러나 젊은 사람이 반드시 더 낫거나 창조적인 노동자인 것만은 아니다. 무엇보다 나이가 한 사람의 노동의 질이나 가치를 나타내는 기준이 될 수는 없기 때문이다. 잘 알려진 수많은 예술가들, 정치가들, 그리고 작가들은 65세 이후에도 그들의 최고의 능력을 발휘하거나 뛰어난 작품을 창조한 예가 수없이 많다. 60대 이후의 사람들의 정신이 쇠퇴한다는 일반적인 믿음은 특히 기대 수명이 길어지고 있는 현대사회에서는 더욱 잘못된 생각이다. 불과 30년 전과 비교해도 기대수명이 10년 이상 늘어난 점을 감안하면 60세 또는 65세 정년 퇴직제는 반드시 고려돼야 한다.

〈본론3〉

고령의 노동자들은 실제로 도움이 되는 경험과 높은 기술력을 갖춘 양질의 노동력 가지고 있다. 불행하게도 많은 고용주들이 이런 사실을 간과하고 있다. 한가지 적절한 예로, 당시 58세였던 기장 앨 헤이즈는 DC-10기가 추락했을 때, 탑승객 296명 가운데 186명을 살리기 위해 통제권을 벗어난 비행기가 착륙할 수 있도록 능력을 발휘했다. DC-10기 제작자인 맥도넬 더글라스는 같은 문제를 모형화해 무려 45번이나 시도해 봤지만 단 한 번도 성공할 수 없었다. 안전 전문가들은 그 비행기에 탑승한 승객들의 높은 생존율은 헤이즈의 고도의 비행기술 때문이라는데 동의한다. 경험이 미숙한 조종사라면 이같은 공적을 성취하기란 어려울 것이다. 그럼에도 불구하고 2년 뒤 헤이즈는 당시 미국의 비행기 조종사 정년이 60세라는 이유로 퇴직을 해야만 했다. 실제로 이와 같은 사례는 우리 주변에서도 무수히 일어나고 있다.

〈결론〉

(a) 현대 사회에서 정년퇴직제가 개인의 경제적인 필요, 건강상태, 노동의 선호 등에 따라 새롭게 고려되지 않는다면 이는 개인의 선택권을 방해하는 폭력행위나 다름없다. (b) 우리의 삶은 한 번뿐이므로 최대한의 잠재력을 발휘할 수 있어야 한다. 그리고 이러한 잠재력의 이행을 역행하는 정년퇴직제는 반드시 수정돼야 한다. (c) 따라서 정년퇴직제는 현실에 맞지 않기 때문에 일부 국가들은 이미 정년퇴직제를 현실에 맞게 정비하고 있다.

〈'Effective Academic Writing 3'에서 발췌 번역〉

▷해설

서론단락은 '정년퇴직제'라는 주제로 쓴 '깔때기 모양'의 후크를 취하고 있다. 이는 주제인 '정년퇴직제'와 관련되는 일반적인 이야기에서 시작해 배경정보와 배경지식으로 독자들의 관심을 환기하면서 글의 주장을 담고 있는 '주제문'으로 안내하는 서론단락의 구성 방법이다.

주제문의 중심내용은 '선택권 뺏는 행위', '나이 차별', '양질 노동력 무시'라는 3가지로 요약할 수 있다. 그리고 3가지 중심내용을 가지고 각 본론단락의 화제문을 작성하고 이를 뒷받침하는 문장으로 본론단락을 완성하고 있다.

결론단락의 첫문장인 (a)는 주제문의 중심내용을 구체적으로 재진술하여 글의 요지를 드러내고 있다. (b)는 본론의 핵심내용을 요약하여 덧붙이면서 요지를 강화하고 있다. (c)는 긍정적인 현재와 미래를 예시하고 있다.

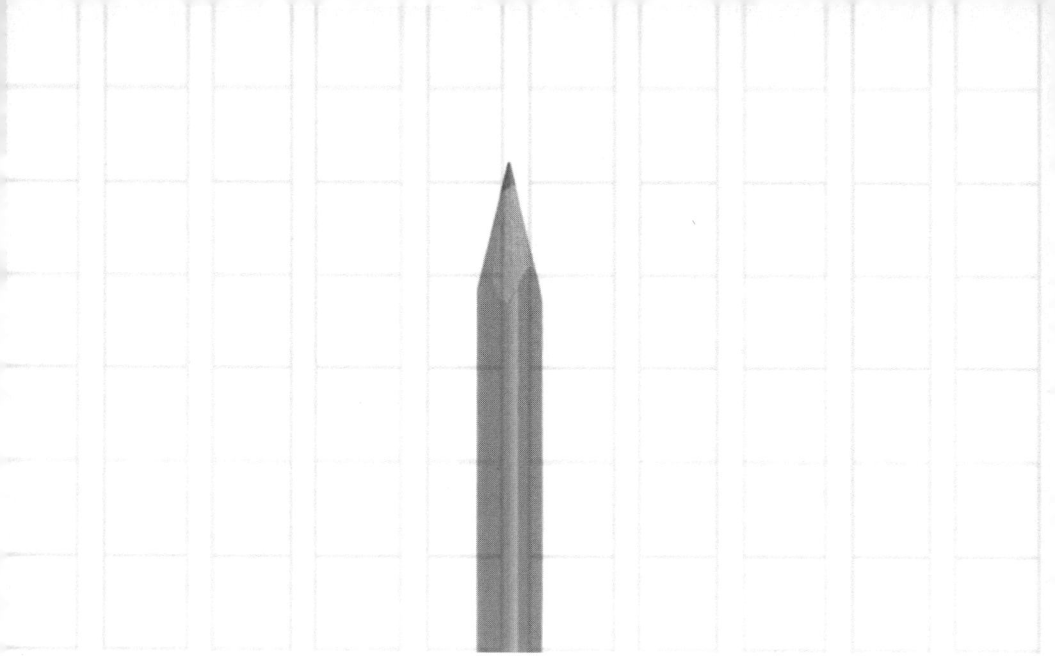

제2부

논술의 유형

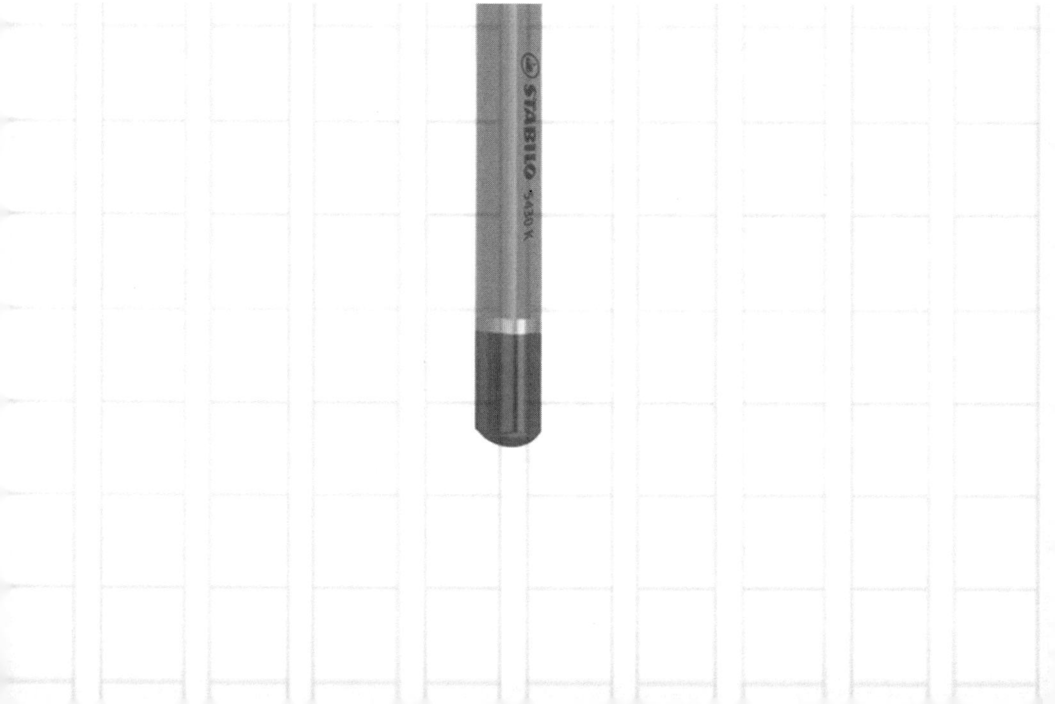

〈제 1부〉는 논술의 구성요소와 구성방법을 통하여 누구나 한 편의 논술을 자신있게 쓸 수 있도록 하려고 고민했다. 이와 같은 고민 끝에 글의 구성 및 전개 방법과 예문 분석 및 해설에 이르기까지 다양한 내용으로 논술의 구성원리를 구체적으로 이해할 수 있게 전 과정을 꼼꼼히 준비했다. 이에 비해 〈제 2부〉는 논술을 유형별로 분류했다. 이는 글의 내용이나 성격에 따라 논술을 나눈 것인데, '논쟁논술', '비교대조논술', '반응논술', '과정분석논술', '분류논술', '이야기논술'의 6가지로 구분했다. 이들 중 '논쟁논술', '비교대조논술', '반응논술'은 서론단락의 구성만 약간 다를 뿐, 실제 내용이나 전개 방식은 모두 논쟁논술과 비슷하다. 그리고 '과정분석논술'과 '분류논술'은 각 분야의 전문가들이 쓰는 전문적인 글의 유형이다.

하지만 마지막 '이야기논술'은 글의 성격과 구성 방법이 이들 5가지 논술과는 다른 점이 있다. 따라서 이야기논술은 〈단원3〉으로 따로 분류를 한 것이다. 이야기논술은 사실상 수필로서 우리의 일상생활에서도 유용한 글쓰기라고 할 수 있다. 그럼에도 불구하고 이를 수필이 아닌 이야기논술로 명명한 데는 나름대로 이유가 있다. 이야기논술은〈단원3〉에서 구체적으로 학습하기로 한다.

끝으로, 6개 유형의 논술은 큰 틀에서는 구성요소와 구성원리가 모두 일반 논술의 기본 구조와 유사하다. 그런데도 논술을 유형별로 나눈 것은 분류를 통해 글을 쉽게 쓸 수 있을 뿐 아니라 글을 읽고 이해하는 데도 도움이 될 수 있도록 하기 위해서였다.

│ 제1장 논쟁논술 │

논쟁논술이란

논쟁논술은 어떤 문제나 현상에 대한 필자의 의견이나 주장에 독자들이 동조 또는 지지를 하도록 설득하는 글을 말한다. 따라서 논쟁논술은 논리적으로 매우 조리있게 구성된다. 논쟁논술에는 두 가지 형태가 있다.

첫째는 '쟁점논쟁논술'이다. '쟁점논쟁논술'은 한 가지 주제를 놓고 서로 상반되는 '논쟁점'이 분명한 경우의 논술을 말한다. 이를테면, '찬성과 반대', '선호와 선택'에 관한 문제를 다루는 글이다. '쟁점논쟁논술'은 토플의 독립형 에세이 시험에서 계속 출제되고 있으며, 언론사 논술시험을 비롯하여 공기업과 공무원 승진시험에도 출제빈도가 높다. 둘째는 '일반논쟁논술'이다. 이는 서로 상반되는 '논쟁점'은 분명하지가 않지만 항상 논쟁의 여지를 가지고 있는 경우를 말한다. 따라서 각종 논술시험에서는 대개 '~에 대해 논하라.' 라는 식으로 문제가 출제되고 있다. 그리고 '일반논쟁논술'은 어떤 문제나 현상에 대해 자신의 견해나 주장을 설득력 있게 펼치는 글이므로, 가장 광범위하게 다뤄지고 있는 논술의 유형이라고 할 수 있다.

이상 두 가지 의미를 가진 논쟁논술은 근본적으로 어떤 문제에 대해 논쟁을 벌이는 글이기 때문에 항상 반론의 여지를 가지고 있다. 그리고 이러한 반론에 대비하기 위하여 종종 마지막 본론단락을 논박단락으로 배치하는 경향이 있다. 논박단락에 대한 설명은 논쟁논술의 본론단락에서 예문과 함께 자세하게 다루고 있다.

UNIT 쟁점논쟁논술

문제유형

(a) 사형제도에 찬성하는가 반대하는가

(b) '캣맘'들이 길고양이를 돌보는데 찬성하는가 반대하는가

(c) 경쟁과 협력은 모순관계인가 표리관계인가

(d) 고급의류 브랜드를 선호하는가 중저가 브랜드를 선호하는가

쟁점논쟁논술의 서론

쟁점논쟁논술은 분명한 '논쟁점'이 주어지기 때문에 서론단락의 구성이 조금 다르다. 일반 논술의 경우 서론단락이 '후크-연결문장-주제문'의 3가지 요소로 구성이 되는 것과 달리 쟁점논쟁논술은 '논쟁점밝히기-문제점진술-주제문'으로 구성된다. 쟁점논쟁논술은 논쟁점을 밝히는 것으로도 독자의 관심을 사로잡을 수 있기 때문에 종종 후크를 생략하는 경향이 있다. 하지만 내용에 알맞은

후크가 떠오르면 후크를 쓰는 것이 낫다. 그리고 연결문장의 구성도 '논쟁점밝히기'나 '문제점진술'이 '배경정보나 배경지식'을 대신하기 때문에 구성방법만 알면 서론단락 구성이 매우 쉽다.

서론단락 구성방법

첫째 : 논쟁점 밝히기

글의 논지가 무엇인가를 독자들이 분명하게 이해할 수 있도록 그 '배경정보'를 알려주는 것을 말한다.

둘째 : 문제점 진술

주제가 안고 있는 논쟁점이 두 가지 측면에서 서로 상반되는 의견이나 주장을 분명하게 진술하는 것을 의미한다.

셋째 : 주제문

두 가지 관점의 논쟁점에 대해 필자 자신이 취하고 있는 입장을 분명하게 밝히는 중심문장을 말한다.

쟁점논쟁논술의 서론

EXERCISE

주제1 : 사형제도

출제문제 : 기존의 사형제도를 없애야 한다는 주장이 강하게 제기되면서 이에 대한 찬반 양론이 팽배하고 있다. 사형제도에 대한 자신의 견해를 피력하시오.

서론구성

(a) 논쟁점밝히기-(b) 문제점진술-(c) 주제문

〈서론〉

(a) 사형제도의 존폐여부가 우리 사회의 주요 관심사로 떠오르고 있다. (b) 사형제도에 관한 찬반 논쟁이 팽팽한 가운데 어떤 사람들은 세계적인 추세가 사형제도를 없애는 방향으로 가고 있다면서 인간의 천부인권을 부정하는 사형제도를 없애자고 주장한다. 또 다른 사람들은 흉악범죄를 줄이기 위해 사형제도를 존속해야 한다고 말한다. (c) <u>사형제도를 없애자는 사람들은 누구도 다른 사람의 생명을 빼앗을 권리를 가질 수 없다고 주장하지만 나는 다음 몇 가지 이유로 사형제도가 반드시 존속돼야 한다고 생각한다.</u> 〈간접 주제문〉

▷**해설**

이 글은 논쟁점이 분명한 '쟁점논쟁논술'의 서론단락이다. (a)는 쟁점논쟁논술 서론단락의 첫 번째 구성요소로서 논쟁점인 '사형제도의 존폐여부'를 밝히는 문장이다. (b)는 문제점을 진술하는 두 번째 구성요소로, 논쟁점에 대해 상반되는 문제점을 각각 상세하게 진술하고 있다. 한쪽은 '사형제도를 없애자'는 것이고, 다른 한쪽은 '사형제도를 존속하자'는 것으로 팽팽하게 맞서는 두 가지 주장을 담고 있다. (c)는 주제문으로 논쟁점에 대해 필자 자신이 취하고 있는 입장인 '사형제도의 존속'을 분명하게 밝히고 있다.

쟁점논쟁논술의 본론

본론단락은 필자가 주제문에서 밝힌 자신의 입장을 구체적으로 뒷받침하는 내용을 담고 있다. 논쟁점에 대해 찬성을 할 경우에는 '왜 찬성하는지'를, 그리고 반대를 할 경우는 '왜 반대를 하는지'에 대한 자신의 견해나 주장을 논리적으로 조리 있게 설득하거나 입증해야 한다.

본론단락의 화제문은 주제문의 중심내용을 가지고 자신이 취하는 입장을 밝히는 본론단락의 중심문장을 말한다. 본론은 대개 2~4개 단락으로 구성된다. 논쟁논술의 특징은 마지막 본론단락에 종종 논박문장을 배치한다는 점이다. 이는 반론의 여지가 있는 부분을 사전에 차단하거나 최소화하기 위한 논쟁논술의 서술기법이다.

쟁점논쟁논술 본론 구성방법

〈본론1〉

(A) 필자가 취하는 첫 번째 입장으로 화제문 구성

(a) 화제문을 뒷받침하는 첫 번째 이유나 주장

(b) 화제문을 뒷받침하는 두 번째 이유나 주장

(c) 화제문을 뒷받침하는 세 번째 이유나 주장

(d) 기타 등등

〈본론2〉

(B) 필자가 취하는 두번째 입장으로 화제문 구성

(a), (b), (c), (d)….

〈본론3〉

(C) 필자가 취하는 세번째 입장으로 화제문 구성

(a), (b), (c), (d)….

〈본론4 : 논박단락〉

(D) 필자 주장에 반론의 여지가 있는 내용으로 화제문 구성

(a) [그러나]로 화제문을 논박하는 첫 번째 주장

(b) 화제문을 논박하는 두 번째 이유나 주장

(c) 또는 (d)로 자신의 주장이 옳음을 논증한다.

쟁점논쟁논술의 본론 예문

EXERCISE

〈본론1〉

(A) 사형제를 존속해야 하는 첫 번째 이유는 처벌 그 자체를 위
해서이다. (a) 대부분 심각한 범죄를 저지른 사람은 당연히 사회
로부터 격리되어야 한다는데 동의한다. (b) 처벌은 죄의 정도에
따라 판단돼야 하는 것이 법치국가의 원칙이다. (c) 그리고 처벌
의 가장 무거운 형태인 사형은 범죄자의 생명을 뺏는 것이다. (d)

따라서 이 엄격한 처벌이 사회범죄의 예방 차원에서뿐만 아니라, 가장 심각한 범죄를 저지른 사람에게 적용되는 것은 매우 합리적인 판단이라고 생각한다.

〈본론2〉

(B) 사형제를 유지해야 할 두 번째 이유는 경제적인 면이다. 정부는 범죄자들에게 많은 돈을 쓸 필요가 없다. 사형제 다음으로 엄격한 처벌은 감옥에서 종신토록 옥살이를 하는 무기징역형이다. 정부는 그들이 자연사할 때까지 범죄자들을 돌보는 데 많은 예산을 써야 한다. 이들 범죄자들은 일을 하지 않는데도 공짜로 먹고 자는 것을 제공받는다. 그러한 목적으로 흉악한 범죄자들에게 국민의 혈세를 낭비하는 것은 공평하지가 않다.

〈본론3〉

(C) 사형제를 유지해야 하는 또 다른 이유는 정부의 목적에 근거한 것이다. 만약 정부가 법을 만들고 이를 집행할 법률적인 힘을 가지고 있다면 당연히 흉악한 범죄자를 죽여야 할 것인지를 결정하는 힘도 가져야 한다. 사형제도도 다른 모든 처벌과 같은 것이다. 사람들이 정부가 범죄자를 감옥에 보내거나 벌금을 물을 권리가 있다고 믿는다면 흉악한 범죄자의 운명을 결정할 권리 또한 가지고 있음에 틀림없다.

〈본론 4 : **논박단락**〉

(D) 사형제 반대론자들은 정부를 포함하여 그 누구도 사람을 죽일 권리가 없다고 말할 수 있을 것이다. **(a) [그러나]** 정부가 전쟁터에 군인을 파견할 때는 같은 방법으로 군인의 운명을 결정하

고 있다. **(b)** 전쟁에 출병하는 많은 사람들이 죽임을 당할 수도 있기 때문이다. **(c)** 이와 같이 정부가 생명을 희생할 수 있는 전쟁터에 국민을 파견할 권리를 가지는 한 범죄자를 사형할 권리 또한 가질 수 있다고 생각한다.

▷**해설**

이 글의 주제문은 필자가 사형제도의 존속을 지지하는 입장을 취하고 있다. 따라서 본론단락의 (A), (B), (C)는 모두 필자가 사형제를 지지하는 입장을 가지고 화제문을 구성하고 본론단락을 완성했다. 마지막 단락은 〈논박단락〉으로 본론을 구성했다. 이는 필자의 주장에 반론의 여지가 있는 내용으로 화제문 (D)를 먼저 구성한다. 그리고 역접부사 **[그러나]**로 시작하여 화제문 (D)를 논박하는 문장으로 본론단락을 구성한 것이다. 논박단락은 대개 마지막 본론단락으로 배치하여 반론의 여지를 없애거나 최소함으로써 필자의 주장에 대한 설득력을 강화한다.

쟁점논쟁논술의 결론

쟁점논쟁논술의 결론을 구성하는 방법은 일반 논술과 비슷하다. 다음 3가지 구성요소로 결론을 구성한다.

(a) 서론단락의 주제문을 재진술하면서 요지를 드러낸다.

(b) 본론의 핵심내용을 덧붙여 글의 요지를 강화한다.

(c) 요지나 핵심내용을 근거로 긍정적 예시나 제언을 할 수 있다.

쟁점논쟁논술의 결론 구성

(a) 사형제를 존속해야 할 합당한 이유들이 수없이 많다. (b) 그렇다고 모든 범죄자가 사형에 처해질 수 있다는 것은 아니지만 사형은 가장 가혹한 처벌이므로 사법제도의 법률적 판단에 근거하여 반드시 존속되어야 한다. (c) 그리고 어떤 처벌로도 살인자를 개선시킬 수 없다고 판단되면 국가와 국민을 보호하기 위해 수행할 수 있는 마지막 수단으로 사형을 집행해야 한다.

〈'Writing Academic English'에서 발췌 번역〉

▷**해설**

(a)는 주제문을 재진술을 통해 요지를 드러내면서 수미상관을 환기하고 있다. 그리고 (b)는 본론의 핵심내용을 덧붙여 필자의 주장을 강화한다. (c)는 글의 요지를 바탕으로 사형제도의 존속을 강력하게 주장하고 있다.

'쟁점논쟁논술'의 최근 이슈

 EXERCISE

주제 : 길고양이 돌보는 '캣맘'

예상 출제문제 : '캣맘'들이 길고양이를 돌보는 데 찬성하는가 반대하는가

<서론>

자유민주주의 국가에서 개인주의는 당연한 가치로 자리잡고 있다. 우리 사회에서도 모든 사람들은 그 어떤 처벌에 대한 두려움 없이 자신의 견해를 자유롭게 표현하려는 권리를 가지고 있다고 믿는다. 그러나 이러한 가치는 엉뚱하게도 도심의 주택가에서 논란거리가 되고 있다. 이 문제는 먹이를 찾으러 쓰레기 봉투를 뒤지는 고양이에 관한 것이다. 고양이가 주택가를 지저분하게 한다는 이유로 돌보지 말아야 하는가? 아니면 불쌍한 고양이에게 먹이를 주고 돌보는 것이 바람직한가? 나는 다음 세 가지 이유로 고양이를 돌보지 않는 것이 더 나은 선택이라고 생각한다.

<본론1>

본래 고양이는 야생 동물이며 도심의 주택가가 서식지는 아니다. 그러나 최근 '캣맘'들이 나서서 고양이에게 밥을 주고 보호하면서 개체수가 많이 늘어나고 있다. 도심은 대부분 흙이 아닌 콘크리트 바닥으로 돼 있으므로 주고 남은 음식물 찌꺼기나 고양이들의 배설물이 제대로 흡수되거나 소화되지 못해 고약한 냄새를 풍기는 오물로 남게 된다. 게다가 '캣맘'들이 다 수용하지 못하는 나머지 배고픈 고양이들은 결국 쓰레기 봉투를 헤쳐 거리를 지저분하게 만든다. 무엇보다 번식력이 강한 고양이를 인위적으로 보호하다 보면 일부 동물을 사랑하는 '캣맘'으로는 이들을 감당하기 어렵게 되고, 나아가 일부지역의 도심은 고양이들의 서식지로 새로운 생태계가 조성될 수 있어 향후 논란은 더욱 커질 수밖에 없다.

〈본론2〉

　고양이들이 집단으로 서식하는 지역의 사람들에게는 공포감을 주고 수면을 방해하기도 한다. 해가 짧은 겨울철은 오후 5시면 어두워지는데 젊은 여성들은 퇴근길에 불쑥불쑥 나타나는 고양이들로 인해 놀라는 경우가 있다고 하소연한다. 게다가 개체수가 많은 어떤 지역에서는 야심한 밤에 울어대는 고양이들로 수면을 방해당하는 사람들의 하소연도 적지않다. 더구나 '캣맘'들이 고양이를 자기집 앞마당에서 먹이를 주고 보호하는 것이 아니라 이곳저곳으로 다니면서 고양이들이 많은 곳에서 먹이를 주다보니 다른 곳의 고양이들까지 몰려와 그들이 돌보고 보호하는 지역은 집단으로 서식하면서 폐해가 더욱 심각해진다.

〈본론3 : **논박단락**〉

　물론 '캣맘'들이 불쌍한 고양이를 보호하는 것은 동물에 대한 사랑의 실천이라고 항변할 수 있다. [**그러나**] 고양이를 보호하겠다는 선의의 행위가 타인에게 고통과 피해를 주어서는 안된다. 지금 서울 도심에서만 길고양이에게 먹이를 주고 집을 지어주는 사람들이 줄잡아 3,000명이 넘게 활동하고 있다고 한다. 굳이 길고양이를 불쌍하게 여긴다면 자신들이 직접 데려다 키우는 것이 마땅하다. 특히 많은 시민들이 불편함을 느끼고 있는데도 불구하고 '캣맘'들이 나서 고양이를 인위적으로 보호하여 집단으로 서식하도록 한다는 것은 야생동물인 고양이에게도 결과적으로 도움이 되지 않는다. 무엇보다 자신이 행위가 아무리 아름다운 선행이라고 하더라도 타인에게 피해가 된다면 이는 결코 바람직하다고 말할 수 없다.

〈결론〉

'캣맘'들이 고양이를 돌보는 것이 바람직하지 않다고 생각한다. 하지만 그렇다고 고양이를 한꺼번에 없애자는 것은 아니다. 불쌍하다는 이유만으로 다른 대책 없이 인위적으로 고양이를 돌봄으로써 일어나는 다른 피해자가 있어서는 안된다. 따라서 적절한 대책이 마련돼야 한다는 것이다. 현재 논란의 와중에 있는 이 문제는 이제 관심있는 시민들과 관련 당국이 함께 논의를 해야 한다고 생각한다. 이렇게 불쌍하다는 이유로 '캣맘'들이 나서서 즉흥적으로 돌보기 보다는 이 문제에 대한 근본적인 대책이 마련되어야 한다는 것이다. 예를 들면, 동물보호소를 늘려 병들어 스스로 생존하기 어려운 고양이를 보호해 주고 나머지는 자연으로 돌아가 스스로 생존의 길을 찾든지 아니면 도태가 되도록 유도해야 한다.

▷**해설**

이 글은 현재 서울 등 주로 대도시 도심에서 문제가 되고 있는 길고양이에 대한 논란거리를 담은 '논쟁논술'이다. 이는 '캣맘'의 행위에 대한 찬성 또는 반대 입장을 표명하는 논쟁점이 분명한 글이다. 〈본론3 : **논박단락**〉에서는 먼저 반론의 여지가 있는 내용을 언급한 뒤에 역접부사 [**그러나**]로 시작하여 이를 논박함으로써, 필자의 주장에 설득력을 높이고 있다.

일반논쟁논술

'일반논쟁논술'이란 논쟁점은 분명하게 밝히지 않지만 항상 논쟁의 여지를 가지고 있는 논술을 말한다. 일반논쟁논술로는 대개 '~을 논하라.' 또는 '~에 대해 논하시오.' 라는 식으로 문제가 제시된다. 일반논쟁논술은 일반논술과 구조가 같기 때문에 구성방법을 자세하게 언급할 필요가 없다. 그러나 일반논쟁논술은 언론사 논술시험을 비롯, 공기업 논술시험, 공무원 진급 논술시험에서 출제 빈도가 가장 높다. 따라서 철저한 대비를 위해 난이도가 가장 높다는 최근 주요 언론사의 기출문제를 직접 다루어 본다.

문제유형

(a) 대한민국의 애국에 대해 논하시오.

(b) 경제민주화에 대해 논하라

(c) 경제 자유화에 대해 논하라

(d) 재정 건정성과 복지확대, 바람직한 해결방안은?

일반논쟁논술의 구성방법

서론단락 구성

후크 : 독자의 관심을 유도한다

연결문장 : 배경정보로 후크와 주제문을 연결한다.

주제문 : 필자의 견해나 관점을 밝힌다.

본론단락 구성방법

(A) 필자 자신의 관점이나 견해로 화제문을 작성한다.

(a) 화제문을 뒷받침하는 첫 번째 이유나 주장을 제시한다.

(b) 화제문을 뒷받침하는 두 번째 이유나 주장을 제시한다

(c) 기타 등등

〈같은 패턴으로 2~4개의 본론단락과 필요할 경우 논박단락
구성〉

결론단락 구성방법

(a) 서론단락의 주제문을 재진술하면서 요지를 드러낸다.

(b) 본론의 핵심내용이나 중심내용을 요약하여 덧붙여 요지를
강화한다.

(c) 중심내용을 근거로 긍정적인 예시나 조언 또는 제언을 한다.

'일반논쟁논술'의 최근 이슈

EXERCISE

주제1 : 사법시험 존치론

예상 출제문제 : 사법시험 존치(存置)론에 대해 논하시오.

〈서론〉

국가시험으로 선발하는 사시 제도를 폐지하고 로스쿨 제도가 도입된지 불과 몇 년이 되지 않아 벌써부터 문제점들이 나타나고 있다. 이에 따라 일부에서는 로스쿨 제도를 돈 있는 사람만 들어갈 수 있는 현대판 음서제라고 주장하면서 사시존치론을 다시 주장하고 있다. 사시존치론을 주장하는 사람들은 사시야말로 개천에서 용이 나듯 가난한 사람들의 유일한 출세의 배출구로 인식하고 있다. 그렇다면 사시는 정말 개천에서 용이 나게 할 수 있는 좋은 제도이고, 로스쿨은 부자들만이 갈 수 있는 제도일까? 두 제도가 나름대로 장-단점을 가지고 있겠지만 나는 몇 가지 점에서 사시 존치론보다는 로스쿨 제도가 더욱 필요하다고 생각한다. 〈간접 주제문〉

〈본론1〉

로스쿨 제도를 통해 다양한 경력과 전공을 거친 법조인이 선발되므로 보다 양질의 법률서비스를 할 수 있다. 약관의 나이에 사법시험을 통과하여 일약 엘리트가 된 법조인들이 경험없이 민형사상의 문제를 다룬다면 양질의 법률 서비스를 제공하는데 한계가 있을 수 있다. 이를테면, 20대 가정법원 판사가 50, 60대의 이혼문제를 판결하고 처리할 경우, 지나치게 법률적 판단에만 얽매일 수 있기 때문이다. 중대한 일을 판단할 때 학문적인 논리가 우선 돼야 하겠지만 다양한 경험의 중요성도 무시할 수 없다. 따라서 로스쿨을 통해 다양한 경험과 배경지식을 갖춘 법조인들이 더나은 법률서비스를 제공할 수 있다.

〈본론2〉

　로스쿨은 사시보다 훨씬 높은 합격률로 인해 사시로 매년 발생하는 수만 명의 사시 낭인의 발생률을 줄일 수 있다. 당시 사법시험을 보기 위해 해마다 4만여 명이 준비하고 있었다고 한다. 하지만 고작 합격자 수는 1,000여명, 나머지는 사시 낭인으로 또 다시 1년을 준비해야 한다. 이는 국가적으로도 엄청난 인력 낭비. 사시를 준비할 정도의 수준이면 대부분 대기업 등 괜찮은 직장에 들어가 자신의 능력을 발휘할 수 있는 인재들이라고 할 수 있다. 그럼에도 불구하고 기본적으로 평균 5년 정도의 세월을 낭비하면서 일약 출세를 향해 젊음을 희생하는 것은 국가사회는 물론 개인이나 가정에도 장점보다는 단점이 더 크다고 할 수 있다.

〈본론3 : 논박단락〉

　흔히 로스쿨은 수업료가 비싸기 때문에 부자들만 들어갈 수 있으므로 현대판 음서제라고 비난한다. **그러나** 자본주의 사회에서 경제적 능력이 되지 않으면서 굳이 비싼 학비를 감당할 수 없는 길을 선택할 이유가 없다고 생각한다. 로스쿨에서 공부할 경제적 능력이 안된다면 다른 길을 선택하여 자신의 꿈을 키우는 것이 바람직하다. 그러나 정말 뛰어난 실력을 가진 사람들은 얼마든지 장학금으로도 공부할 수 있는 길이 있고, 또한 국립대 로스쿨은 사립대학의 학부 등록금과 큰 차이가 없어 학비 부담을 줄일 수 있다. 사시를 준비할 정도의 학업능력이면 반드시 합격한다는 보장이 없는 시험에 목을 매는 것보다 다른 좋은 직장을 얼마든지 선택하여 자신의 꿈을 키울 수 있다.

〈결론〉

물론 우리 나라에서는 아직 로스쿨이 제대로 정착하지 못하여 불안하고 보완해야 할 점이 많다. 하지만 로스쿨은 이미 선진국에서 오래 전부터 시행하여 온 제도로 기존의 사법시험보다는 월등한 장점을 가지고 있다는 것이 증명되고 있다. 혹자는 로스쿨 제도가 도입되면서 변호사 수가 급증하여 변호사들이 설 자리가 없다고 주장하지만 서민의 입장에서는 적은 비용으로 양질의 법률서비스를 받을 수가 있어 오히려 도움이 된다.

▷**해설**

이 글은 전형적인 일반논쟁논술이다. 주제문 '두 제도가 나름대로 장단점을 가지고 있겠지만 나는 몇 가지 점에서 사시 존치론보다는 로스쿨제도가 필요하다고 생각한다.' 라는 내용을 서론단락의 마지막에 배치하고 있다. 주제문의 중심내용은 '로스쿨제도의 필요성'이다.

본론단락 〈1, 2〉의 화제문은 모두 주제문의 중심내용인 '로스쿨제도의 찬성'이란 내용으로 구성했다. 마지막 본론단락은 〈**논박단락**〉으로 구성했다. 논박단락은 반론의 여지를 최소화하거나 없애기 위해 배치하는 경향이 있다.

결론단락의 첫문장은 주제문을 구체적으로 재진술한 '하지만 로스쿨은 이미 선진국에서 오래 전에 시행하여 온 제도로 기존의 사법시험보다는 월등한 장점을 가지고 있다는 것이 증명되고 있다' 라는 내용으로 글의 요지를 분명하게 드러내고 있다.

주제2 : 새만금 간척사업

예상 출제문제 : <u>새만금 간척사업에 대해 논하시오.</u>

〈서론〉

<u>인간의 몸이 자연을 떠나 생존할 수 있을까?</u> 지난 20세기까지 인류문명의 진보는 괄목상대라는 말로밖에 달리 설명할 길이 없다. 21세기에 진입한 지금도 지구촌 곳곳에서는 산을 뭉개고 바다를 메우는 불도저 소리와 공장에서 쏟아져 나오는 각종 생산상품을 실어나르는 트럭들이 고속도로를 질주하고, 도시마다 초고층 건물을 짓느라 대형 크레인들이 학처럼 목을 빼고 높이 솟아있는 모습을 목격한다. 여기서 우리는 지난 세기 압축적으로 성장해온 산업화와 국력의 신장을 확인하며 흐뭇해한다. 산업화를 통한 문명화가 인간을 가난의 사슬에서 해방시키는 수단이라면 이러한 진보는 더욱 추구돼야 마땅하다. 그러나 문명의 진보가 눈부신 반면에 지구는 몸살을 앓고 있다. <u>특히, 20세기 끝부분에서 시작하여 금세기까지 이어지고 있는 새만금 간척사업은 자연이 붕괴하면 문명도 인간도 살아남을 수 없다는 것을 경고하는 현장이어서 안타까움을 자아낸다.</u>

〈본론1〉

새만금 간척사업은 고군산 군도를 기점으로 전북 군산과 부안을 연결하는 33km의 방조제를 설치하여 갯벌과 바다를 메워 농지를 조성한다는 대표적인 (표퓰리즘) 국책사업이다. 지난 1992

년부터 시작한 이 사업은 무려 6조 원을 투입하여 2만 8천여 ha 의 농지와 1만 1천 ha의 담수호를 만드는 대형사업이다. 1994년 7월 제 3호 방조제(2.7km) 물막이를 완료한 이후, 차례로 1호 방조제(4.7km), 4호 방조제(11.4km), 가력배수갑문, 신시배수갑문, 마지막으로 제 2호 방조제(9.9km) 끝막이 공사를 2006년 4월에 완료함으로써 그 방대한 위용을 드러냈다. 하지만 문명의 진보와 자연환경의 보존이라는 첨예한 갈등을 낳은 채 논란은 날이 갈수록 커지고 있다. 생태계가 파괴되고 지구가 죽어가는 대신 자연개발, 경제적 풍요, 역사적 진보에 대한 기존의 인식에 의문을 던지고 있다.

〈본론2〉

지구상의 모든 갯벌은 육지라는 거대한 생명체의 항문과 같은 역할을 한다는 것은 누구나 알고 있는 상식이다. 육지와 바다를 연결해주는 갯벌은 육지에서 쏟아져 나오는 모든 오염물질을 흡수하고 정화하는 기능을 한다. 육지로부터 나오는 각종 오염물질을 정화해 주는 기능을 하는 갯벌이 사라지면 먼저 모체인 육지가 제대로 '생리활동'을 하는데 어려움을 겪게 된다. 그리고 곧바로 심각한 해양오염으로 이어진다. 예를 들면, 유기물질이 분화되지 않은 부영양화로 나타나는 적조 현상을 우리가 흔히 수질오염의 자료로 이용한다. 그런데 동해안보다 서해안의 수질이 더 좋고 전반적으로 적조현상이 적게 나타나는 것은 바로 서해안에 발달한 갯벌이 해양오염을 방지하고 있기 때문이다. 따라서 갯벌은 인간이 기술이나 자본으로 만들어 낼 수 없는 중요한 자연자원이기 때문에 간척사업의 대상이 아니라 오히려 보존의 대상이 되어야 한다.

〈본론3〉

전문가들은 갯벌이 바다 전체 생태계의 약 30%를 떠받치고 있기 때문에 갯벌의 파괴는 곧 해양생태계는 물론 관련 다른 생태계의 파괴로 이어진다고 말한다. 이러한 생태계의 본질적 측면에서 본다면 인간도 자연의 일부로서 생태계의 일환을 벗어나 존재할 수 없다. 특히 새만금간척지의 갯벌은 생태계적으로 이미 오래 전부터 동북아시아 철새의 이동경로와 서식지이다. 이 지역은 도요새 물새 떼 20만 마리가 호주와 뉴질랜드에서 시베리아로 돌아가는 13,000km의 긴 여정을 쉬어가는 기착지로서 역할을 한다. 새만금 개발로 갯벌이 사라지면 이 새들은 죽음을 면하기 어렵다. 따라서 이 지역 갯벌의 파괴는 우리들에게 뿐만 아니라 동북아 전체 생태계에도 나쁜 영향을 미치게 된다. 게다가 갯벌은 각종 어패류의 서식지와 산란장을 제공하며 전체 어획량의 약 60%를 담당하고 있다고 한다. 이는 갯벌이 사라지면 어획량의 감소는 물론 서해안 지역의 심각한 어장감소로 이어질 수밖에 없다는 것을 말해준다.

〈본론 4 : **논박**〉

새만금 간척사업의 목적은 우량농지 개발 뿐만 아니라 국민경제의 균형발전과 낙후지역의 개발이라는 측면에서, 식량을 안정적으로 공급하고 국토확장에 따른 산업단지 조성이라는 막대한 국부를 창출할 수 있다고 주장하는 사람들도 있다. 물론 미래 식량 정책의 일환으로 보면 전혀 일리가 없는 것은 아니다. [그러나] 지금 전국적으로 쌀농사를 짓는 농민들은 값싼 수입쌀로 인하여 파탄 지경에 놓여있다. 게다가 서산 간척지의 경우 갯벌에 객토를 하여 논농사를 지을 때 수확량은 일반 농지에 비해 절반 수준에도 못 미친다고 한다. 또한 전남지역의 해남만 입구에 영암-금호 방조제를 건설하여 조성한 대불산업단지의 경우 10여 년이 지난 지금까지도 공단 입주율이 절반에도 미치지 못하고 있는 실정이다. 무엇보다 관련 학자들이 산출한 경제적 이익의 측면에서도 관점에 따라 다르게 나타나고 있으며, 대다수 관련 전문가들은 개발이익보다 보존의 가치가 훨씬 더 높다고 말한다. 특히 최근에 발표된 한 조사자료에서도 갯벌의 평당 가치는 2만 2천달러(약 2천5백만원)인데 비해 우리나라 1급 농지는 약 92만원 수준이라고 한다.

〈결론〉

우리 인류가 새만금 간척사업처럼 목전의 개발 이익만을 앞세워 자연 생태계를 파괴하는 추세로 갈 때 인류의 종말과 지구의 죽음은 기정사실로 다가온다. 20세기 전 지구적 개발독재와는 달리 21세기는 현재까지 인류가 택한 방향과 그런 지평에서 이룬 문명의 의미에 대해 근본적인 반성과 재해석이 필요하다. 오늘날의 인류가 대처할 문제 가운데 생태계의 문제보다 더 심각하고 절망스런 문제는 없기 때문이다. 그렇다고 간척사업이 당장 물질적 풍요를 가져온다고 해도 더는 환경파괴를 맹목적으로 추진해서는 안된다. 이미 엄청난 자본을 투입해 상당히 진행된 새만금 간척사업을 원위치로 되돌릴 수는 없다. 하지만 지금 이 시점에서라도 개발이익을 환수하면서 갯벌을 되살릴 수 있는 최적의 대안을 모색할 때라고 생각한다.

▷해설

이 글은 새만금 간척사업에 대한 반응논술이다. 서론은 〈질문던지기 방식〉으로 후크를 쓰고 배경정보로 문명 발전이 인간에게는 유익한지는 몰라도 환경과 자연을 파괴하면서 인간마저도 위기를 겪게 되었고, 결국은 문명의 발전에 대한 재고가 필요함을 상기시키고 있다. 마지막에 필자가 쓰고자 하는 글의 목적을 담은 주제문을 배치했다.

〈본론 1〉은 서론단락에서 충분히 전달하지 못한 새만금 간척사업에 대한 배경정보를 전달한다. 〈본론2〉와 〈본론3〉에서는 새만금간척사업이 생태계 파괴에 엄청난 위협이 되고 있음을 알린다. 〈본론4〉는 필자의 주장에 반론의 여지가 있는 부분을 논박문장으로 상쇄하고 있다. 결론단락은 주제문을 재진술하면서 본론의 핵심내용을 덧붙인 뒤 필자의 긍정적 견해를 제시하고 있다.

UNIT

논쟁논술의 언론사 출제문제

정치·경제·사회·문화 분야의 문제가 대부분 논쟁의 여지를 가지고 있기 때문에 논쟁논술은 신문이나 방송 등의 칼럼이나 해설을 비롯해 예술작품이나 문화 현상 등의 평론에 이르기까지 다양하게 활용되고 있다. 특히, 논쟁논술은 언론사 시험문제에서 출제 빈도가 가장 높은 글의 유형이라고 할 수 있다. 따라서 논쟁논술의 예문으로는 최근 주요 언론사에서 출제한 '쟁점논쟁논술'과 '일반논쟁논술'의 문제를 가지고 직접 예시답안을 작성하면서 논쟁논술을 학습하기로 한다.

답안 작성 방법

모든 논술시험 문제의 답안을 작성할 때는 반드시 다음 3가지 단계 'A-B-C'의 기본 과정을 거치는 훈련이 필요하다. 이 과정을 훈련하면 난이도가 높은 논술시험을 해결하는 데 도움이 된다.

(A) 분석(Analysis) : 출제문제 분석하기
(B) 브레인스토밍(Brainstorming) : 주제 브레인스토밍 하기
(C) 결론(Conclusion) : 마지막으로 주제문 작성하기

(A) 출제 문제를 대하면 문제를 정확히 분석하거나 진단하는 작업이 무엇보다 중요하다. 출제문제에 대한 정확한 진단이 내려지면 (B) 다음 단계는 이를 바탕으로 글감을 준비해야 한다. 좋은 글감을 마련하기 위해서는 브레인스토밍이 필요하다. (C) 그리고 이 글감들을 가지고 주어진 글을 어떻게 써야 할 것인지를 구상하면 좋은 주제문을 떠올릴 수가 있다. 주제문이 구성되면 글쓰기는 이

미 성공한 것이나 다름 없다. 이러한 글쓰기 'A-B-C'의 기본 준비 과정은 논술시험은 물론 모든 글을 쓰는데도 상당한 도움이 된다.

주제1 : 정년 연장 찬반논쟁

기출문제 : 300인 이상 근로장은 만 58세에서 만 60세로 정년을 늘리기로 했다. 고령화 시대를 맞아 국민연금의 부담을 줄이고 오래 일할 수 있는 환경을 만들기 위해서지만 청년실업을 증가시킨다는 전망도 있다. 이에 대한 본인의 의견을 적고 해결책을 논하라. 〈YTN 2015년 출제문제〉

(A) 출제문제 분석하기

이 문제는 논쟁점이 분명한 '찬성 또는 반대'형의 '쟁점논쟁논술'로 분류할 수가 있다. 왜냐하면 이 문제는 궁극적인 핵심내용이 '정년을 연장하는 것이 바람직한가'에 대한 자신의 견해를 묻는 문제이기 때문이다. 따라서 필자는 자신이 이 문제에 찬성이나 반대의 입장을 결정한 뒤에 이를 논리적으로 뒷받침하면 된다.

(B) 브레인스토밍 하기

좋은 답안을 작성하기 위한 브레인스토밍은 출제자의 의도와 출제문제를 정확히 파악한 상태에서 문제의 중심내용인 '300인 이상 근로장의 정년 연장'과 관련된 아이디어를 생각하면서 최대한 빠르고 간략하게 다음과 같은 단어나 어구들을 연상하여 목록화한다.

300인 이상 근로장/ 정년 연장/ 고령화 시대/ 국민연금 부담/ 청년실업/ 청년위기/ 심각한 사회문제/ 우리사회의 위기/ 기성세대의 노후문제/ 어두운 미래/ 청년실업 해결책은/ 양질의 일자리 창출/ 미래준비/ 무한경쟁/ 삶의 질/ 양날의 칼/ 중소기업 육성/ 중소기업 근무여건 개선/ 고학력의 허구성 등

(C) 주제문 작성하기

주제문 : <u>하지만 나는 이번 정부의 정책이 다음 세 가지 이유 때문에 매우 바람직한 판단이라고 생각한다.</u> 〈간접 주제문: 찬성〉

예시답안 작성

〈서론〉

(a) 최근 정부는 고령화시대를 맞아 국민연금의 부담을 줄이고 오래 일할 수 있는 환경을 만들기 위해 300인 이상 근로사업장은 만 58세에서 60세로 정년을 연장하기로 했다. (b) 이는 지난 97년 IMF환란 이후 기업의 인건비 절감과 젊은층의 고용기회를 확대하기 위해 취한 조치를 10년 만에 되돌린 것인데, 어떤 사람들은 바람직한 정책<u>으로 보는 반면 또 어떤 사람들은 어느 때보다 청년실업률이 높은 현 시점에서 이러한 조치가 청년실업을 증가시키는 요인이 된다며 바람직하지 않다는 주장</u>을 하고 있다. (c)

하지만 나는 이번 정부의 정책이 다음 세 가지 이유 때문에 매우 바람직한 판단이라고 생각한다.

〈본론1〉

지난 97년 외환위기를 겪으면서 일시적으로 취한 정년 감축은 장기적으로 바람직하지 못하므로 당연히 환원되어야 한다. 정년의 경우 국가공무원은 법률로 보장하고 있고, 각각의 기업의 경우는 사규로 정해져 있다. 하지만 외환위기 때 기업의 인건비 절감과 젊은 층의 고용기회를 확대하기 위해 취한 긴급한 조치였으므로 외환위기를 극복했으니 환원되는 것은 당연한 것이다. 무엇보다 정년을 줄인다는 것은 직장인의 생계수단을 박탈하고 그들에게서 직업의 자유와 일할 기회를 빼앗는 것이며, 나아가 행복을 추구할 권리를 가로막는 행위이기 때문이다.

〈본론2〉

그리고 고령화 시대에서 50대 후반에 퇴직을 한다는 것은 무엇보다 너무 이른 나이에 직장을 잃는 일이라고 생각한다. 지난 70, 80년대에 비해 평균수명이 무려 10년이나 길어져 남성의 경우 78세에 이르고 있다. 따라서 58세에 퇴직을 하게 되면 평균 20여년간을 일하지 않고 살아야 한다. 게다가 평균수명이 길어지면서 정년 연장은 이제 세계적인 추세가 되고 있다. 특히 요즘 50대는 과거의 40대 못지 않은 건강과 젊음을 유지하고 있을 뿐 아니라, 현장이나 사무실에서 실제로 도움이 되는 경험과 지식을 가지고 있다. 게다가 경험과 기술을 요하는 직업의 경우 50대 말에서 60대 중반에 가장 높은 실력을 발휘하는 것으로 집계되고 있다. 따라서 높은 경험과 기술력을 가진 사람들이 현장에서 몇 년 더 일을 한다면 기업이나 국가의 경쟁력을 높이는 데도 도움이 될 수 있다.

〈본론3 : 논박단락〉

정년 연장을 반대하는 사람들은 나이든 사람들이 계속 일을 하는 것이 허용된다면 가뜩이나 청년실업이 심각한 이때 젊은이들의 일자리가 빼앗길 것이라고 걱정한다. [그러나] 현재 우리나라에서 청년실업이 큰 문제가 되는 것은 근본적으로 정년 연장과는 전혀 관련이 없다고 할 수 있다. 청년실업의 가장 큰 문제는 양질의 일자리에 대한 고학력자들의 눈높이 때문이라고 할 수 있다. 경제적 수준에 비해 대학 진학률이 지나치게 높다보니 양질의 일자리를 구하는 대졸 취업자들은 넘쳐나는데 일자리 공급이 이를 감당하지 못하는 데 가장 큰 원인이 있는 것이다. 실제로 지금 국내에서 조금만 눈높이를 낮추면 많은 젊은이들이 일자리를 구할 수 있다. 많은 젊은이들이 중소기업이나 3D직업을 기피하다 보니 작업현장에서는 일손이 부족하여 외국인 근로자가 국내에서만 100만 명을 넘어서고 있다. 따라서 청년실업의 문제는 고학력을 선호하는 우리 국민의 의식과 관련된 구조적인 문제이지 정년 연장과는 아무런 관련이 없다고 할 수 있다.

〈결론 및 해결책〉

끝으로 현재 큰 문제가 되고 있는 청년실업 문제의 해결책으로 두 가지 방안을 제시하고자 한다. 첫째, 안정되고 높은 급여를 받을 수 있는 양질의 일자리 창출을 대기업에만 의존하는 것은 한계가 있다고 판단된다. 따라서 알찬 중소기업을 육성하는 데 정부가 힘을 쏟아야 한다. 많은 중소기업들이 대기업의 하청기업으로 전락해 급여를 포함한 업무여건이 나쁘다 보니 대졸자들이 이를 외면하는 것이다. 정부는 예산을 늘려 중소기업을 지원하여 기술을 혁신할 수 있도록 돕고 나아가 많은 중소기업들이 중견기업으로 성장할 수 있는 기회를 제공해야 한다. 그러면 자연 중소기업의 근무여건이 개선되어 많은 젊은이들이 중소기업에서 일하는 것에 대해 매력을 가지게 될 것이다. 이와 같이 중소기업을 육성하는 것이 청년실업을 줄일 수 있는 중요한 방안의 하나라고 생각한다.

둘째, 고학력 청년층의 직업의식에 대한 변화가 필요하다고 생각한다. 누구나 대학을 졸업하게 되면 자연히 직업에 대한 기대수준이 높아져 근무환경이 좋은 대기업에서 일하기를 원하기 마련이다. 그러므로 미래 자신의 문제를 깊이 고려하지 않고 무조건 대학으로 진학하려는 사회적 분위기에 편승하지 말고 공부로 승부하기가 사실상 어렵다고 판단되면 일찍부터 미래 유용한 기술을 연마하거나 자신이 하고 싶은 길을 가는 현명함을 가져야 한다. 자신의 미래가 불투명한데도 불구하고 대학에 진학하여 양질의 일자리를 갖지 못하고 고통당하는 것은 본인도 부모도 나아가 국가에도 도움이 되지 않는다는 것을 알아야 한다.

따라서 큰 틀에서 이 두 가지 구조적인 문제를 해결한다면 청년실업을 줄이는 데 도움이 되리라고 생각한다. 최근 노동부 집계에 따르면 대기업에는 서로 취직을 하려고 몰리면서 재수 삼수를 하는 경우가 보통이지만, 중소기업에는 지난해만 해도 20여만 명의 노동력이 부족하여 골머리를 앓고 있다고 한다. 가뜩이나 어려운 중소기업들이 이중 삼중고를 겪고 있는 것이다. 그러므로 두가지 문제, 중소기업을 육성하여 근무여건을 개선하여 양질의 일자리를 창출하는 방안과 다른 한편 고학력 사회구조에 대한 의식 변화가 일어나지 않는 한 청년실업의 문제해결은 요원할 수밖에 없을 것이다.

▷해설

이 문제는 '쟁점논쟁논술'로 예시답안을 준비하였다. 따라서 쟁점논쟁논술의 구성원리에 따라 먼저 서론단락은 (a)에서 논쟁점을 밝히고 있다. 그리고 (b)에서는 논쟁점에 대한 찬반의 문제점을 진술하고 있다. 그리고 (c)는 주제문으로 필자가 이 문제에 대해 취하고 있는 자신의 찬성 입장을 분명히 밝히고 있다. 본론단락 〈1, 2〉는 각각 주제문의 중심내용으로 화제문과 필자의 찬성 입장을 밝히고 이를 뒷받침하는 문장으로 단락을 완성했다. 그리고 〈본론 3 : 논박단락〉은 반론의 여지가 있는 부분을 상쇄하기 위해 먼저 이를 언급한 뒤에 논리적으로 논박하면서 단락을 구성했다. 결론단락은 출제문의 요구대로 본론의 핵심내용을 바탕으로 두 가지 근본적인 해결책을 제시하고 있다.

주제2 : 대한민국의 애국

기출문제 : 대한민국의 '애국'에 대해 논하시오.

〈2014년 동아일보 출제문제〉

(A) 출제문제 진단하기

이 문제는 '일반논쟁논술'의 성격이라는 것을 알 수 있다. 그리고 문제의 핵심어가 '애국'이므로 이에 대한 자신의 견해나 주장을 설득력 있게 논리적으로 밝혀야 한다.

(B) 브레인스토밍 하기

대한민국/ 애국/ 김구선생/ 유관순 누나/ 일제 잔재/ 친일청산/ 친일과 관련된 우리 사회의 오랜 화두/ 다양한 모습의 애국/ 나라사랑/ 국민의 의무/ 납세, 교육, 병역, 근로/ 비뚤어진 국수주의/ 이념 편향적인 애국/ 고착된 애국/ 국민 사랑/ 이웃사랑/ 역사사랑/ 문화사랑/ 자기 책임완수/ 어른 공경/ 어린이 사랑/ 여성·노약자 배려/ 자기희생/ 예절/ 문화존중/ 다문화 가족사랑/ 학교사랑 등

(C) 주제문 작성하기

주제문 : 하지만 애국에 대한 생각은 이제 시대와 우리의 위상에 맞게 다양한 모습으로 나타나야 한다. 〈간접 주제문〉

[예시답안 작성]

〈서론〉

대한민국 국민의 의식에 내재된 '애국'은 어떤 모습일까? 우리

국민은 대개 '애국' 하면 일제의 학정에 항거하면서 나라를 구하기 위해 노력한 김구 선생과 독립지사들의 애국정신을 떠올리게 된다. 물론 독립운동가들의 정신은 진정한 애국에 대한 분명한 표상이 될 수 있다. 그러나 해방 이후 우리는 한국전쟁과 근대화라는 힘든 역사의 고비를 넘어오면서 다양한 관점에서 참된 '애국'의 모습을 구현하지 못했다. 따라서 현재 우리 국민의 의식에 내재한 애국은 다소 굴절된 모습으로 고착돼 있다. 하지만 애국에 대한 생각은 이제 시대와 우리의 위상에 맞게 다양한 모습으로 나타나야 한다.

〈본론1〉

조선의 패망과 함께 일제의 학정에 시달리면서 근대국가의 개념에 눈을 뜬 것은 삼일운동 이후 대한민국 임시정부를 수립하면서부터였다. 독립운동가들의 활동과 국제정세 변화에 힘입어 빼앗긴 나라를 되찾았지만, 이승만 정권이 친일 잔재를 제대로 청산하지 못하면서 그 논쟁은 지금까지도 이어지고 있다. 독립운동으로 고착된 애국은 여전히 그 아성을 허물지 못하고 애국은 곧 독립운동가들의 전유물인 양 전해 내려오고 있는 양상이다. 게다가 애국은 한국전쟁 이후 반공이념에 농락당하였고 정치혼란기를 거치면서 정치인들에게 이용당했다. 우리 사회에는 진정한 애국에 대한 개념이 자리를 잡지 못한 채 과거의 낡은 사고와 논쟁의 틀에 갇혀 있다. 예를 들면 독재시대에는 자유주의는 선이고 공산주의는 악으로, 산업화 시대에는 국가의 부를 위해 개인의 희생을 애국이라고 강요하는 시대착오적인 사고에 매몰되었다. 그리고

민주화 세대는 친일파에 대한 공격의 빌미로 애국과 매국을 이분법적 논쟁거리로 이용했다. 따라서 지금까지도 대한민국은 애국에 대한 진정한 논의가 턱없이 부족하다고 할 수 있다.

〈본론2〉

그러나 다양성과 공존을 시대정신으로 존중하는 21세기는 우리 모두 다양한 관점에서 대한민국의 애국이 무엇인가를 깊이 고민하고 성찰할 때다. 대한민국의 진정한 애국이 무엇인지를 그려내어, 독립지사들이 애국심으로 일제에 항거했듯이 이 시대 우리는 다양한 모습의 애국을 통하여 대한민국이 일류국가로 나아가는 원동력이 되도록 해야 한다. 이를 위해 우리가 취해야 할 노력은 먼저 편향된 이념이나 국수주의 또는 민족주의적 사고의 틀에서 벗어나는 일이다. 지금은 지구촌시대다. 국가라는 경계의 개념이 허물어지고 인터넷을 통하여 무한 상거래, 무한 경쟁이 펼쳐지고 있다. 특히 SNS를 통해 지구의 반대 쪽에서 일어난 일들이 초를 다퉈 알려지고 있다. 편협한 시각으로 살아가기에는 세상이 많이 변했다. 이를테면 타국민을 무시하거나 조롱하는 사건이 발생한다면 국제사회의 비난을 면할 수 없고 자칫 고립을 초래할 수도 있다. 게다가 한류문화가 국익에도 기여하고 있다. 전 세계적으로 약 8백만 명의 한국인이 흩어져 살고 있는 우리 한민족은 한류의 영향을 크게 받고 있고, 국내 기업들도 그 영향을 받는다. 이러한 한류 문화가 지속되고 국익에 도움이 되기 위해서는 뛰어난 기예도 중요하지만 성숙한 예능인들의 자세도 중요하다. 그러므로 이제는 다양한 관점에서 시대정신에 걸맞는 애국을 논의하고 정립

해야 한다.

〈결론〉

국제화시대를 맞아 여러 분야의 다양성을 존중하면서 21세기 시대정신에 부합하는 대한민국의 애국을 정립하는 것이 필요하다. 먼저 따뜻한 이웃이 되고 어른을 공경하며 어린이와 여성, 장애인과 노약자를 배려할 줄 아는 성숙한 시민정신을 실천하는 것부터 애국이 될 수 있다. 그리고 책임완수, 공동체에 대한 봉사와 희생정신, 양심적인 생활을 통한 국민의 의무를 충실히 하는 것도 애국정신이다. 특히 가진 자들의 노블리스 오블리제는 이 시대에 절실히 요구되는 애국이다. 이러한 다양한 모습의 애국의 에너지들이 모여 시너지 효과를 일으킬 때 대한민국은 살기좋은 나라로, 나아가 국제사회에서도 존경받는 국가로 성장하게 될 것이다.

▷**해설**

이 문제는 '일반논쟁논술'로 예시답안을 준비하였다. 서론의 첫 문장을 '질문던지기' 후크를 사용하여 독자의 관심을 환기하고 있다. 그리고 배경정보를 활용하여 연결문장을 쓴 뒤에 주제문은 간접 주제문으로 시대정신에 맞는 다양한 모습의 애국을 그려나갈 것을 밝히고 있다.

본론단락 〈1, 2〉는 각각 주제문의 중심내용으로 화제문을 작성하고 이를 뒷받침하는 문장으로 글을 완성했다. 결론단락은 주제문을 재진술하면서 글의 요지를 드러내고 있다. 그리고 본론의 핵심내용을 바탕으로 다양한 모습의 애국이 정립될 때 더 나은 국가로 성장할 수 있다는 것을 예시하고 있다.

주제3 : 증세 없는 복지

기출문제 : 담뱃세, 주민세, 자동차세 인상으로 '증세없는 복지'에 대한 논란이 일고 있다. 국가적, 사회적으로 합리적인 재원 마련 방법은 무엇인가   〈SBS 2014년 출제문제〉

(A) 출제문제 분석하기

이는 어떤 문제에 대한 해결 방법을 묻는 문제이다. 이에 대한 해결책을 제시하는 '일반논쟁논술'의 유형으로 답안을 작성하는 것이 타당하다. 따라서 일반논쟁논술을 구성하는 방법으로 답안을 작성한다.

(B) 브레인스토밍 하기

증세없는 복지/ 재원마련/ 재원마련 방안은?/ 세금인상/ 담뱃세/ 자동차세/ 주민세/ 창조적 해법은?/ IMF 공적자금 회수/ 금융권 공적자금 회수방안/ 복지시스템 일원화/ 통합관리로 재정 누수관리/ 국가지분 회수/ 부자감세 철회/ 부자 증세/ 국민적 합의로 세율인상/ 합리적 재원 등

(C) 주제문 작성하기

주제문 : 따라서 국가적, 사회적으로 복지재원을 마련하는 서너 가지의 합리적인 방안을 제시하고자 한다. 〈간접 주제문〉

예시답안 작성

〈서론〉

국가 채무가 위험수위에 다다르고, 예산을 빠듯하게 관리해오고 있는 우리의 재정상황에도 불구하고 '증세없는 복지'는 선거 때마다 여야 정당이 국민의 '표'를 의식하여 부르는 '꽃노래'가 되고 있다. 그러다 막상 정권을 잡으면 복지공약은 헛구호가 되거나 크게 후퇴하게 된다. 박근혜 대통령도 후보시절 지하경제 양성화로 '증세없는 복지'를 주장했지만 결국 턱없이 부족한 복지 재원을 마련하기 위해 담뱃세, 주민세, 자동차세 등을 줄줄이 인상하여 서민들의 허리만 휘게 하면서 이에 대한 논란이 가중되고 있다. 이제 점차 넓은 범위로 확대되는 복지수요에 대한 사회-국가적 대응체제가 어느 때보다 절실한데, 이를 위해서는 먼저 국민이 인정하는 합리적 재원 마련이 가장 중요하다고 할 수 있다. 따라서 국가적, 사회적으로 복지재원을 마련하는 서너 가지의 합리적인 방안을 제시하고자 한다.

〈본론1〉

무엇보다 복지 재원 마련의 간단한 해법은 세금을 올리고 지출을 줄이면 된다. 그러나 현재 대통령 단임제 아래서 이런 합의를 이끌어내기란 쉽지가 않다. 이러한 어려움이 없이 복지 재원을 마련하는 첫번째 방안으로는 IMF당시 국가가 부실기업을 살리기 위해 투입한 공적자금을 회수하는 것이라고 생각한다. 많은 국민이 알고 있듯이 특히 금융권에 투입한 공적자금은 수십조 원에 이른다. 우리은행·기업은행·산업은행 등 당시 대부분의 금융권과 공기업 등에 엄청난 공적자금이 투입되었다. 그리고 많은 기업이 공적자금으로 부실을 털고 자립하는 기반을 마련했다. 그러나 아직도 부실한 금융회사는 과감히 정리하거나 민간으로 돌려 흑자를 내도록 유도하여 투입한 공적자금을 회수해야 한다. 하지만 아직까지도 공적자금을 회수했다는 정보를 접한 적이 없다. 이들 금융권에 투입한 공적자금만 제대로 회수해도 복지재원을 마련하는 데 엄청난 도움이 될 것이라고 생각한다.

〈본론2〉

그리고 또 다른 한 가지는 부자 감세를 철회하여 재정 건정성을 확보하는 것이다. 그동안 많은 논란 가운데 여야가 부자 감세를 놓고 서로 충돌하는 양상을 보이고 있는데 양측 모두 일리가 있다고 생각한다. 하지만 결과론적으로 보면 부자 감세를 철회하는 것이 바람직하다고 생각한다. 지금 미국 등 선진국에서도 부자 감세를 철회하는 방향으로 가고 있다. 그리고 현재 전세계적으로 우리나라의 세율이 낮은 편이다. 그런데도 국민적 합의를 이끌어내지 못 하고 있는 것은 표를 의식한 여야 정치인들이 모두 국민의 눈치를 보느라 세율 인상을 못 하고 있는 것이다. 이 중에서도 특히 대기업을 비롯하여 부유층의 세율이 상대적으로 매우 낮은 편이다. 3대 신용평가사가 미국의 신용등급을 낮추는 가장 큰 이유는 미국 정치권이 부자 감세를 철회하지 않고 재정지출 축소를 선호하고 있어 경기를 침체시킬 우려가 있기 때문이라고 한다. 우리의 경우 대기업은 수출흑자로 엄청난 영업수익을 올리면서 현금을 많이 확보하고 있지만 적당한 투자처를 찾지 못하고 있는 실정이다. 그리고 OECD국가들 가운데 부자 증세를 통하여 재정적자를 줄이고 복지 재원을 마련하는 데 성공한 것을 보면 우리도 반드시 부자 감세를 철회하여야 한다.

〈본론3〉

끝으로 복잡한 사회복지시스템을 재정비하여 부정 또는 중복수급을 예방하여 누수되는 복지재원을 마련하는 것도 한 가지 방안이 될 수 있다. 현재 정부 부처별로 무질서하게 수행되고 있는 복지사업 중 지원 대상이나 지원 내용이 비슷한 사업은 부처회계 및 사업단위를 통합하여 이에 따른 불필요한 예산을 절감해야 한다. 특히 복지서비스의 개인별 가구별 통합 관리를 위한 통합 관리망을 마련하여 수급자에게 지원되는 모든 현금성 복지급여를 단일 계좌로 관리함으로써 부정 또는 중복 수급을 예방하는 것으로도 많은 재원을 절약할 수 있다. 복지 수요는 갈수록 증가하고 있으나 최근 경기침체로 복지예산 확대가 쉽지 않은 상황이다. 따라서 예산을 증액하는 대신 배정된 예산을 효율적으로 집행하여 예산의 누수를 막는 것도 재원마련의 한 가지 방안이 될 수 있다.

〈결론〉

결론적으로 지금 대한민국은 복지가 가장 필요한 시점이다. OECD 국가들 중에서도 복지 사정이 매우 낮은 형편이다. 그러나 돈이 없다고 복지를 외면하거나 공약을 폐기하는 것은 안 된다. 연구하고 노력하면 돈이 나올 곳은 얼마든지 있다. 따라서 점차 증가하는 복지 수요를 감당하기 위해 공공부문에 대한 사회적 신뢰와 국가적 목표를 기반으로 국민적 합의를 이끌어내는 것이 중요하다. 아직도 선진국에 비해 많이 낮은 세율을 인상하는 방안, 특히 부자 감세를 철회하면서 국민을 설득하여 일정 수준 세율을 높이는 것이 장기적으로는 매우 바람직한 방안이라고 할 수 있다. 그리고 다수 국민의 복지에 가장 큰 부분을 차지하고 있는 국민연금, 공무원 연금, 기초노령 연금, 장애인 연금 등 지출규모가 큰 부문에 대해서는 세심한 관리가 필요하다.

주제4 : 경쟁과 협력

기출문제 : 경쟁과 협력은 모순관계인가 표리관계인가

〈조선일보 2012년 출제문제〉

(A) 출제문제 분석하기

이 문제는 논쟁점이 분명한 '선택 또는 선호'형의 '쟁점논쟁논술'로 분류할 수가 있다. 따라서 이는 경쟁과 협력이 모순관계인지 또는 표리관계인지를 먼저 선택해야 한다. 그리고 자신이 선택한 것을 가지고 자신의 견해나 관점을 논리적이고 조리 있게 서술할 때 완성도 높은 답안을 작성할 수가 있다.

(B) 브레인스토밍 하기

경쟁/ 협력/ 모순/ 표리/ 경쟁력/ 자연계/ 생태계/ 개미/ 진딧

물/ 공생관계/ 시너지 효과/ 생명체/ 살아남기/ 공동체/ 약육강
식/ 적자생존/ 삶의 현장/ 현대와 기아/ 구글과 애플/ 코카콜라와
펩시/ 올림픽/ 단체 양궁/ 쇼트트랙/ 금메달리스트 등

(C) 주제문 작성하기

주제문 : 나는 경쟁과 협력은 서로 떼려야 뗄 수 없는 표리관계
라는 것을 이미 자연에서, 그리고 현재 우리의 삶의 현장에서도
생생하게 목격할 수 있다고 생각한다.

예시답안 작성

〈서론〉

경쟁에서 이기는 자만이 살아남는다는 말이 사실일까? 경쟁과
협력은 그 자체의 의미로는 표리관계보다 모순관계에 더 적합한
것 같다. 그러나 협력을 잘하기 위해서는 경쟁력을 갖추어야 하
고, 거꾸로 경쟁을 잘 하기 위해서는 협력을 잘해야 한다. 따라서
협력의 반대말은 경쟁이 아니다. 하지만 어떤 사람들은 세상에서
살아남기 위해 아니면 더 잘 살아가기 위하여 경쟁과 협력을 모순
관계로 보는 경향이 있다. 나는 경쟁과 협력은 서로 떼려야 뗄 수
없는 표리관계라는 것을 이미 자연에서, 그리고 현재 우리의 삶의
현장에서도 생생하게 목격할 수 있다고 생각한다. 〈직접 주제문〉

〈본론1〉

먼저 자연계에서 경쟁과 협력은 모순관계가 아니라 표리관계라는 것을 확인할 수 있다. 하나의 개체적 관점에서 볼 때 경쟁은 불가피할 수도 있다. 특히 자연계에서 모든 생명체의 삶은 어느 한 순간 경쟁하면서 살아가지 않는 것이 없다. 다시 말해 자연 생태계의 모든 생명체들이 살아남기 위하여 노력하는 것 자체가 경쟁이라고 할 수 있다. 그러나 자연의 생태계를 더 넓은 관점에서 가만히 관찰해 보면 경쟁 속에서도 협력하는 집단만이 생명체의 오랜 역사에서 살아남는다는 것을 알 수 있다. 생물학자들은 개미와 진딧물이 서로 공생관계를 형성하지 않았더라면 개미의 수많은 종들이 사라지고 진딧물은 오래전에 멸종되었을 것이라고 말한다. 그리고 현재 자연계에서 경쟁을 통한 공생의 협력관계를 유지하지 않은 생명체는 거의 찾아볼수 없다고 주장한다.

〈본론2〉

경쟁과 협력은 모순관계가 아니라 표리관계인 것을 우리의 삶의 현장에서도 찾아볼 수 있다. 현대자동차가 기아자동차를 인수했을 때, 이를 경쟁관계로만 보고 기아라는 브랜드를 없애 버렸다면 오늘날과 같은 성공을 이룩할 수 있을까? 현대가 절대 강자의 위치에서 기아를 흡수했지만 기아라는 브랜드 가치를 인정하고 서로 경쟁하면서 협력관계를 이어왔기 때문에 더 좋은 시너지 효과를 가져올 수 있었던 것이다. 그리고 코카콜라와 펩시콜라가, 애플과 구글처럼 경쟁과 협력을 통해서 세계를 지배하는 강자가 되는 경우를 산업계에서도 흔하게 볼 수 있다.

〈본론3 : 논박단락〉

스포츠에서는 흔히 1등만이 살아남는다고 말한다. 특히 올림픽의 경우 대부분의 사람들은 금메달리스트만을 기억하는 경향이 있다. [그러나] 스포츠 분야에서도 경쟁과 협력을 통해서 정상에 오른 사례를 수없이 찾아 볼 수 있다. 세계적으로 우리나라가 강한 여자 단체 양궁과 쇼트트랙에서도 경쟁과 협력을 통해 훌륭한 결과를 가져오는 것을 확인할 수 있다. 이들이 서로 협력하지 않고 경쟁자라는 관점에서만 머문다면 개인의 실력이 아무리 뛰어나다고 해도 좋은 결과를 기대하기는 어려울 것이다. 개인의 재능과 경쟁으론 경기를 이길 수는 있지만 협력 없이 챔피언이 되기는 어렵다. 이들은 서로 경쟁을 하면서도 협력을 통해 양보와 희생을 하기 때문에 경쟁력을 높이고 그들 중 한 사람이 금메달을 목에 걸 수 있는 것이다.

〈결론〉

경쟁과 협력이 표리관계라는 것이 분명한 것은 어떤 집단이든 개인이든 최선을 다해 서로 경쟁하면서도 협력을 하지 않으면 살아남기 어렵기 때문이다. 그리고 살아남은 자들 가운데서 경쟁이 가능하게 되는 것이므로 경쟁과 협력은 비록 서로 모순되는 것 같아 보여도 두 가지가 동시에 존재하는 표리관계라는 것을 알 수 있다. 다윈은 자연에서 강한 자가 살아남는 것이 아니라 살아남는 자가 강하다고 말하는데, 여기서 살아남는 자가 바로 공생을 위한 협력과 경쟁을 조율하는 개체라는 것을 알 수 있다.

　이 글은 쟁점이 분명한 논쟁논술이다. 그런데도 논쟁점을 부각시키기 전에 질문던지기 방식으로 후크를 써서 독자들의 관심을 유도하고 있다. 그리고 논쟁점인 협력과 경쟁이 표리관계인지 모순관계인지를 제시하면서 논쟁점을 분명하게 밝힌 뒤 주제문에서 필자 자신의 견해가 표리관계임을 밝히고 있다 .본론단락 〈1, 2〉에서 주제문의 중심내용을 가지고 화제문을 작성한 뒤에 이를 뒷받침하는 문장으로 글을 작성하였다. 세 번째 본론의 논박단락에서는 논박문장을 활용하여 제기될 수 있는 논쟁의 여지를 최소화하고 있다. 결론단락에서는 주제문을 재진술하면서 글의 요지를 드러낸 다음 본론의 핵심내용을 덧붙이고 있다. 그리고 이를 바탕으로 다윈의 말을 인용하여 자신의 주장을 더욱 확고히 하면서 글을 맺고 있다.

| 제2장 비교대조논술 |

UNIT 비교대조논술이란

비교대조 논술이란 대개 두세 가지 행위나 사건 또는 현상을 놓고 서로 비슷한 점이나 차이점을 분석하여 이를 논리적으로 비교 또는 대조하면서 조리 있게 쓴 글을 말한다. 이를테면, 'A와 B의 관계를 설명하시오.', 'A와 B의 유사한 점과 다른 점을 논하시오.', 'A와 B의 비슷한 점을 논하라', 또는 'A를 기준으로 하여 B와 C에 대해 논하라.' 라는 식의 다양한 비교대조 문제가 제시된다.

비교대조논술의 목적은 제시문이나 출제문제에 대한 심층적 독해나 이해를 바탕으로 관찰력과 논리적인 분석능력을 평가하는데 있다. 따라서 각 대학의 논술시험 문제는 대부분 비교대조 논술 유형으로 출제되는 경향이 있다. 대입논술의 특징은 서너 개의 제시문을 예시하여 이를 읽고 분석한 뒤에 비교대조를 통하여 평가하도록 하는 문제다. 그리고 비교대조논술도 매우 다양하고 폭넓게 활용되고 있는 글쓰기의 유형이므로 구성 방법에 신경을 써야 한다.

비교대조논술 구성

서론단락

후크 : 독자의 관심을 유도한다

연결문장 : 배경정보로 후크와 주제문을 연결한다.

주제문 : 필자의 견해나 관점을 밝힌다.

본론단락

(1) **비교대조방법** : 비슷한 점과 차이점을 비교분석해 글을 쓰는 방법을 말한다.

(2) **비교방법** : 서로 비슷한 내용을 가지고 글을 쓰는 방법을 말한다.

(3) **대조방법** : 서로 상반되는 내용을 가지고 글을 쓰는 방법을 말한다.

결론단락

(a) 주제문을 재진술한다.

(b) 유사점이나 차이점을 설명한다.

(c) 본론의 핵심내용을 덧붙인다.

(d) 긍정적 예견이나 조언 또는 제언을 한다.

비교대조방법

비교대조논술은 본론단락의 구성방법에 따라 '비교대조', '비교' 또는 '대조' 등 3가지 형태로 구성된다. 하지만 가장 비중있게 출제되는 문제의 경향은 대부분 '비교대조'의 방법을 취하고 있다. 따라서 비교대조논술의 구성에 보다 깊은 관심을 가져야 한다. 출제 빈도가 가장 높은 비교대조 방법은 다음 (A)와 (B)의 두 가지 유형이 있다.

비교대조 방법(A)

'A와 B의 관계를 논하라'

서론
(a) 후크-(b) 연결문장-(c) 주제문

본론1
화제문 : 주제와 비교대조 대상 A에 대한 내용을 언급한다
뒷받침문장 : 화제문에서 언급한 내용을 상세하게 뒷받침한다.
맺음문장 : 화제문에서 언급한 내용을 재진술한다.

본론2

화제문 : 주제와 비교대조 대상 B에 대한 내용을 언급한다

뒷받침문장 : 화제문에서 언급한 내용을 상세하게 뒷받침한다.

맺음문장 : 화제문에서 언급한 내용을 재진술한다.

결론

(a) 주제문을 재진술한다.

(b) 유사점과 차이점을 이끌어낸다.

(c) 본론의 핵심내용을 덧붙인다.

(d) 긍정적 예견이나 조언 또는 제언을 한다.

비교대조논술의 경우 대입수능 논술문제로 가장 출제빈도가 높다. 하지만 대입수능은 각 대학의 출제경향이 매우 다양하기 때문에 이 책에서 예문은 생략하기로 한다. '비교대조논술'은 '논쟁논술' 다음으로 언론사나 공기업의 논술시험에서 출제빈도가 높다. 따라서 그동안 출제된 언론사 논술시험 문제와 출제경향이 높은 예문을 가지고 예시답안을 작성하면서 비교대조논술을 학습한다.

UNIT 비교대조논술의 언론사 출제문제

주제1 : 경제민주화

기출문제 : 경제민주화 논의의 긍정적인 측면과 부정적인 면을

논하라.　　　　　　　　　　〈2012년 머니투데이 출제문제〉

(A) 문제 진단하기

이 문제는 '경제민주화 논의의 긍정적인 측면과 부정적인 면을 논하라'는 것이다. 따라서 이는 'A와 B의 관계를 논하라' 비교대조논술의 (A)형으로써, 두 가지 측면을 서로 비교대조하는 논술로 글을 구성하는 것이 바람직하다.

(B) 브레인스토밍 하기

출제문제에 대한 정확한 이해를 바탕으로 브레인스토밍을 하는 것이 중요하다. 이때 두 측면간의 특성과 영향 등에 대한 차이점과 비슷한 점을 연상하는 것이 도움이 된다.

경제민주화/ 우리 사회의 경제화두/ 양극화/ 이념논쟁/ 대기업/ 순환출자/ 계열사/ 독점구조/ 일감 몰아주기/ 납품가 후려치기/ 생산시장 독점/ 갑질/ 골목상권 장악/ 시장경제 체제/ 경제전문가/ 중소기업/ 피해자/ 소상인/ 눈물/ 노동시장/ 재벌 때리기/ 수출의존도/ 신용등급/ 강성노조/ 민주노총/ 비정규직 등

(C) 주제문 작성하기

주제문 : 하지만 경제민주화의 논의에는 반드시 긍정적인 측면만 있는 것이 아니라 부정적인 측면도 있기 때문에 이 두 가지 면을 짚어봐야 한다. 〈직접 주제문〉

[예시답안]

〈서론〉

(a) 지난 18대 대통령선거 때부터 불기 시작한 경제민주화가 우리 사회의 화두다. (b) 여야 각 진영의 대선 후보들이 주요 공약으로 경제민주화를 내세우고 있는 것은 그 만큼 양극화 현상이 심해 더 이상 이를 방치할 수 없다는 인식과 공감대가 형성되어 있기 때문이다. 우리 사회는 대기업이 생산시장을 독점하고 있고 강성 노조가 노동시장을 장악하고 있어 양극화를 더욱 부채질한다. 이에 따라 이들 두 독점세력을 규제하여 생산활동에 참여하는 중소기업과 소상인, 그리고 다수 노동자들이 공평한 혜택을 누릴 수 있도록 부의 양극화를 줄이는 것이 경제민주화를 요구하는 주요 원인이다. (c) 하지만 경제민주화의 논의에는 반드시 긍정적인 측면만 있는 것이 아니라 부정적인 면도 있으므로 이 두 가지 측면을 짚어봐야 한다.

〈본론1〉

생산시장을 독점하고 있는 대기업의 순환출자, 기업 인수합병 제도, 계열사 간 지원에 대한 감시구조 등 소유지배구조 등을 개편한다면 대기업 독점구조에 긍정적인 변화를 가져올 수 있다. 이 경우 중소기업에서부터 재래시장, 골목 소상인들에게 많은 혜택이 고르게 돌아갈 수 있다. 현재 100대 기업의 총 매출액이 100만 개 중소기업을 합한 것보다 크고, 국내 총생산(GDP)에서 차지하는 4대 재벌의 비중이 50%가 넘는 것은 대기업의 독점구조 때문이다. 이와 같은 독점구조에서 대기업의 일감 몰아주기, 납품가 후려치기, 기술 인재 빼가기 등으로 인해 중소기업들은 등골이 휘고 있다. 따라서 경제민주화를 실천할 경우 대기업의 독점구조를 조절할 수 있고, 지금 대기업과 강성노조가 결탁해 그들이 누리고 있는 담합구조도 폐기할 수 있다. 대기업과 노조는 결탁을 통해 우리 노동시장을 장악하고 있는데, 경제민주화로 이 담합구조를 폐기한다면 민주노총이 현재 독점으로 주도하고 있는800만 하청 기업의 비정규직 노동자들을 정규직으로 바꿀 수 있다. 그러면 우리 사회 전반에 만연하고 있는 소득격차에 따른 계층화, 즉 기업 간 격차·근로자간 격차·지역간 격차 등의 양극화를 상당부분 해소할 수가 있다.

　〈본론2〉

　<u>그러나 경제민주화와 함께 쟁점이 되는 것은 크게 재벌 개혁과 복지확대다.</u> 재벌개혁은 과거 정부도 들고 나온 문제다. 이로 인해 결과적으로 업종 전문화, 그룹 비서실 해체, 출자총액 제한 등 여러 규제가 출현했다가 지금은 거의 원점으로 돌아와 있다. 이는 그만큼 방향을 제대로 잡지 못했거나 상대의 저항이 끈질기고 조직적이기 때문이다. 그러므로 경제민주화가 반드시 긍정적인 측면만 있는 것이 아니라 부정적인 면도 있다는 것을 방증한다. 시장경제 체제에서 기업은 시장에서 실적에 의해 평가를 받는다. 영업이익이 떨어지면 주가도 떨어지고, 신용등급도 떨어지게 마련이다. 따라서 기업은 어떻게든 납품가를 낮추고 이익을 많이 올려

야 시장에서 좋은 평가를 받고 싸게 자금을 마련할 수 있으며 더 많은 투자도 할 수 있게 된다. 대기업 형태가 바뀌려면 시장의 평가 시스템이 바뀌어야 하는데 이는 주식시장, 신용평가, 금융감독 나아가 소액주주의 요구 등 시장환경 전반이 변해야 이루어질 수 있다. 더구나 시장이 글로벌화된 상황에서는 국내뿐 아니라 전세계적으로도 같은 변화가 일어나야 한다. 이것은 가능하지도 바람직하지도 않다. 그런데도 경제민주화를 강행할 경우에 대기업은 이에 따르는 부정적인 면을 내세우며 이른바 '재벌 때리기'로 반발하면서, '성장동력을 잃게 되면 결국 서민들만 피해를 본다'며 국민의 정서에 기대어 경제민주화를 무력화 해 오고 있다.

〈결론〉

이와 같은 긍정과 부정의 두 가지 측면의 주장으로 인해 대선이 있는 5년마다 한 차례씩 경제민주화를 외치곤 했다. 하지만 모두 수포로 돌아가고 말았다. 이때마다 곤욕을 치렀던 재벌 대기업들이 어지간히 내성을 길러왔던 것이다. 하지만 이번 만큼은 사정이 좀 다르다고 할 수 있다. 국민들은 더 이상 양극화를 방치할 수 없다는 현실을 선명하게 알아차렸기 때문이다. 이제 대기업은 '성장동력 훼손'과 같은 이유만으로는 민심을 사기가 어렵다. 자칫 공공의 적으로 간주되기 전에 자발적으로 혁신 프로그램을 내놓아 경제민주화에 적극적으로 동참할 의지가 있다는 것을 보여 주어야 한다.

▷**해설**

이 글은 경제민주화의 비교대상인 긍정적인 측면(A)과 경제민주

화의 비교대상인 부정적인 측면(B)을 서로 대조하여 쓴 비교대조
논술의 예시답안이다. 서론단락은 출제문제인 경제민주화에 대한
일반적인 이야기에서 시작하여 관련 배경정보와 지식으로 독자들
을 주제문으로 안내하는 '깔때기 모양'의 후크를 작성했다.

〈본론1〉에서는 경제민주화의 긍정적인 측면을, 〈본론2〉에서는
부정적인 측면을 각각 언급한 뒤 이를 대조형식을 활용하여 논술
을 완성하였다. 결론은 주제문을 재진술하면서, 필자의 견해인 경
제민주화의 긍정적인 측면에 무게를 두면서 경제민주화의 필요성
을 주장하는데 무게를 두고 있다.

주제2 : 언론의 공공성과 기업성

기출문제 : 언론의 '공공성'과 '기업성'의 관계를 설명하시오.

〈2010년 YTN 출제문제〉

(A) 문제 진단하기

이 문제는 언론의 '공공성'과 '기업성'의 관계를 논하라는 문제
이다. 이 문제도 '<u>A와 B의 관계를 논하라</u>'는 비교대조논술의 (A)
형으로써, 양측면을 서로 비교대조하는 논술로 예시답안을 구성
하는 것이 바람직하다.

(B) 브레인스토밍하기

언론/ 공공성/ 언론의 역할/ 언론의 사회적 책임/ 신문과 방송/
언론의 가치/ 공기/ 권력감시/ 알권리 추구/ 기업성/ 회사/ 이윤

추구/ 독자성/ 객관성/ 기자정신/ 기업정신/ 권언유착/ 타협/ 양보/ 부패/ 자본권력/ 광고/ 사회의 목탁 등

(C) 주제문 작성하기

주제문 : 그러므로 언론의 기업성을 지나치게 강조하거나 반대로 공공성만을 강조할 경우 언론의 역할을 제대로 수행하기가 어렵다.

[예시답안]

〈서론〉

'나는 신문 없는 정부보다 정부 없는 신문을 택하겠다.' 미국의 3대 대통령 토마스 제퍼슨이 남긴 명언이다. 이는 언론의 공공성에 의미를 부여하는 말이라고 할 수 있다. 하지만 언론사는 사회적 공기의 기능을 하면서도 동시에 이윤을 추구해야 하기 때문에 언론의 공공성과 기업성은 동전의 양면과 같은 관계를 가진다. 다만 이는 보는 관점에 따라 달라질 수 있다. 언론사를 기업이라는 보는 시각에서는 이윤추구를 가치로 삼아야 할 것이고, 사회적 공기라는 점에서 보면 공공성은 언론이 포기할 수 없는 가치이다. 이들 두 가치를 동시에 추구하는 것이 언론사이기 때문에 일반 기업과는 다른 구조적 특성을 가지고 있다. 그러므로 언론의 기업성

을 지나치게 강조하거나 반대로 공공성만을 강조할 경우 언론의 역할을 제대로 수행하기가 어렵다.

〈본론1〉

먼저 공공성은 언론의 변할 수 없는 가치라고 말할 수 있다. 다시 말해 언론이 존재하는 이유라고도 할 수 있다. 지난 80년대를 돌아보면 독재권력에 대한 비판과 감시는 언론의 상징이었다. 이러한 언론의 사회적 책무와 가치 추구에 대한 국민의 지지와 성원은 엄청났다. 이는 또한 언론사의 힘이 되었고, 기자들에게는 보람이자 펜을 쥐게 하는 굳건한 원동력이었다. 특히 '동아투위'에서 시작한 권력에 대한 감시와 비판은 '한겨레 신문' 창간으로 이어졌다. 언론이 살지 않으면 민주주의도 없음을 체득한 시민들이 동참했다. 6만 7천여 명이 주머니를 털어 그 당시로서는 거액에 해당하는 50억원을 모아 창간한 세계 언론사에 유례가 없는 일이 벌어진 것이다. 그들에게는 언론의 이윤추구는 언론 자본에 대한 종속으로 자존심에 상처를 주는 일이었다. 이는 언론의 공공성을 절대 가치로 삼은 하나의 분명한 사례로 볼 수 있다.

〈본론2〉

하지만 언론도 사람이 움직이는 기관이므로 함께 일하는 임직원들이 먹고 생활해야 하는 기업이다. 이러한 관점에서 본다면, 언론사도 이윤추구를 외면할 수 없다. 무엇보다 사회적 환경이 변화했다. 우리 국가도 세계경제의 질서 속에 편승하면서 자본주의의 단물이 곳곳에 스며들었다. 자본이 언론의 가치판단에 영향을 끼치기 시작한 것이다. 이제 종이신문의 수익 중 광고부문이 80%

를 넘고 일반 방송사의 경우 수익 전체를 거의 광고에 의존하고 있다. 광고수익이 없이는 어떤 언론사도 살아남을 수가 없는 현실이 되었다. 광고 외에 기댈 곳이 없는 언론사의 취약한 경제기반 때문에 현실은 국가권력을 감시하고 비판하기 위해 자본가 권력의 눈치를 봐야 하는 신세가 되었다. 이와 함께 언론도 이윤을 추구하는 기업성이 강조되고 있다.

〈결론〉

언론사는 신문독자나 TV시청자의 요구를 충족시켜 나가면서 이윤을 추구해야 한다. 언론이 무엇보다 본연의 주요 덕목인 공공성을 추구하지 못한다면 언론이라고 말할 수 없다. 하지만 자본주의 사회에서 독립적 재정기반을 마련하지 못하면 자본권력으로부터 자유롭지 못하게 된다. 언론은 공공성을 추구하면서 기업성을 확보할 수는 있지만 기업성을 추구하면서 공공성을 획득하기란 쉽지 않다. 따라서 일반 기업이 고객에게 재화나 서비스를 제공하여 이윤을 추구할 때 언론은 공공성이 가미된 재화와 서비스를 팔아야 하기 때문에 언론이 처한 현실은 한층 가혹하다고 할 수 있다.

▷**해설**

이 글은 언론을 비교대상의 기업성(A)과 비교대상의 공정성(B)을 비교대조하는 내용으로 작성한 예시답안이다. 먼저 언론과 관련있는 토마스 제프슨의 명언을 후크로 독자의 관심을 유도하고 있다. 그리고 연결문장을 통해 배경정보를 전달하면서 주제문을 마지막에 배치했다.

〈본론 1〉은 언론의 공정성, 그리고 〈본론 2〉는 언론의 기업성으로 각각 비교하고 있다. 결론단락에서 언론의 기업성과 공정성을 다시 대조하면서 언론도 기업이므로 공정성을 바탕으로 이윤을 추구하는 기업성을 간과할 수 없다고 주장한다. 언론 기업은 두 마리 토끼를 동시에 추구해야 하는 냉혹한 현실에 처해 있는 현실을 알린다.

UNIT

비교대조방법(B)

'A와 B의 비슷한점과 차이점을 논하라.'

서론
(a) 후크-(b) 연결문장-(c) 주제문

본론1
화제문 : 비교대조 대상 A와 B의 비슷한 점을 언급한다.

뒷받침문장 : 화제문에서 언급한 비슷한 점을 상세하게 뒷받침한다.

맺음문장 : 화제문의 중심내용을 재진술한다.

본론2

화제문 : 비교대조 대상 A와 B의 차이점을 언급한다.

뒷받침문장 : 화제문에서 언급한 차이점을 상세하게 뒷받침한다.

맺음문장 : 화제문을 재진술 한다.

결론

(a) 주제문을 재진술한다.

(b) 유사점과 차이점을 이끌어낸다.

(c) 핵심내용을 덧붙이면서 두 비교대조 대상을 언급한다.

(d) 긍정적 예견이나 조언 또는 제언을 한다.

주제3 : 부패정치인과 조직폭력배

기출문제 : 부패 정치인과 조직폭력집단 간의 비슷한 점과 차이점을 논하라.

(A) 문제 진단하기

이 문제는 부패 정치인과 조폭이라는 두 집단 간의 비슷한 점과 차이점을 밝히는 것이므로 비교대조논술의 (B)형으로 글을 구성하는 것이 바람직하다.

(B) 브레인스토밍 하기

출제문제에 대한 정확한 이해를 바탕으로 브레인스토밍을 하는 것이 중요하다. 따라서 부패정치인과 조폭집단의 특성이나 역할,

그리고 나쁜 습성, 그동안 끼친 해악 등에 대한 비슷한 점과 차이점을 연상하는 것이 도움이 된다.

1) 부패 정치인이란?

정치권력 이용/ 일탈/ 탈법 및 불법 행위/ 정당의 목표/ 이익집단/ 특권계급/ 특혜성/ 상임위 이용/ 이권개입/ 법적 정당성 악용/ 폐해/ 강제성/ 독점성/ 포괄성/ 지속성/ 이합집산/ 정책집행/ 약육강식/ 지역감정/ 금품수수/ 허탈감 등

2) 조폭집단이란?

조직폭력 집단/ 불법/ 이권개입/ 거부감/ 상습적 협박/ 상해/ 갈취/ 업무방해/ 재물손괴/ 지역주민 피해/ 지역상인 상습갈취/ 집단 폭행 및 협박/ 사기(무전취식)/ 업소상대 폭력/ 서민약자 금품갈취/ 문신 과시/ 불안감 조성/ 룸살롱, 호텔카지노 상대 등

(C) 주제문 작성하기

주제문 : <u>부패 정치인과 조폭집단이 종종 특혜나 이권에 개입하여 저지르는 불법이나 탈법행위에 유사한 점과 차이점이 있기 때문이다.</u> 〈간접 주제문〉

[예시답안]

<서론>

흔히 정치인들이 불법이나 탈법행위를 저지를 때마다 조직폭력배에 빗대어 말하는 경향이 있다. 정치인은 국민이 직접선거로 뽑아 일정기간 정치 권력을 맡긴 사람들이다. 이들은 대개 다양한 분야에서 전문지식이나 식견을 가진 그룹이라고 할 수 있다. 그러나 조폭은 폭력조직을 만들어 불법행위를 일삼는 집단이다. 그런데도 두 집단이 저지르는 탈법이나 불법행위가 끊임없이 뉴스거리가 되면서 종종 비교대조가 된다. 이는 부패 정치인이나 조폭집단이 특혜와 이권에 개입하여 저지르는 각종 행위에는 유사한 점과 차이 점이 있기 때문이다.

<본론1>

부패정치인이나 조폭이 특권이나 조직의 힘을 이용하여 종종 서로 비슷한 불법이나 탈법행위를 저지른다. 정치인들의 목표는 권력을 쟁취하여 국정을 이끄는데 있다. 하지만 이를 달성하고 나면 일부 정치인들 가운데는 특혜나 권력을 이용해 종종 일탈된 행위를 저지르는 경향이 있다. 정치인의 불법이나 탈법행위는 대개 국회의원의 특권을 이용해 정부나 대기업의 특혜성 이권에 개입하여 부당 이익을 취득하는 경우다. 해마다 많은 정치인들이 부당 청탁이나 특혜성 이권에 개입해 수억 또는 수십억원의 거액을 수수한 혐의로 기소되거나 구속된다. 일례로 최근에도 '성완종 사건'으로 거물급 정치인들이 탈법행위로 곤욕을 치르고 있다. 이와 마찬가지로 조직폭력배들도 조직의 힘으로 각종 특혜성 이권에 개입하여 엄청난 부당 이득을 갈취한다. 조폭들은 주로 조직의 관

할하에 있는 크고 작은 상거래 등에 개입하여 부당이득을 취한다. 이들은 주로 대도시 중심 상가지역의 술집, 나이트 클럽, 룸살롱, 가요주점, 노래방이나 호텔 카지노 등의 부당이득에 가담해 무자비한 폭력을 행사한다. 부패정치인이나 조직폭력배가 각각 조직의 힘을 이용하여 불법이나 탈법을 저지르는 일들이 수시로 발생하면서 종종 탈법이나 불법의 대상으로 비교가 되고 있다.

〈본론2〉

그러나 부패한 정치인들과 조폭들이 저지르는 불법이나 탈법행위가 사회 전반에 끼치는 영향력 면에서는 차이가 있다. 조직폭력배들의 불법행위는 대부분 이해 당사자간의 단순 문제로 끝난다. 그리고 조폭의 피해대상은 명확하다. 폭력으로 부당이득을 갈취하는 조폭과 이들에게 피해를 당하는 당사자 간 이해가 걸린 문제이기 때문에 다른 파장을 일으키지 않는다. 그리고 조폭의 범죄는 항상 법적인 대상이 되므로 쉽게 법의 처벌을 받을 수 있다. 그러나 부패 정치인들이 저지르는 탈법행위는 대부분 합법을 가장하고 있다. 게다가 혐의가 드러나도 이들이 누리는 특권 때문에 처벌에 어려움이 따른다. 또한 정치인들의 탈법 행위는 대개 그 규모가 훨씬 더 크고 다양하다. 나아가 국민에게 더 나쁜 영향과 폐해를 끼친다. 무엇보다 믿고 자신의 손으로 직접 선택한 사람들이 우월적 지위를 이용해 저지르는 탈법행위는 그만큼 허탈감과 무력감을 안겨준다. 부패정치인과 조폭이 비록 유사한 불법이나 탈법행위를 저지른다고 하더라도 정치인의 일탈 행위가 훨씬 더 나쁜 영향을 미친다. 그래서 사람들은 부패 정치인들의 불법 및 탈법행위가 드러나면 흔히 '양아치'보다 못하다는 말을 한다.

〈결론〉

정치권력으로 각종 이권이나 특혜에 개입하여 수억 또는 수십억원의 뇌물을 받아먹는 부패정치인과 폭력으로 이권에 개입하는 조폭은 모두 국가 사회에 암적인 존재다. 특히 국민의 손으로 뽑아 준 국회의원들이 부패 행위를 저지르는 것은 대중을 배려하지 못하는 천박한 영혼의 소유자들이기 때문이다. 이들은 불법과 탈법으로 많은 사람들에게 아픔을 주고, 국민의 혈세를 도둑질하고, 나아가 많은 부를 축적하여 호의호식하고 있다. 게다가 우월적 지위나 폭력을 이용하기 때문에 궁극적으로 피해자는 대부분 서민 약자들이다. 따라서 이들의 나쁜 행위는 엄정하게 법으로 다스려 반드시 뿌리를 뽑아야 한다.

▷**해설**

이 글은 부패 정치인과 조직폭력배의 비슷한 점과 차이점을 밝힌 비교대조논술이다. 서론단락은 깔때기 모양의 후크를 취하고 있다. 정치인의 부정부패와 조폭집단의 불법 폭력행위에 대한 배경정보를 가지고 독자의 관심을 유도하여 필자가 쓰고자 하는 글의 목적과 주장을 담은 주제문으로 안내하고 있다.

〈본론1〉은 부패 정치인과 조폭의 불법 및 탈법행위의 면에서 서로 비슷한 점을 비교하였다. 〈본론2〉는 부패 정치인과 조폭의 차이점을 각각 대조하고 있다.

결론단락은 주제문을 재진술하면서 이들의 불법 및 탈법을 저지르는 핵심내용을 덧붙이고 있다. 결국 부패 정치인이나 조폭의 불법행위는 국가와 특히 서민에게 나쁜 영향을 끼치기 때문에 국가권력이 나서서 적폐행위를 근절해야 한다는 필자의 제언을 덧붙이고 있다.

대조방법

서론
(a) 후크-(b) 연결문장-(c) 주제문

본론1
화제문 : 대조 대상의 첫 번째 차이점을 언급한다.

뒷받침문장 : 본론 화제문에서 언급한 차이점을 상세하게 진술한다.

맺음문장 : 화제문의 중심내용을 재진술한다.

본론2
화제문 : 대조 대상의 두번 째 차이점을 언급한다.

뒷받침문장 : 본론 화제문에서 언급한 차이점을 상세하게 진술한다.

맺음문장 : 화제문의 중심내용을 재진술한다.

본론3

화제문 : 대조 대상의 세 번째 차이점을 언급한다.

뒷받침문장 : 본론 화제문에서 언급한 차이점을 상세하게 진술한다.

맺음문장 : 화제문의 중심내용을 재진술한다.

결론

(a) 주제문의 중심내용을 재진술한다.

(b) 핵심내용을 덧붙여 요지를 강화한다.

(c) 긍정적인 예시를 하거나 조언 또는 제언을 한다.

대조방법 논술문제 답안작성

주제4 : 한국과 미국의 교육제도

기출문제 : 한국과 미국 두 나라의 교육방식에 대한 차이점을 논하시오.

(A) 문제 진단하기

이 문제는 '대조방법'의 비교대조논술이라는 것을 알 수가 있다. 하지만 여기서는 두 나라의 교육방식의 차이점을 논하라는 문제이므로, 대조방법으로 예시답안을 작성한다.

(B) 브레인스토밍 하기

제시문이나 작품이 주어질 경우에는 주어진 글 속에 충분한 글감이 포함되어 있기 때문에 이를 주제별로 간략하게 '리뷰'하여 글감을 마련한다.

한국 교육 방식

주입식 공부/ 암기 위주/ 교사의 일방적 가르침/ 교사 권위 존중/ 좋은 점수가 좌우/ 과외할동 무시/ 체육이나 음악 시간은 주요 과목 예습시간/ 교육목표 등

미국 교육 방식

상호 소통방식/ 토론식/ 자아표현 중시/ 스스로 문제 해결/ 능력 중시/ 과외특별할동 중시/ 스포츠나 음악은 필수 등

(C) 주제문 작성하기

주제문 : <u>나는 두 나라에서 공부를 했기 때문에 한국과 미국의 교육에 몇 가지 다른 점이 있다는 것을 알게 되었다.</u> 〈간접 주제문〉

[예시답안]

〈서론〉
미국 친구들은 종종 나에게 미국에서 무엇을 공부하기 위하여

한국에서 건너왔는지를 묻는다. 그들은 내가 '영어를 배우기 위하여'라고 말할 것을 기대하는 것 같다. 그러나 내가 미국에 온 것은 그들이 생각하는 것과 달리 단지 영어를 배우는 것 보다 훨씬 더 많은 것들을 포함하고 있다. 무엇보다 미국식 교육을 경험하는 것에 관심이 많았다. 그리고 나는 두 나라에서 공부를 했기 때문에 한국과 미국의 교육 방식이나 목표에서 몇 가지 다른 점이 있다는 것을 알게 되었다.

〈본론 1〉

한국의 교실에서 학생들이 기대하는 것은 미국에서의 학생들의 기대와는 많이 다르다. 한국 학생들은 매우 조용하고 수업에 수동적으로 참여하는 경향이 있다. 그들은 질문을 받지 않는다면 자신의 생각을 거의 표현하지 않다. 한국 학생들은 선생님에게 질문을 하는 것이 선생님의 권위에 도전을 하는 것으로 비쳐진다. 따라서 한국의 학교수업으로 학생에게 창조성과 사고능력을 키운다는 것은 거의 기대하기 어렵다. 학생들은 할당된 모든 것을 암기하는 것으로 만족하게 생각한다. 그러나 미국의 교육과정은 대개 개인적인 사고, 그룹의 토의, 그리고 자아 표현 등을 매우 강조하고 있다. 미국의 학생들은 수업 도중 내내 질문을 하고 자신의 견해를 발표하고 때론 하나의 쟁점에 대한 토론으로 수업이 끝나는 경우도 있다. 따라서 미국의 교실은 활발하다 못해 시끄럽기까지 하다.

〈본론 2〉

게다가 한국과 미국의 교육적인 목표에서도 엄청난 차이가 있다. 12년간의 교육기간 동안 한국학생들은 대학에 들어가기 위하여 입학시험에 목을 매야 한다. 특히 고등학교 학생들은 보다 좋은 대학에 입학하기 위해 조금이라도 더 좋은 점수를 얻어야 한다. 한국의 문화는 대학 입학에 보다 중요성을 두고 있다. 이는 좋은 대학에 들어가는 것이 미래의 더 나은 생활과 성공을 확보할 수 있기 때문이다. 그 결과 학교는 종종 도덕적·사회적·육체적 교육을 제공하는 대신에 시험만을 가르치는 곳이 된다. 이와 반대로 미국 교육제도의 목표는 학생들에게 어떻게 배울 것인가를 가르치고 그들의 능력을 최대한 펼칠 수 있도록 돕는 것에 중점을 두고 있다. 미국의 선생님들은 학생들에게 그들 자신이 스스로 문제를 해결하고 생각하도록 하는 자유를 주고 있다. 그리고 그들은 학생들이 단순히 입학시험에 답하도록 준비시키는 것이 아니라 대학에서 자신의 미래를 어떻게 준비하고 인생을 어떻게 설계할 것인가에 교육적 목표와 가치를 두고 있다.

〈본론3〉

한국과 미국식 교육의 또 다른 차이점은 스포츠 및 예술교육 프로그램 등 특별 흥미활동과 같은 과외활동의 역할이다. 대부분 한국 학교들은 도덕적·지적, 그리고 육체적 교육에 같은 관심을 기울이도록 요구한다고 하더라도 실제 포커스는 대학 입학시험에 두고 있다. 학업의 중점을 교실 밖의 활동에 두지 않는다. 선생님들은 학생들이 가지고 있는 약점 분야에 더 많은 공부시간을 주기 위하여 심지어 과외활동 시간을 주요과목을 공부하는데 활용하도록 하기도 한다. 반대로 미국교육 기관은 지적 능력의 개발만큼이나 사교적 활동, 그리고 대인관계의 능력 개발에도 깊이 고려를 하고 있다. 따라서 체육, 음악, 미술 등의 과외활동에 참여하는 것을 매우 중요하게 생각한다. 학생들은 이를 통하여 그들의 특별한 재능, 성숙도, 그리고 지도능력 등을 발휘할 수 있다고 믿고 있기 때문이다.

〈결론〉

교육은 모든 사람들의 미래 성공에 매우 중요하다. 한 그루 나무가 자라는데 10년이 걸리는 데 비해 건전한 교육제도가 뿌리를 내리기 위해서는 20년이 걸린다는 말이 있다. 비록 한국과 미국이 서로 다른 교육방식과 목표를 가지고 있다고 하더라도 두 나라의 교육은 궁극적으로 '인생의 성공'이라는 같은 목표를 지향하고 있다. 이 목표는 단지 사람들이 모든 교육적 기회를 활용할 경우에만 성취될 수 있다.

▷해설

이 글은 미국식 교육과 한국식 교육의 서로 다른 차이점을 가지고 대조방법으로 쓴 비교대조논술이다. 특히 서로 다른 점을 한 가지씩 대조하여 쓴 〈항목별 대조〉 방법으로 구성한 비교대조논술이다.

비교방법

서론

(a) 후크-(b) 연결문장-(c) 주제문

본론1

화제문 : 비교 대상의 첫 번째 비슷한 점을 언급한다.

뒷받침문장 : 본론 화제문에서 언급한 비슷한 점을 상세하게 진술한다.

맺음문장 : 화제문의 중심내용을 재진술한다.

본론2

화제문 : 비교 대상의 두번 째 비슷한 점을 언급한다.

뒷받침문장 : 본론 화제문에서 언급한 비슷한 점을 상세하게 진술한다.

맺음문장 : 화제문의 중심내용을 재진술한다.

본론3

화제문 : 비교 대상의 세번 째 비슷한 점을 언급한다.

뒷받침문장 : 본론 화제문에서 언급한 비슷한 점을 상세하게 진술한다.

맺음문장 : 화제문의 중심내용을 재진술한다.

결론

(a) 주제문의 중심내용을 재진술한다.

(b) 핵심내용을 덧붙여 요지를 강화한다.

(c) 긍정적인 예시를 하거나 조언 또는 제언을 한다.

▷**참고**

비교만 하는 비교대조논술을 작성하는 방법은 대조만 하는 논술 구성 방법과 똑같다. 다만 하나는 차이점을 나타내는 대조를 하는 것이고, 다른 하나는 비슷한 점을 밝혀 내어 비교를 하는 것이 다를 뿐이다. 따라서 비교방법의 논술예문은 생략하기로 한다.

| 제3장 반응논술 |

반응논술이란

반응논술은 어떤 특정 메시지에 반응하여 쓰는 글을 말한다. 시·소설·연극 등 문학 작품이나 노래 및 그림, 사진, 드라마, 영화, 동영상, 그리고 특정 현장이나 어떤 현상 등에 대한 다양한 내용들이 반응논술의 대상이나 메시지가 될 수 있다. 반응논술은 주로 자극적인 메시지에 반응하여 쓰는 글이지만 실제로는 의견이나 주장을 밝히는 글이다. 따라서 반응논술도 논쟁논술이라고 할 수 있다. 단지 논쟁논술과 다른 점은 반응한 메시지에 대한 배경정보나 배경지식을 구체적으로 밝힌다는 것이다.

반응논술은 독자가 공감할 수 있도록 반응한 메시지에 대한 배경정보를 알려주는 것이 중요한 '포인트'라고 할 수 있다. 특정 메시지가 독자에게는 뜬금없는 이야기로 들릴 수 있기 때문이다. 반응논술은 신문의 칼럼이나 평론 그리고 각종 논술시험에 이르기까지 글쓰기에 매우 광범위하게 사용되고 있다. 따라서 반응논술을 이해하기 위해 활용도가 높은 칼럼부터 분석하고 언론사 논술시험의 기출문제와 예상문제 등의 예시답안을 구성하기로 한다.

독자와의 공감

반응논술은 특정 메시지에 반응하여 쓰는 글이므로 독자는 주제나 제목만 보고 필자가 무엇을 어떻게 반응하여 쓴 것인지 이해하기가 어려울 수 있다. 따라서 필자는 서론단락에서 자신이 반응한 메시지에 대한 배경정보나 배경지식을 구체적으로 알려주어 독자의 공감을 확보해야 한다.

배경정보의 전달 방법

배경정보는 필자가 반응한 메시지에 대해 독자가 이해할 수 있도록 설명하는 내용이다. 이를 전달하는 서술방법은 다음 3가지가 있는데, 모두 주관적 견해가 배제된다.

(a) 묘사 : 그림이나 영화 등 시각적인 메시지나 시, 또는 노래의 서정적·서사적 메시지에 반응하여 글을 쓸 때는 주로 묘사방법으로 배경정보나 지식을 전달한다.

(b) 요약 : 소설·연극 등의 문학작품이나 강연·드라마 등의 메시지는 주로 요약하는 방법으로 배경정보를 전달한다.

(c) 사실 : 역사적 사건이나 어떤 이론, 현재의 사건이나 현상 등에 반응할 경우에는 있는 사실을 그대로 요약하여 전달한다.

반응논술의 서론단락

서론의 3가지 구성요소

서론

(a) **후크** : 문학작품이나 강연 등의 주제나 제목만으로도 독자의 호기심을 끌 수 있을 때는 제목으로 후크를 대신할 수 있다. 하지만 독자의 관심을 유도할 만한 좋은 후크가 떠오른다면 당연히 써야 한다.

(b) **배경정보** : 반응한 메시지에 대해 독자가 공감할 수 있도록 배경정보나 배경지식을 전달한다. 그리고 배경정보의 양이 많을 경우 첫번째 본론단락으로 확장하여 이를 전달할 수도 있다.

(c) **주제문** : 일반 논술과 마찬가지로 필자가 쓰고자 하는 글의 목적이나 주장을 담고 있는 중심내용을 가진 문장이다.

'반응논술'의 최근 이슈

주제1 : 시대착오적 中華질서에 집착하는 중국 〈사드문제〉

예상 출제문제 : 한국의 사드배치를 놓고 중국의 간섭에 대한 필자의 반응.

⟨장면묘사 : 후크⟩

구한말 위안스카이(袁世凱·1859~1916)는 마치 섭정과 같았다. 20대 청년이 주차조선총리교섭사의(駐箚朝鮮總理交涉事宜))라는 거창한 직함을 달고서 청나라의 실질적 조선 총독으로 한반도에 군림했다. 무장한 채 궁궐 안까지 가마 타고 들어와 고종 임금에게 삿대질하기 일쑤였다. 당시 조선에 주재하던 구미 외교사절들조차 그를 감국대신(監國大臣)이라 부를 정도로 오만방자했다.

⟨서론⟩

사드(THAAD: 고고도 미사일 방어체계) 문제에서 한국에 대한 중국의 고압적 태도는 구한말의 악몽을 떠올리게 하기에 충분하다. 연일 한국을 융단폭격 중인 중국의 거친 언사(言辭)는 주권국가 간의 평등한 외교관계가 용인할 수 있는 수준을 훨씬 넘어섰다. 미국의 아시아 회귀정책(Pivot to Asia)에 대한 중국의 전략적 우려에는 일리가 있지만 지금처럼 난폭하게 한국을 몰아붙이면 오히려 역효과를 낳을 가능성이 크다. 중국 당국은 한국 국민의 자존감이라는 역린(逆鱗)을 건드리지 않도록 절제해야 마땅하다.

⟨본론1⟩

중국의 주장과는 달리 사드는 미-중간의 전(全)지구적 전략 게임에서 긴박한 현안이라 보기 어렵다. 국내외 난제가 산적한 중국으로서는 국제상설주재재판소(PCA)에서 패소한 남중국해 영유권 분쟁이 훨씬 큰 사안이다. 신(新) 실크로드 전략인 일대대로((一帶一路)에 입각해 세계로 뻗어나가려는 시진핑 주석의 중국몽(中國夢)이 거대한 암초를 만났기 때문이다. 남중국해 일대(一帶)

의 국제법적인 세계 시민사회의 영유근거는 무너지고 벌거벗은 힘만 남았다. 중국 헤게모니의 최대 위기다. 이에 비해 사드는 아직 실전 능력을 완성한 기술이 아닌 데다 유사시 북한 핵미사일로부터 주한 미군과 한반도 동남부를 지킬 방어무기에 불과하다. 사드가 중국 포위용 미국 MD(미사일 방어체계)의 하위 요소라는 중국 주장은 사실 왜곡인데다 한국이 국제정치의 독립적 행위자라는 점을 송두리째 무시한다.

〈본론2〉

중국의 과잉반응은 정작 사드배치보다 훨씬 중요한 한-중 관계의 본질을 성찰케 한다. 중국이 과연 대한민국을 동등한 주권국으로 보는가 하는 문제가 그것이다. 근대 이후 세계는 '평등한 주권국가들의 평화 공존'을 정초한 1648년 베스트팔렌 조약이 이끌어왔다. 양차 세계대전의 파국 위에 건설된 국제연합의 세계 질서가 그 현대적 성취다. 유럽연합(EU)도 베스트팔렌 질서를 지역 동맹체 형태로 확장한 결실이다. 미국 문명은 유럽에서 나온 베스트팔렌 질서를 아메리카식으로 재구성한 미국적 세계질서(팍스 아메리카나)를 이끌고 있다.

〈본론3〉

오늘날 베스트팔렌 질서와 미국적 세계질서의 최대 경쟁자는 이슬람적 세계질서와 중화적 세계질서이다. 이슬람 문명을 논외로 한다면 동아시아에 사는 우리의 최대 관심사는 중국적 세계질서일 수밖에 없다. 하지만 '평등한 다수 국가의 평화공존'이라는 베스트팔렌적 이념은 중국 문명에는 낯선 것이었다. 중국의 천하

(天下)관은 중국 통치자를 하늘 아래 만물을 지배하는 초월적 존재로 보았다. 우주의 중심은 중국이 문명과 야만을 나누는 절대 기준이었다. 한반도, 특히 조선 왕조는 이런 중화 질서의 자장(磁場) 안에 가장 적극적으로 녹아든 사례였다.

〈본론4〉

그러나 21세기에 이렇게 시대착오적 중화질서의 복원은 불가능하다. 베스트팔렌적 세계 질서가 중화 질서와는 비교 자체가 어려운 인류 보편사적 호소력과 정당성을 갖기 때문이다. 상설중재재판소에서 패소한 남중국해 중국 영유권 주장은 동남아시아에서 중화질서의 복원이 불가능함을 웅변한다. 동북아시아에서도 16세기 이래 일본적 세계 질서를 외쳐온 일본이 중화적 세계 질서를 받아들일 리 만무하다. 그렇다면 남는 것은 한반도뿐이다. 중국이 전 세계가 규탄하는 핵보유국 북한을 껴안고 있는 이유와 사드를 빌미로 한국을 겁박하는 이유는 단 하나다. '중화질서로 새 판 짜기'에 대한 국가적 집착 때문이다.

〈결론〉

위안스카이는 임오군란(1882년)부터 청일전쟁(1895년) 직전까지 한반도에 폭압적이고 파괴적인 방식으로 개입했다. 청일전쟁 패배와 때 이른 청 제국의 멸망이 그 결과였다. 자신을 망치고 나라까지 망쳤다. 희대의 반면교사(反面敎師)가 아닐 수 없다. 중국은 사드를 앞세워 우리에게 베스트팔렌 질서 대(對) 중화질서 사이의 양자택일을 강요하는 중이다. 하지만 주권국가들의 상호 존중에 입각한 평화공존은 역사의 지상명령이자 세계 질서의 초석이다. 한국을 속국(屬國)으로 보는 조포(粗暴)한 중화주의는 중국이 진짜 대국(大國)에 이르지 못했음을 증명한다.

〈조선일보 2016년 8월 5일자 윤평중 교수 칼럼〉

▷해설

이 글은 논술 형식으로 쓴 신문의 칼럼이다. 첫 단락은 주제와 직-간접적으로 관련있는 내용의 한 장면을 '묘사'하여 독자의 관심을 환기시키고 있다. 〈장면묘사〉는 구한말 청나라 위안스카이가 조선을 좌지우지하던 권력의 실세임을 역사적 사실을 바탕으로 하여 이를 오늘날 한국의 사드배치를 놓고 억지와 오만을 부리는 중국과 대비시키고 있는데 이것은 바로 일종의 '복선' 역할을 하는 후크라고 할 수 있다.

두 번째 단락이 서론단락으로 필자가 주장하는 '역린을 건드린 중국'의 오만 이야기를 거명한다. 주제문은 '중국 당국은 한국 국민의 자존감이라는 역린(逆鱗)을 건드리지 않도록 절제해야 마땅하다.'는 내용으로, 서론 단락의 마지막에 배치되어 있다. 주제문의 중심내용은 '중국이 한국인의 자존감을 더 이상 건드리지 말아야 한다.'로 구체적이다.

〈본론1, 2, 3, 4〉는 주제문의 중심내용 '중국은 한국 국민의 자존감을 건드리지 말아야 한다' 라는 화제문을 작성한 뒤 이를 뒷받침하고 있다. 마지막 결론단락은 먼저 묘사장면의 내용을 다시 환기하면서 마지막에 주제문을 재진술한 '한국을 속국으로 보는 조포한 중화주의는 중국이 진짜 대국에 이르지 못했음을 증면한다' 라는 내용으로 글의 요지를 드러내고 있다.

주제2 : 김영란법

예상 출제문제 : 김영란법 시행 한 달에 즈음한 필자의 반응.

〈장면묘사 : 후크〉

지난 달 말(9월 28일) 김영란법이 시행될 즈음 IT산업에 종사하던 한 후배의 하소연이 뇌리를 스쳤다. '선배님, 한국에서의 직장 생활이 이럴 줄은 상상도 하지 못 했습니다. 일 마치면 회식이나 단합을 위한 술자리가 일주일에 두세 건은 기본인 데다 심할 경우에는 한 주 내내 술자리를 갖는 경우도 있습니다. 이러고도 어떻게 건강을 지켜내며 무엇보다 자기 개발을 할 수 있겠습니까. 아이들과 따뜻한 저녁을 함께 한 기억이 아련합니다. 아무래도 일을 그만두고 다시 돌아가야 할 것 같습니다. 한국생활에서는 건강한 미래를 기대할 수가 없습니다.' 그리고 그는 한국에 온지 이태만인 3년 전 '그 좋은 직장'을 그만두고 미국으로 떠났다.

〈서론〉

김영란법이 시행된 지 한달이 지나고 있다. 시작부터 혼란스러웠다. 혹자는 경제에 미칠 파급효과를 우려하고, 어떤이는 한국인의 미덕인 일상의 정(情)을 가로막는다고 불평한다. 대다수 국민이 이 법의 규제를 받는 만큼 시행을 두고 설왕설래가 심했다. 그러나 김영란법이 겨냥하는 근원적인 취지에 주목할 필요가 있다. 이 법안이 절대다수 국민의 지지를 받고 탄생할 수 있었던 배경을 이해해야 한다. 법안의 바탕에는 시대와 동떨어진 우리의 부끄러운 모습이 담겨 있다. 인간관계에서 발생하는 작은 정이 부정 청탁의 고리가 되고 나아가 부패로 이어지는 나쁜 관행과 태도를 더 이상 방치할 수 없다는 경종을 울린 것이다. 물론 이 법이 모든 것을 해결하는 만능의 열쇠는 아닐 수 있다. 하지만 이 법의 취지에 맞게 적응한다면 시작은 다소 혼란스러울지라도 결과는 좋은 변화를 가져올 수 있다. <u>뒤늦게나마 많은 국민의 자성이 담긴 김영란법으로 기존 생활의 패러다임을 바꾸고 진정한 삶과 나를 찾는 기회를 마련해야 한다.</u>

〈본론1〉

　<u>좋은 취지로 시행된 김영란법을 정착시키는 데는 무엇보다 우리 자신의 삶의 태도가 중요하다.</u> '우리가 남이가', '형님 아우'라고 부르면서 일만 마치면 누굴 만나서 한잔을 궁리를 하는 그런 너절한 생각부터 바꾸어야 한다. 먹고 마시는데 칙칙한 인생을 낭비하기보다 일 마치고 따뜻한 저녁이 있는 가정으로 향하면 돈도 절약되고 건강에도 도움이 된다. 무엇보다 가족과 함께 더 많은 시간을 가질 수 있어 가정의 화목을 배가할 수 있다. 자녀들의 건강한 성장에도 보탬이 될 수 있다. 허구한날 술에 찌든 아빠를 바라보면서 자라는 아이들의 내면에 그려진 비뚤어진 아버지의 모습도 바로잡을 수 있다. 한 정치인의 '형님 아우'하는 사이가 수만 명에 이른다는 기사가 기억에 새롭다. 굳이 그분 만이 아니다. 이

것이 우리 사회의 일그러진 모습이다. '공짜 점심은 없다' 라는 말처럼 함께 먹고 마시는 데에는 반드시 부정한 청탁과 대접이 따르게 마련이다. 따라서 김영란법의 성공 여부는 바로 우리의 삶의 행태를 바꾸는 데 있다.

〈본론2〉

이제 너나 없이 '사돈의 팔촌'까지 부르고 불려다니는 경-조사에 대한 관행도 변화해야 한다. 요즘 같은 10월이면 특히 결혼식이 많다. 반드시 가야 할 자리가 아닌데도 '안면 때문에' '직위 때문에', '앞으로의 관계 때문에' 등등 진정한 축하와 위로가 담긴 자리가 아니라 이해관계로 마지못해 참석하는 경우가 수없이 많다. 최근들어 몇몇 유명인들이 앞장서 이런 허례허식의 관행을 허무는 데 솔선수범하는 모습을 보인 적이 있다. 하지만 아직은 미미한 수준이다. 김영란법을 계기로 이러한 관행도 없어져야 한다. 대개 주일과 주말에 가족과 함께 식사하고 대화할 수 있는 시간을 이런 식으로 허비해서는 안된다. 혼사가 집중되는 봄-가을은 가정 경제에도 압박을 받는다. 물론 상부상조의 미덕을 말할 수도 있다. 그러나 이는 이해관계가 얽혀 있지 않았던 농경시대에나 가능한 미풍양속이다. 따라서 경-조사 문화도 서양처럼 가까운 친족들이 모여 진심으로 서로를 축복하고 위로하는 자리가 돼야 한다.

〈본론3〉

불필요한 만남으로 낭비하는 시간과 돈을 절약하여 자신의 능력을 개발하고 키우는 방향으로 눈을 돌려야 한다. 김영란법을 계기로 접대와 청탁, 불공정의 관행으로 얼룩진 집단적이고 소모적인 인간관계를 청산해야 한다. 의식의 변화를 통하여 청렴한 문화를 재창조 하고, 이를 자기개발의 시간으로 돌려야 한다. 내 시간을 가지고 자기 개발에 신경을 써야 개인과 국가도 건강한 미래가 있을 것이다. 특히, 21세기 정보화시대를 맞아 IT산업 분야에서는 하루가 다르게 빠른 변화를 거듭하고 있다. 세계를 선도하는 구글이나 애플 등의 IT기업들은 모두 변화를 주도하는 창조성의 기반 위에 서 있다. 이러한 변화를 이끌어가기 위해서는 무엇보다 종사자 개인의 능력개발이 절실히 요구되기 때문이다.

〈본론4 : **논박**〉

물론 사회 일각에서는 김영란법이 공무원 사회의 복지부동을 고착화하거나 언론자유를 위축시키고, 나아가 일상의 인간관계에 작은 정을 규제한다는 점 등을 우려한다. **그러나** 총체적으로 김영란법이 가져올 좋은 변화에 비하면 이 정도는 감내해야 할 가치가 있다. 김영란법을 제대로 지키면 우월적 지위를 이용한 공직사회는 물론 대기업들의 갑질 횡포도 어느 정도 막을 수 있다. 언론의 자유도 마찬가지다. 정이나 부정 청탁에 의한 보도보다 뉴스 가치에 보다 높은 잣대를 둔다면 오히려 시민으로부터 존중받는 언론이 될 수 있다. 경제문제도 허례허식으로 허리가 휘는 것보다는 불공정의 관행을 없애는 것이 근본적으로 더 큰 도움이 된다. 무엇보다 이런 나쁜 관행을 깨뜨리면 우리 사회가 의식의 변화와 함께 더 나은 방향으로 진화할 수 있다. 따라서 김영란법은 부작용보다는 질적 변화로 인하여 국가 발전에 기여할 부분이 훨씬 크다.

〈결론〉

우리 사회의 반성이 담긴 김영란법이 기존의 관행을 깨뜨리고 보다 나은 사회로 발전하는 계기가 될지 아니면 찻잔 속의 태풍으로 그칠지는 우리 손에 달려있다. 김영란법이 근원적으로 겨냥하는 목표가 바로 부정 청탁을 하거나 금품을 수수하는 것을 막는데 있다. 이는 학연·지연·혈연 등 사적인 네트워크가 인사·인허가 등의 공적 업무에 개입하는 것을 막을 뿐 아니라 의식의 변화와 함께 청렴한 사회와 가족 문화를 정착하는 데도 기여할 것이 분명하다. 따라서 이 법은 만연한 불공정과 부패의 관행을 깨뜨려야 우리 사회가 발전할 수 있다는 위기감에서 비롯된 자성의 산물이라는 점을 명심하자.

▷**해설**

최근 한국 사회가 김영란법의 시행으로 적지 않은 혼란을 겪고 있다. 그러나 지난 9월 28일 법이 시행 된 이후 한 달이 지나면서 점차 안정을 되찾아가는 모습에 반응하여 쓴 반응논술 형식의 칼럼이다.

서론단락에 앞서 〈장면묘사 : 후크〉를 사용하여 우리 사회가 앓고 있는 문제의 한 단면을 보여주고 있다. 이는 김영란법 시행이 때늦은 감이 있지만 반드시 성공적으로 정착하여 우리 사회의 폐단을 바로잡고 긍정적 변화가 일어나기를 갈망하기 위해 배치한 '복선'이라고 할 수 있다.

주제3 : 예술이 진짜여야 삶도 진짜다

예상 출제문제 : 이우환 화백의 위작 시비에 대한 필자의 반응.

〈장면묘사 : 후크〉

비겔란 조각공원은 압도적이었다. 소낙비 지나간 7월 오후, 노르웨이의 투명한 하늘 아래 야외에 임립(林立)한 조각 군상(群像) 212점은 인간의 희로애락을 침묵으로 절규하고 있었다. 세계적 조각가 비겔란(Gustav Vigeland : 1869~1943)이 평생에 거쳐 만들어 오슬로시에 기증한 작품들이다. 남성과 여성, 아이들이 웃고 울며 사랑하는 일상의 순간을 포착했다. 공원 한 가운데 17m 높이로 선 모노리스(monolith)는 몸부림치는 121명의 등신대 인물상을 화강암 기둥 하나에 새긴 기념비적 대작이었다. 청명한 하늘, 청량한 바람 속 모노리스는 아름다움을 넘어 섬광 같은 숭고(崇高·the sublime)의 충격을 선사했다. 한반도와 세계의 소란스러운 세상사가 잠시 초극(超克)되는 순간이었다.

〈서론〉

이우환도 세계적 거장이다. 물체와 공간, 인간 같은 존재들 사이의 관계를 탐구해 찬사를 받은 모노하(物派: 물파)의 대표 작가다. 2011년 뉴욕 구겐하임 미술관의 '이우환 영혼의 창조전'에 매혹당해 눈물 흘리던 뉴욕 시민을 다룬 현지 언론 보도가 생생하다. 시코쿠의 거의 버려진 섬 나오시마가 이우환 미술관을 비롯한 예술 프로젝트로 되살아나 한 해 수십만 명이 찾는 예술의 섬으로 탈바꿈했다. 백남준이 타계한 후 세계적으로 가장 유명한 한국 예술가는 이우환이다. 그런 이우환이

위작 시비에 휘말렸다. 〈직접 주제문〉

〈본론1〉

미술계의 가짜 소동은 새삼스럽지 않다. 한국미술품감정평가원이 감정한 작품 중 30% 가량이 위작으로 판정될 정도다. 국민화가 이중섭과 박수근은 상당수 위작이 유통되는 것으로 추정된다. 천경자 화백은 평단과 미술관이 진품으로 판정한 '미인도'가 가짜라고 항의하며 붓을 꺾었다. 가수 조영남 대작 사건은 가짜 소동의 한 획을 그었다. 조씨는 작품 대부분을 직접 그리지 않았음을 시인한 후 사기범 취급을 받는 신세다.

〈본론2〉

이우환은 완전히 다르다. 그는 경찰이 가짜라고 판정한 작품 13점 모두 진짜라고 주장한다. 위조 작가, 자금 공급책, 유통책이 잡히고 이들이 위작 과정을 재현해 보인 데다 전문가들의 안목 감정과 국과수의 과학 감정이 위작으로 판정한 작품을 작가 본인이 진품이라고 강변하고 있다. 세계 예술사에서 보기 드문 진풍경이다. 이 화백은 자신의 색채, 리듬, 에너지는 그 누구도 베낄 수 없다고 강조한다. 상당한 무게가 실리는 발언이다. 작가-평론가-화랑-대학으로 구성된 사회제도로 예술계가 특정 작품을 예술로 공인해야 예술품으로 성립한다는 예술제도론 관점에서 이우환은 세계 예술계가 인정한 거장이기 때문이다. 하지만 과학적이고 객관적인 감정 결과는 문제의 13점이 가짜임을 가리킨다.

〈본론3〉

이 충격적인 사태는 '예술이란 무엇이며 예술가란 어떤 존재인지' 묻게 한다. 예술은 예술이 고급한 정신활동의 산물이라는 생각이나 아름다움의 표현이라는 상식을 케케묵은 것으로 거부한다. 예술과 비예술의 경계를 무너뜨린 예술가의 고유한 아우라를 파괴한다. 모든 것이 예술이라 자처할 수 있게 되었고 독창적 천재로서 예술가의 초상도 붕괴했다. 그 결과 예술이 민주화 된 반면 진짜와 가짜의 구분이 흐려지는 무정부 상태가 초래된다. 특히 미술영역이 그렇다. 그림을 대작시킨 조영남에게 보통 사람들이 격분한데 비해 전문가들이 관대했던 배경이다. [그러나] 예술의 표준을 해체하면서 현대 예술은 길을 잃었다. 만약 현대 예술의 논리가 옳다면 예술 전문가의 예술 이해가 일반인보다 낫다는 이론적 근거 자체가 사라진다. 예술의 표준과 중심이 없다면 예술 전문가가 일반인보다 우대받을 본질적 이유도 없다. 현대미술이 막다른 골목에서 좌충우돌하는 건 이 때문이다. 하지만 대작이나 베끼기 같은 미술계 관행이 문학이나 음악 같은 다른 예술 영역에서는 철저히 금기시되는 이유를 현대미술은 성찰해야 마땅하다.

〈결론〉

예술의 미명 아래 진짜와 가짜의 사실적 차이를 무시하는 건 예술가의 오만에 불과하다. 어떤 작품이 가짜라면 그것을 만든 작가의 삶도 가짜라는 보통 사람의 의심은 전적으로 타당하다. 이것이 이우환과 현대 미술 전체에 우리가 던지는 질문이다. 진정성으로 충만한 비겔란 공원의 조각들은 진짜였으며 모노리스는 아름답고도 숭고했다. 비겔란 공원의 진정성과 숭고미는 현대 예술에 난무하는 현학적 소란을 일거에 잠재울 만큼 강력했다. 삶의 진실함

을 함께 나눈 비겔란 덕분이다. <u>예술이 진짜여야 예술가의 삶도</u>
<u>진짜인 것이다.</u>

〈조선일보 2016년 7월 15일자 윤평중 교수 칼럼〉

▷해설

이 글은 반응논술의 형식으로 쓴 신문 칼럼이다. 한국 미술의 거
장 이우환의 위작 시비에 반응한 글이다. 첫 단락은 주제와 직-간
접적으로 관련있는 내용의 한 장면을 '묘사'하여 독자의 관심을 환
기시키고 있다. 이 〈장면묘사 : 후크〉는 한 미술 거장의 조각 작품
들을 감상하면서 자신의 서정을 담은 내용으로, 한국 거장 이우환
과 대비하기 위한 일종의 '복선' 역할을 하는 후크라고 할 수 있다.

두 번째 단락이 서론단락으로, 필자가 주장하는 '이우환' 이야기
를 거명한다. 주제문은 '백남준이 타계한 후 세계적으로 가장 유
명한 한국 예술가는 이우환이다. 그런 이우환이 위작 시비에 휘말
렸다.' 라는 내용이다. 주제문 중심내용은 '이우환의 위작'으로 구
체적이다. 이런 형식의 칼럼은 상당한 수준의 칼럼니스트들이 쓰
는 경향이 있다.

〈본론1〉, 〈본론2〉, 〈본론3〉은 주제문의 중심내용인 '이우환의
위작'과 관련된 내용으로 화제문을 작성한 뒤 이를 뒷받침하고 있
다. 마지막 결론단락에서는 주제문을 재진술하면서 자신의 주장
을 끌어온다. 그리고 숭고하기까지 느낀 '비겔란 공원의 조각'을
환기하면서 필자가 주장하는 글의 요지로 '예술이 진짜여야 예술
가의 삶도 진짜인 것이다.'라는 말로 이우환을 강하게 비판한다.

반응논술 언론사 출제문제

반응논술은 자극적인 메시지에 반응하여 쓰는 글이지만 실제로는 의견이나 주장을 밝힌다는 점에서 논쟁논술이나 다름없다. 그리고 반응논술은 신문의 칼럼이나 평론, 그리고 각종 논술시험에 이르기까지 글쓰기에 매우 광범위하게 활용되고 있다. 따라서 최근 주요 언론사에서 출제한 '반응논술'의 문제를 가지고 직접 예시답안을 작성하면서 반응논술을 학습하기로 한다.

주제1 : 키워드를 활용한 반응논술 문제

기출문제 : '다음의 키워드 중 세 개 이상을 활용해 한국사회의 문제점을 진단하고 해결방안을 논리적으로 논하시오.'

〈중앙일보 / 2013년〉

(키워드=프란체스코 1세/ 어나니머스/ 마거릿 대처 / 우고 차베스/ 레미제라블…)

(A) 출제문제 진단하기

출제문제를 진단할 때는 무엇보다 출제문제의 의도와 중심내용을 정확히 이해해야 한다. 이 문제는 다음 두 가지를 동시에 생각해야 한다. 첫째는 한국사회의 문제점, 그리고 둘째는 자신이 반응해야 할 키워드가 가지고 있는 의미를 분석하여 상호 관련성 있는 내용을 먼저 파악하는 것이다.

첫째, 현재 한국사회가 안고 있는 문제점 진단

한국사회의 문제점을 무작정 파악하려고만 하지 말고 주어진 키워드가 가지고 있는 중심내용과 관련된 한국사회의 문제점을 차근히 짚어 보고 연결하는 것이 더 효율적이라고 할 수 있다.

둘째, 키워드 의미 분석 및 한국사회 문제와의 연결

먼저 5개의 키워드를 살펴보고 자신이 내용을 잘 이해하고 있는 키워드를 중심으로 생각을 한다. 그리고 그 키워드의 중심내용과 한국사회의 문제점을 적절하게 연결할 수 있는 것을 3개 정도 선택하여 이를 브레인스토밍한다. 그러나 여기서는 5개의 키워드를 가지고 글을 쓴다는 생각으로 학습을 한다.

(B) (선택한 키워드) 브레인스토밍 하기

1) 우리 사회의 문제점과 레미제라블

우리사회의 문제점=유전무죄 무전유죄/ 빈익빈 부익부/ 갑과 을/ 대기업과 중소기업/ 노블리스 오블리제/ 돈과 권력/ 흥청망청 등

레미제라블=빅토르 위고/ 장발장/ 가혹한 유형/ 유전무죄 무전유죄/ 생계형 범죄/ 빈곤의 악순환/ 사회적 약자 등

2) 우리사회의 문제점과 마거릿 대처(수상)

우리사회의 문제점=강성노조/ 불법파업/ 노사간 불신/ 건전한

노동문화 필요/ 노조의 본질/ 사측의 횡포/ 경제 발목잡기/ 수출 주도국/ 생산성 및 효율성 저하 등

대처(수상)=영국 병/ 불건전한 노동문화/ 노사간 극심한 대립/ 노사문제 해결/ 건전한 노동문화 정착/ 국민여론 수렴/ 합리적 노동정책 마련 등

3) 우리사회의 문제점과 어나니머스

우리사회의 문제점=악플/ 익명성 댓글/ 언어폭력의 심각성/ 비판의 본질 상실/ 인격손상/ 비어 난무/ 거친 언어/ 자살/ 나를 숨기고 남을 공격하는 비열함 등

어나니머스(anonymous)=익명성을 활용한 비열함/ 해커 등

4) 우리사회의 문제점과 프란치스코 1세

우리사회의 문제점=이념, 계층, 지역 갈등 문제, 가진 자의 관용과 절제 부족 등

프란체스코(교황)=공사간에 검소와 겸손함을 잃지 않는 것으로 알려져 있다. 사회적 소수자들, 특히 가난한 사람들에 대한 관심과 관용을 촉구하며 여러 가지 다양한 배경과 신앙을 가진 사람들 사이에서 소통이 오래 갈 수 있도록 대화를 강조하는 데 헌신적인 노력을 기울인 것으로 알려졌다.

5) 우리사회의 문제점과 우고 차베스

우리사회의 문제점=표퓰리즘 정치와 무상복지 정책 확대

우고 차베스=표퓰리즘 정책으로 베네수엘라의 국가 경제를 엉망으로 만든 장본인.

차베스는 석유를 국유화 하여 벌어 들인 오일 머니로 내정으로는 무상복지 정책을 통해 빈곤층에 의료·교육·식료품 등을 무료로 제공하면서 지지를 등에 업고, 외치에서는 반미 반서방 정책을 실시했다. 그는 오일 달러를 기반으로 국내 정치적 입지를 확보하는 데는 성공했지만, 인프라 개발과 산업진흥에 이바지하지 못한 결과 전형적인 표퓰리즘 정치로써 국가를 엉망으로 만든 장본인으로 비난 받고 있다.

(C) 주제문 작성하기

주제문 : 특히 이 가운데서도 몇 가지 고질적인 문제점들이 현재 우리 사회의 발전을 가로막거나 미래를 어둡게 하고 있다.

[예시답안 작성]

⟨서론(Introduction)⟩

(a) 현재 한국사회가 정치, 경제, 사회, 문화 등 다양한 분야에서 많은 문제로 어려움을 겪고 있다. (b) 노블리스 오블리제의 부재, 빈익빈 부익부, 갑과 을의 구조, 노사간 문제, 인터넷 상의 익명성을 가장한 악플러나 해킹문제, 계층간 갈등 등 다양한 문제들

이 우리 사회를 병들게 하고 있다. (c) 특히, 이 가운데서도 몇 가지 고질적인 문제점들이 현재 우리 사회의 발전을 가로막거나 미래를 어둡게 하고 있다.

〈본론1(레미제라블)〉

레미제라블을 생각하면서 우리사회를 들여다보면 150여 년 전 위고가 고민한 사회 문제가 바로 우리사회의 문제인양 착각을 자아낸다. 위고는 가난한 조카를 위해 빵 한 조각을 훔친 죄로 19년의 수형생활을 해야 했던 사회적 약자 장발장을 통해 부조리한 사회구조를 고발한다. 우리 사회는 IMF환란 이후 많은 중산층이 무너지면서 빈익빈 부익부의 현상이 심화하고 있다. 대기업은 중소기업을 핍박하고 돈과 권력을 가진 사람들은 사회적 책임보다 가족 또는 집단이기주의에 사로잡혀 사회가 갑과 을로 이분화하면서 계층간 갈등이 골이 깊어지고 있다. 가진 자들은 해외유학, 명품에다 외제차를 타고 자신을 과시하면서도 사회적 책임은 외면하는 경향이 강하다. 탈세, 위장전입, 원정도박 등으로 연일 사회문제를 일으키면서도 정작 불우이웃돕기나 기부에는 인색하다. 반면 우리 주변에는 수많은 사람들이 자녀 교육이나 내 집 마련, 전세금 문제로 어려움을 겪고 있다.

〈본론2(대처)〉

대처는 흔히 영국병이라고 일컫던 과다한 사회복지 지출과 노사분규로 멍들어가던 70년대 영국 경제를 되살려 낸 철의 여인으로 불린다. 지금 우리 사회가 안고 있는 또 다른 문제가 바로 노사 간의 극심한 대립이라고 할 수 있다. 과거 반세기를 돌아보면 지

구상 곳곳에서 잘 나가던 국가들이 노사간 불화로 무너진 곳이 한두 국가가 아니다. 건전한 노사문화가 정착되지 않고 기업경쟁력과 국가 경쟁력을 높일 수는 없다. 특히 우리와 같은 수출주도형 국가에서는 노사간의 불화가 얼마나 국가 장래를 어둡게 하는지 모른다. 앞으로 이 노사간의 불화와 불신을 건전한 기업문화로 정착시킬 노동개혁을 제대로 이루지 못한다면 우리사회의 미래는 밝지 않을 것이다.

〈본론3(어나니머스)〉

지금 우리 사회가 익명을 통한 악플로 깊게 시름하고 있다. 수많은 사람들이 익명성을 악용하여 비판과 비난을 일삼으며 서로에게 상처를 주고 있기 때문이다. 심지어 어떤 사람들은 저질 악플에 시달리다 목숨을 끊는 경우도 있다. 남을 비판하는 이유는 본질적으로 오류를 검정하는데 있는 것이지 타인의 인격을 폄하하거나 손상시키는 데 있는 것이 아니다. 그런데도 요즘 우리 사회는 이런 비판의 본질을 벗어나고 있다. 비판을 위한 비판, 심지어는 타인의 인격을 손상시키는 경우도 허다하다. 이는 대개 익명성이 허용되고 있는 것이 가장 큰 원인 중 하나라고 볼 수 있다. 물론 민주주의 사회에서 표현의 자유는 보장되어야 마땅하다. 하지만 표현의 자유가 보장되는 사회는 그만큼 성숙된 사회이므로 그런 만큼 표현에도 성숙함을 보여 주어야 한다.

〈결론〉

지금 우리 사회를 병들게 하고 있는 고질적인 사회문제들이 제대로 해결되지 않는다면 우리의 미래는 어두울 수밖에 없다. 이를 위해 무엇보다 정치·경제·사회·문화 분야의 지도자들이 솔선수범하는 자세를 보여야 한다. 이런 문제점들의 해결책은 대부분 지도자들의 바른 자세에 달려 있기 때문이다. 그리고 국민은 성숙한 시민정신을 발휘할 줄 알아야 한다. 자신의 세계만을 옳다고 고집하지 말고 타인의 입장에서 나를 바라볼 줄 아는 아량과 관용을 베풀어야 한다. 바야흐로 21세기가 지향하는 다양성을 추구하면서도 상호 소통하고 이해하는 방향으로 나아가야 한다. 지도자와 다수 시민들이 저마다 자신의 역할을 제대로 수행할 때, 더욱 풍요롭고 행복한 사회가 될 것이다.

주제2 : 생텍쥐페리의 '어린왕자'와 김춘수 시인의 '꽃'

기출문제 : 생텍쥐페리의 '어린왕자'와 김추수 시인의 '꽃'이라는 두 작품을 읽고 자신이 평소 느끼고 있는 '인연'과 관련하여 쓰시오. 〈미주지역 한국인 고등학생 대상 논술문제〉

(A) 문제 진단하기

이 문제는 관점에서 따라 반응논술이나 비교대조논술의 두 가지로 다 쓸 수가 있다. 하지만 여기서는 두 작품을 읽고 중심내용인 '인연'에 반응한 것에 초점을 두어 반능논술로 글을 작성한다.

(B) 브레인스토밍 하기

제시문이나 작품이 주어질 경우에는 주어진 글 속에 충분한 글감이 포함되어 있기 때문에 이를 주제별로 간략하게 리뷰하여 글감을 마련하면 된다.

1) '인연'이란?

소중한 만남/ 축복/ 가족/ 부모형제/ 친지/ 동창생/ 이웃/ 담임선생님/ 스쳐가는 사람들/ 옷깃만 스쳐도 인연/ 일상으로 만나는 사람들 등

2) 김춘수 시인의 '꽃'

내가 그의 이름을 불러주었을 때/ 그는 나에게로 와서/ 꽃이 되었다…(중략) / 꽃/ 유혹/ 향기/ 천국/ 타인에 대한 존중/ 이름/ 정신/ 영혼/ 상대방/ 내면의 아름다움/ 아름다운 마음 등

3) 생텍쥐페리의 '어린왕자'

여우와 어린왕자의 대화/ 중요한 것은 눈에 보이지 않는다/ 진실된 마음/ 사막이 아름다운 것은 보이지 않는 어디엔가 샘을 숨기고 있기 때문이다/ 사람들도 마음에 저마다 한 가지 진실을 품고 있다 등

(C) 주제문 작성하기

주제문 : 가난한 이민자의 딸로서 타국에서 살면서 '어린왕자'와 '꽃'이라는 두 작품을 통하여 새롭게 다가온 인연의 의미가 나에게는 또 다른 가치와 소중함을 일깨워 준다. 〈간접 주제문〉

[예시답안]

〈서론〉

한국 사회에서는 만남의 소중함을 말할 때 흔히 '옷깃만 스쳐도 인연'이란 말을 쓴다. 이 말은 일상으로 만나는 모든 사람들을 그저 예사롭게 대하지 말고 좀 더 상냥하고 친절한 마음을 베풀어야 한다는 의미를 담고 있다고 생각했다. 하지만 '어린왕자'와 김춘수 시인의 '꽃'을 읽고 인연에 대한 또 다른 소중한 가치를 생각하게 되었다. 특히 내 의지와는 무관하게 부모님을 따라 미국으로 이민을 와서 새로운 친구들을 만나고 또 사귀게 되면서 두고 온 한국에서 맺은 인연에 대한 소중함을 더욱 절실히 느끼게 된다. 초-중-고교 시절의 학급 친구들, 담임선생님과 교과 담당 선생님들에게 좀 더 존중과 친절함을 베풀지 못한 점들이 아쉬운 회한으로 남는다. 그때는 그저 일상으로 생각한 인연이었기에 깊은 의미를 두지 못한 것이 이제는 어쩌면 영원히 다시 만나지 못할 운명 같다는 생각을 하게 되면서 지난날 빛바랜 인연들에 대한 그리움이 더욱 가슴을 저미어 온다. 가난한 이민자의 딸로서 타국에서 살면서 '어린왕자'와 '꽃'이라는 두 작품을 통하여 새롭게 다가온 인연의 의미가 나에게는 또 다른 가치와 소중함을 일깨워 준다.

〈본론1〉

'어린왕자'와 '꽃'이라는 두 작품은 일상으로 생각한 인연에 대하여 보다 참되고 소중한 인연이란 무엇인가를 생각하게 하는 계기가 됐다. 때마침 두 작품은 공교롭게도 신학기 초에 한국어 반담당선생님께서 읽어 보기를 추천하신 몇 권의 도서 목록 가운데 있는 책이었다. 두 작품은 소설과 시라는 서로 다른 장르이지만 각자 '인연'이라는 공통된 주제를 담고 있기 때문에 인연이란 의미를 새롭게 느끼고 되새겨보는 소중한 시간이 되었다. 생텍쥐페리의 '어린왕자'는 왕자와 여우와의 인연, 김춘수 시인의 '꽃'은 타인을 불러주는 이름과 꽃을 통하여 각각 인연의 가치를 새롭게 느끼게 해 주었다.

〈본론2〉

소설 '어린왕자'는 여우와 어린왕자의 대화에서 인연에 대한 정의와 올바른 인연이 무엇인지, 그리고 인연은 어떻게 시작되고 가꾸어져 가는지에 대해 많은 것을 생각하게 해 주었다. 매 순간 우리 곁을 스쳐가는 수많은 사람들, 우리가 그 모든 사람들과 인연을 가질 수는 없다. 서로가 의미있는 말을 해 주고 함께 행동을 취하고 서로의 소중한 시간과 가치를 공유하면서 서로에게 특별한 존재가 되었을 때 비로소 우리는 '인연'이라 부르게 된다. 사람들은 누구나 좋은 친구를 사귀기를 원하고 또 자신이 다른 이들에게 좋은 친구가 되기를 소망한다. 하지만 인연을 소중하게 여기고 생각하면서도 대개는 그것을 무시하고 그냥 무의미하게 흘려 보내기도 한다. 나 역시 지난날 빛바랜 앨범 속 어깨를 나란히 했던 친구들의 다정스러운 얼굴이, 존경해 마지 않던 은사님들의 자애로운 모습들이 문득 참을 수 없는 그리움으로 떠오른다. 하지만 지금은 소식조차 전할 길 없는 기억 속의 인연에 불과하다는 것을 느낄 때 감당하기 어려운 그리움으로 전율하기도 한다. 그러나 이는 모두 인연을 소홀히 한 대가로 되돌아오는 어떤 형벌 같은 것은 아닐까 생각을 한다. '중요한 것은 눈에 보이지 않는다. 단지 마음으로 보아야만 바르게 볼 수 있다' 라는 '어린왕자' 속의 여우의 말처럼 우리는 마음의 눈으로, 진실된 마음으로 인연을 맺고 가꾸어나가야 한다. 여우의 말처럼 인연을 맺고 가꾸어 나갈 때 우리는 저마다 맺은 인연을 소중하고 아름답게 간직해 나갈 수 있다고 믿는다.

〈본론3〉

김춘수 시인은 '내가 그의 이름을 불러주었을 때, 그는 나에게로 와서 꽃이 되었다'라고 은유적 표현으로 인연을 설파하고 있다. 시인의 '꽃'처럼 우리 모두 타인을 아름다운 한 송이 꽃으로 보고 서로를 대하면 어떨까 라는 생각을 하게 되었다. 꽃이 주는 주된 뉘앙스는 다름아닌 아름다움이다. 우리가 맺고 있는 모든 인연이 저마다 아름다운 인연으로 승화될 수 있다면 세상은 참으로 살 만한 곳이 될 것이라는 소중한 깨달음을 얻었다. 무엇보다 우리와 마주한 인연을 꽃처럼 아름답게 바라볼 수 있는 그런 눈과 마음을 가진 사람들이 모여 사는 세상이 바로 천국이요 지상낙원이 아닐까 생각을 해 본다. 이 세상에 함께 모여 살아가는 사람들의 겉모습은 서로 다를 수 있다. 성공하여 좋은 옷을 걸치고 좋은 차를 몰고 좋은 집에서 사는 사람들, 그리고 보통사람들에서부터 실패로 인하여 쉴만한 집도 없이 떠도는 초라한 사람들의 겉모습이 너무나 많이 달라보인다. 하지만 그들의 정신이 앓고 있는 고통의 깊이는 서로 닮아 있다고 생각한다. 그래서 우리는 시인의 노래처럼 아름다운 한 송이 꽃이 되도록 타인의 이름을 부를 때 서로를 보듬고 사랑으로 소통하는 아름다운 인연을 가꾸어 나갈 수 있다고 생각한다.

〈결론〉

나는 두 작품을 읽고 인연의 소중함을 새롭게 새겨 보는 귀중한 시간을 가지게 되었음에 감사한다. 특히 소설 '어린왕자'에서 '사막이 아름다운 건 보이지 않는 어딘가에 (아름다운) 샘을 숨기고 있기 때문'이라는 어린왕자의 순진무구한 한마디 말은 삭막한 타국의 도시 뉴욕 생활에 새로운 활기를 불어넣어 주었다. 거친 사막과도 같은 이 세상의 모든 것들이 아름다울 수 있는 이유들 중 하나는 바로 보이지 않는 우리들 마음 속에 저마다 한 가지씩 아름다운 진실을 안고 살아가기 때문이 아닐까 생각한다. 그리고 그 진실된 마음이야말로 우리가 살아가면서 참된 인연을 맺을 수 있는 가장 소중한 밑천이라고 믿고 싶다. 더불어 살아가는 이 지구촌 사회를 더욱 아름답게 이끌어 나갈 수 있는 것은 바로 우리가 서로 이어지고 맺어진 인연을 올바로 가꾸어 나갈 때 비로소 가능한 것이 아닐까 생각한다.

〈뉴욕시 베이사이드 고등학교 3학년 김은혜〉

▷**해설**

이 글의 서론단락은 깔때기 모양의 후크를 취하고 있다. '인연'이라는 주제와 관련된 일반적인 이야기로 시작하여 점차 구체적인 내용으로 전개하면서 필자가 쓰고자 하는 글의 목적이나 주장을 담고 있는 주제문으로 독자를 안내하고 있다. 〈본론 1〉은 두 작품이 공히 가지고 있는 주제 '인연'과 관련된 배경정보로 작성했다. 〈본론 2〉는 생텍쥐페리의 '어린왕자'에 대해 분석한 내용으로, 〈본론 3〉은 김춘수 시인의 작품 '꽃'에 내재한 인연을 가지고 작성했다.

결론단락에서는 주제문을 재진술하면서 주제문의 중심내용인 '인연'을 환기한 뒤 본론의 주요 내용을 덧붙임으로써 필자가 분석한 두 작품의 핵심어인 '인연'을 강조하고 있다. 마지막으로 글의 요지를 바탕으로 긍정적인 미래를 예견하고 있다. 참고로 이 글은 미주 전지역 한인 고등학생을 대상으로 한 논술 경연대회의 대상 작품이다.

주제3 : 비목(노래)

기출문제 : '비목'이라는 가곡을 듣고 자신이 느낀 바를 논하시오.

(A) 주제 진단하기

'비목'이라는 노래를 듣고 이에 대한 느낌을 논술로 쓰라고 한다면 이는 당연히 반응논술로 접근하는 것이 바람직하다. 그리고 이 경우는 노래를 들으면서 무엇보다 노래가사가 들려주는 의미와 이미지에 관심을 가져야 한다. 그리고 노래는 톤(tone)이나 가락도 중요하므로 이들을 종합적으로 고려하여 주제를 진단한다.

(B) 브레인스토밍 하기

'비목'이라는 노랫말에 집중한다/ 한국전쟁/ 초연/ 깊은 계곡/ 양짓녘/ 비바람/ 먼 고향/ 초동친구/ 그리움/ 이끼/ 달빛타고 흐르는 밤/ 적막감/ 울어 지친 비목/ 추억/ 애달픔/ 서러움/ 알알이 돌이 되어/ 젊어서 슬픈 청춘/ 청운의 꿈/ 슬퍼서 아름다움 등

(C) 주제문 작성하기

주제문 : 이 젊은 병사들의 죽음을 가장 애잔하게 표현한 노래가 '비목'이며, 슬퍼서 아름답다는 역설적 표현이 어울리는 온 국민의 애창곡이다.〈직접 주제문〉

[예시답안]

〈서론〉

전쟁의 포화로 파멸의 잿더미가 된 한반도, 그 상흔이 아물면서 어느덧 66년이라는 세월이 흘렀다. 반동강이 난 국토의 반쪽은 기아와 폭정의 사슬에서 아우성이고, 반쪽은 풍요와 빈곤이 교차하는 가운데 전쟁의 그림자는 여전히 아른거린다. 수백만 명의 무고한 양민들이 희생 당하고, 40만 명에 가까운 젊은 생명이 조국을 지키다 산화했다. 이들 중 13만 명이 넘는 젊은 병사들의 유해가 아직 발굴조차 되지 못하고 있다. 이들의 유해는 대부분 DMZ

를 중심으로 최전방 깊은 계곡에 흩어져 있으며 언젠가 가족의 품으로 돌아가기를 기다리고 있다. <u>이 젊은 병사들의 죽음을 가장 애잔하게 표현한 노래가 '비목'이며, 슬퍼서 아름답다는 역설적 표현이 어울리는 온 국민의 애창곡이다.</u>

〈본론1〉

'비목'이라는 노래 가사를 쓴 사람은 한명희 선생이다. 그는 음대를 졸업하고 최전방 격전지 강원도 백암산 인근 부대에서 소대장으로 근무했다. 그 당시 전화가 머문 지 10여 년이 지났건만 초소 인근 지역을 순찰하면서 흩어져 나뒹구는 철모, 수통, 탄피, 군화, 뼈와 해골 등 전쟁의 자취들, 그리고 돌무덤 위에 '피어난' 이름 없는 나무로 만든 비(碑)들을 발견하면서 선생은 엄청난 충격에 휩싸인다. 그는 '아무리 가슴이 무딘 사람이라고 해도 이런 흔적들을 보고 사무치는 흐느낌이 나오지 않을 수 없을 것'이라고 말한다. 한국동란은 오랜 역사 속의 픽션이 아니라 생생한 사실이라는 것을 실감하게 만드는 격전지에서 현장 근무를 하면서 느낀 20대 소대장의 고뇌에 찬 서정을 통하여 마침내 계곡 양짓녘에 묻힌 영령의 그리움이 마디마디 이끼되어 맺힌 슬픈 추억으로 뒤엉킨 '비목'이란 가곡으로 그 모습을 세상에 드러낸다.

〈본론2〉

<u>1절은 애틋한 '그리움'으로 호국영령들의 넋을 위로하는 진혼곡이다.</u> 이름 모를 '비목'의 돌무덤 아래서 다시는 돌아갈 수 없는 고향 하늘과 한때 청운의 꿈을 함께 꾸었지만 만날 길 없는 초동 친구들에 대한 그리움으로 마디마디 이끼가 되어 맺혀 있음을 애

절하게 노래한다. 그러나 비록 육신은 살아서 돌아갈 수 없지만 이제 고혼만이라도 언젠가 그리운 가족의 품속으로 돌아가기를 애타게 기다리고 있음을 절규한다. 이를 위해 긴 세월 비바람을 이겨내며 '비목'은 목메어 노래 부르고 있다. 그리움은 다시 돌아갈 수 없거나 만날 수 없는 것에 대한 애틋한 마음이다. 이렇게 조국을 지키다 전쟁의 포화 속에서 산화한 젊은 장병들의 호국영령이 '비목'이라는 노래를 통하여 마침내 그리움으로 승화된다.

〈본론3〉

<u>2절은 호국영령들의 그 옛날 천진스런 어린 시절, 짧아서 안타깝고 피지 못해 슬픈 청춘의 추억을 노래하고 있다.</u> 추억은 주로 과거에 대한 아름다운 회상이다. 하지만 죽은 자의 추억은 애달프고 서럽기만 하다. 따라서 그 흐느낌이 여기서는 그리움을 넘어 '홀로 선 적막감에 울어 지친 비목'이 되어 우리의 가슴을 후빈다. 어린 시절의 추억은 이제 호국영령들 만이 아니라 그들을 기억하고 사랑하는 가족, 형제, 친구, 심지어 피우고 가꿔 보지도 못한 신혼의 아름다운 꿈이 깨져 버린 늙은 '청춘'들에까지도 아프게 전달된다. 그 서러움 알알이 돌이 되어 쌓였다는 가슴 절절한 노랫말은 화약연기와 함께 사라져 버린 것이 아니라 돌무덤 아래서 오랜 세월 서러움을 견디면서 언제가 그들의 품속으로 돌아갈 것을 애달프게 노래한다.

〈결론〉

한국동란의 비극을 가장 슬프고도 가슴 저미게 표현한 한 곡의 노래가 바로 '비목'이다. 그래서 '비목'은 슬퍼서 아름답다는 역설적 표현이 더 어울리는 온 국민의 애창곡이 된 것이다. 그런데 동족의 가슴에 서로 총을 겨누고 쏜 것이 어찌 우리만의 책임이겠는가. 약소민족의 서러움, 무지의 부끄러움, 저 짐승 같은 제국주의자들의 농간이 비목의 슬픔을 만들지 않았는가? '비목'을 통하여 절규하는 호국영령들의 희생을 잊지말자. 가슴절절하게 들려오는 아픈 역사의 신음소리가 헛되지 않게 살아가자.

▷ **해설**

이 글은 많은 한국민이 애창하는 '비목'이라는 가곡을 듣고 반응한 논술이다. 서론단락은 깔때기 모양의 후크를 취하고 있다. 그리고 마지막에 필자가 쓰고자 하는 글의 목적이나 주장을 담은 주제문을 배치하면서 서론단락을 완성했다.

〈본론 1〉은 서론에서 충분히 전달하지 못한 '비목'의 배경정보를 축약하여 하나의 단락으로 구성했다. 그래서 비목이라는 애절한 노래 가사가 탄생하게 된 배경정보를 명확하게 전달한다. 〈본론 2〉는 1절 가사에서 느낀 바를, 〈본론 3〉은 2절에서 듣고 느낀 감정을 각각 설득력 있게 서정적으로 묘사하고 있다.

최근 각종 논술시험에서 반응논술의 출제빈도가 높아지고 있다. 예를 들면, 가수 싸이의 동영상을 15초 가량 보여주고 '느낀 점을 논하라'라는 식으로 반응논술과 관련된 논술시험의 출제빈도가 점점 높아지고 있다. 따라서 평소 반응논술에 대한 준비가 돼 있지 않으면 이런 글을 소화하기가 어렵다.

| **제4장** 과정분석논술 |

과정분석논술이란

과정분석논술이란 어떤 것의 절차나 방법(how-to), 그리고 진행 과정에서 일어나는 단계나 시기, 국면 등을 순서에 따라 자세하게 기술 또는 설명하는 글을 말한다. 이를테면, '불황에 살아남는 방법', '인생에서 성공하는 방법', '간암을 예방하는 방법', '매운탕 맛있게 끓이는 방법'처럼 무엇을 가르치거나 방법을 자세하게 알려줄 때 과정분석논술의 구성방법을 사용하게 된다.

특히, 과정분석논술은 교육을 위해 다루는 글인데, 주로 대학 교육기관의 교수나 전문가들이 사용하는 논술의 유형이라고 할 수 있다. 따라서 현재 각종 전문서적을 비롯하여 가장 많은 책들이 과정분석논술 방법으로 출간되고 있다. 따라서 학생들이나 일반인들은 과정분석 논술의 유형을 이해하는 것만으로 충분하다.

과정분석논술의 문제 유형

(a) 효과적인 몇 가지 단계만 수행하면 걷기는 대부분 사람들에

게 최고의 운동이 된다.

(b) 이 요리법을 따르라, 그러면 너는 엄청나게 맛있는 매운탕을 끓이게 될 것이다.

(c) 소화과정은 다음 몇 가지의 관련된 단계를 필요로 하고 있다.

UNIT | 과정분석논술의 구성

서론

(a) 후크 쓰기

과정분석논술은 학술적인 글이므로 후크는 대부분 깔때기 모양을 사용한다.

(b) 연결문장 쓰기

연결문장은 일반 논술문처럼 후크와 주제문을 자연스럽게 연결시켜 나간다.

(c) 주제문 쓰기

주제문은 '매운탕을 맛있게 끓이는 데는 다음 4가지 순서가 있다'와 같이 대개 구체적으로 중심내용을 직접 밝히는 주제문을 쓰게 된다.

본론

과정분석논술의 본론은 일반 논술과 같다. 주제문의 핵심내용으로 각 화제문을 구성한 뒤에 이를 뒷받침하는 문장으로 단락을 완성한다.

결론

과정분석논술의 결론은 종종 전과정을 종합하고 그것의 결과를 논의한다. 주제문을 재진술하면서 결론을 쓰는 방식이 일반 논술과 유사하다.

과정분석논술 예문과 해설

EXERCISE ✎

주제1 : 모든 사람들을 위한 운동

〈서론〉

오늘날 대부분 사람들이 건강에 관심이 높다. 누구나 납작한 복근과 단단한 허벅지를 갖기를 원한다. 그리고 건강의 목적을 성취할 수 있는 방법은 그것을 실행하는 사람들만큼이나 다양하다. 중량을 들어올리거나 수영·조깅 등의 유산소 운동을 할 수도 있다. 스키나 스케이트 또는 승마를 할 수도 있다. 그리고 경쟁을 좋아하는 사람들은 테니스, 축구, 농구는 물론 다른 많은 스포츠 게임을 즐길 수 있다. 이는 모두 큰 도움이 될 수도 있다. 하지만 각각 장단점을 가지고 있다. 그런데 최소 투자로 최대 효과를 얻는 전신운동이 한 가지 있다. 특별한 수업료도 필요 없고 비싼 장비도 갖출 필요 없이 자신이 원하는 시간이나 장소에서 할 수 있다. 그 운동이 바로 걷기이다. 걷기운동은 다음 몇 가지 단계만 수행한다면 대부분 사람들에게 최고의 전신 운동이 될 수 있다. 〈직접 주제문〉

〈본론1〉

사람들이 만약 운동을 목적으로 걷기운동을 원한다면 그들이 해야 하는 첫 번째 일은 걷기에 좋은 한 켤레의 워킹 슈즈(운동화)를 가지는 것이다. 이것이 운동자들이 갖춰야 할 유일한 '특별' 장비이다. 운동을 할 때 편안함을 주는 적합한 슈즈는 걷기운동을 할 때 큰 도움이 될 뿐만 아니라 발에 물집이나 굳은 살이 생기지 않게 해준다. 아치형의 지지대를 가진 가벼운 러닝화 또는 도보용 운동화는 걷기운동을 하는 사람들에게 매우 좋은 장비가 될 수 있다.

〈본론2〉

그 다음에는 운동복을 체크하라. 누구든 특별하거나 고급한 어떤 옷에 투자할 필요가 없다. 단지 걷기운동에 알맞은 기본적인 옷가지가 필요하다. 대개 기온이 오르내릴 때, 분리하거나 분리할 수 없는 느슨한 옷이 필요한 전부다. 모자가 달린 비옷이나 재킷은 비가 올 때를 대비하여 걷기운동을 하는 사람들이 갖추어야 할 옷이다.

〈본론3〉

일단 좋은 슈즈와 적당한 옷을 준비하면 이제는 운동을 시작할 때다. 하지만 문밖으로 나가기 전에 몇 가지 가벼운 스트레칭을 하는 것은 매우 중요한 기본운동이다. 이 기본운동은 팽팽하게 긴장된 근육을 풀어주고 상체의 힘을 돋우는데 도움이 되기 때문이다. 가장 유용한 걷기 스트레칭 운동은 장딴지 스트레칭, 정강이 스트레칭, 그리고 양손 뻗쳐 구부리기 스트레칭 등이다.

〈본론4〉

스트레칭을 마치고 난 뒤는 걷기운동을 준비하는 것이다. 걷기운동을 처음 시작할 때는 누구도 얼마나 멀리 얼마나 빠르게 걷는 것이 좋다고 말할 수 없다. 천천히 걷기를 시작하고 점진적으로 걷는 시간과 보조를 늘리면서 걷기운동을 준비하는 것이 바람직하다고 할 수 있다. 결국 이 운동의 목표는 45분에 편안하게 5km 정도를 걷는 것이 가장 효과적이다. 하지만 그 목표를 이루기 위해 조금도 서두를 필요가 없다.

〈본론5〉

모든 준비운동이 끝나면 무엇보다 중요한 것이 걸을 때의 자세이다. 올바른 걷기 자세를 취하지 않고 운동을 하는 것은 걷기운동의 효과를 높일 수 없기 때문이다. 먼저 머리와 등을 곧고 바르게 펴고, 배를 납작한 자세로 유지해야 한다. 그리고 할 수 있는 한 가장 기운차게 걸어야 한다. 발끝은 똑바로 앞을 향해야 하고 팔은 양쪽에서 자연스럽고 느슨하게 흔들어야 한다. 보폭은 길고 가볍게 성큼성큼 걸어야 하고 숨은 깊이 쉬면서 계속 걸어야 운동효과를 최적화 할 수 있다.

〈본론6〉

걷기운동을 마무리할 때가 다가오면 걷기 속도를 천천히 줄여

라. 그리하면 심장박동수가 점차적으로 정상적인 휴식상태로 되돌아오도록 하는 데 도움이 될 것이다. 그리고 걸을 때 사용하던 근육이 비교적 덜 활동적인 상태로 천천히 돌아오도록 하는데도 도움이 된다. 무엇보다 운동을 마치는 순간 바로 운동 전의 상태로 돌아가 다른 일을 할 수가 있다.

〈결론〉

이런 단순한 걷기 운동의 방법을 이해하고 따른다면 이 운동은 누구에게나 건강에 좋은 전신운동이 될 수 있다. 걷기 운동은 이렇게 쉽고 비용이 들지 않으면서도 다른 어떤 운동만큼 효과적일 수 있다. 무엇보다 모든 사람들이 간단한 방법으로 건강을 성취하는데 도움이 될 수 있다.

〈'Writing to Communicate'에서 발췌 번역〉

EXERCISE

주제2 : 언어와 사고

〈서론〉

언어와 사고가 밀접한 관계를 맺고 있다는 점은 인정되어 왔지만, 그 관계가 구체적으로 어떠한가 하는 문제는 오랜 세월동안 많은 언어학자와 심리학자들 사이에서 논쟁의 대상이 되어 왔다. 이에 대해 러이사의 언어학자인 비고츠키는 〈사고와 언어〉에서 언어와 사고가 별개로 발달하다가 특정 시기 이후 언어와 사고가 교차하면서 사고가 언어화 된다는 주장을 했다. 그는 언어와 사고의 관계를 기준으로 언어 발달의 과정을 원시적 언어 단계, 외적 언어 단계, 자기중심적 언어 단계, 내적 언어 단계로 나누어 사고가 언어화되는 과정을 설명했다. 〈직접 주제문〉

〈본론1〉

원시적 언어 단계는 언어와 사고가 독립적으로 발달하는 만 2세까지의 영아기에 해당한다. 이 시기는 '지능 이전의 말' 혹은 '말 이전의 지능'이 서로 공존하는 단계로, 언어와 사고 발달이 모두 미약한 상태이다. 이 단계에서 언어는 갓난아기의 울음과 같은 정서적 형태를 띠거나 '엄마'나 '맘마'와 같이 부모가 반복적으로 들려주는 특정 단어에 반응하는 정도로만 나타난다.

〈본론2〉

외적 언어 단계는 사고가 단어나 문장과 같은 언어의 형태로 변형되어 나타나는 단계이다. 외적 언어란 타인과 의사소통을 하기 위해서 우리가 일상생활에서 사용하는 언어를 가리키는데, 만 2세경부터 시작되어 이후 언어 단계에 들어서도 지속된다. 아동은 이 단계에 들어서 비로소 사회적 의사소통이 가능해진다. 외적 언어 단계에서 아동은 문법에 대한 이해 없이 문장을 만들어 사용할 수 있다는 점이 특징적이다. 예를 들어 아동은 인과관계나 시제에 대한 이해 없이도 자연스럽게 '왜냐하면'과 같은 부사나 과거 시제를 사용하여 문장을 만들 수 있다.

〈본론3〉

자기중심적 언어 단계는 만 3세에서 6세 사이에 나타난다. 자기중심적 언어란 아동이 자신의 사고 과정을 마치 중얼거리듯이 혼잣말로 표현하는 것으로, 주로 아동의 놀이 장면에서 많이 발견된다. 이 단계의 아동은 타인과 의사소통을 할 때는 외적 언어를 사용하지만, 스스로의 문제를 해결하는 과정에서 자기중심적 언어를 사용하는 경향이 나타난다. 자기중심적 언어는 단어나 문장을 사용하여 자신의 생각을 표현한다는 점에서 형태상 외적 언어와 같지만 타인과의 의사소통을 위한 언어가 아니라는 점에서 외적 언어와 구분된다. 오히려 문제 해결을 위한 사고 과정이라는 점에서 기능상으로는 내적 언어와 유사하다. 비고츠키는 자기중심적 언어가 다음 단계에서 소멸되는 것이 아니라 내적 언어를 구성하는 기초로 작용한다고 보았다.

〈본론4〉

<u>언어 발달의 마지막 단계인 내적 언어 단계는 언어를 가지고 머릿속에서 사고하는 단계로, 만 7세 이후 학령의 아동들에게서 나타나기 시작한다.</u> 내적 언어는 자기중심적 언어가 누적되어 발달한 결과로, 이 언어 단계에 이르면 아동은 더 이상 소리를 내지 않고도 머릿속에서 언어를 가지고 문제 해결에 필요한 논리적 사고를 할 수 있다. 이 과정에서 내적 언어는 외적 언어와 끊임없이 상호 작용하면서 형태상으로 외적 언어와 거의 유사해진다. 예를 들어 수업 시간에 발표할 내용을 머릿속으로 구상한다고 할 때, 머릿속에서 사용하는 내적 언어는 우리가 일상생활에서 타인과 의사소통을 할 때 사용하는 외적 언어와 비슷하다. 결국 내적 언어 단계란 머릿속에서 언어를 사용하여 사고를 하는 단계로, 이는 곧

사고가 언어화되는 단계라고 할 수 있다.

〈결론〉

이처럼 비고츠키는 상호 독립적으로 발달하던 사고와 언어가 어느 시기에 교차하면서 사고가 언어화 된다고 보았다. 마치 인접한 두 개의 물방울이 서서히 모여 하나의 물방울이 되는 것처럼 언어와 사고도 발생 초기에는 서로 독립적으로 발달하다가 아동이 성장함에 따라 점차 하나로 겹치지면서 사고가 언어화되는 것이다. 이와 같은 언어와 사고의 관계를 고려할 때 아동의 언어 발달은 곧 사고 발달을 의미하므로 언어 교육은 아동의 학습능력을 신장시키는 데에 직접적인 영향을 미친다는 결론에 이르게 된다. 비고츠키는 언어와 사고의 관계를 중심으로 언어 발달의 과정을 설명했으며, 이는 아동 교육에 있어서 언어 교육의 중요성을 강조하는 학자들의 이론적 바탕이 되었다는 점에서 교육적으로 의의가 있다. **〈2017년 EBS 수능 연계교재에서 발췌〉**

▷**해설**

이상 〈모든 사람을 위한 운동〉과 〈언어와 사고〉라는 주제로 쓴 두 편의 글은 과정분석논술의 형식으로 작성한 예문들이다. 과정분석논술의 경우에도 전체 글을 구성하는 방법은 일반논술과 유사하다. 서론은 '후크-연결문장-주제문'으로 구성한다. 그리고 본론은 주제문의 중심내용을 가지고 작성한 화제문을 뒷받침하면서 완성한다. 결론도 일반논술과 똑같은 방법으로 완성한다.

| 제5장 분류논술 |

UNIT ## 분류논술이란

분류논술이란 한 그룹 가운데 존재하는 어떤 항목들의 유사성과 차이점을 분류하여 쓰는 논술의 유형을 말한다. 분류논술은 단순히 항목의 목록을 만드는 그 이상의 중요한 의미를 가지고 있다. 이는 기준과 방법에 따라 다양한 분류가 가능하기 때문이다. 그리고 분류를 할 때 구성원리를 선택하는데, 이는 목적에 따라 항목을 구별하여 그룹화하는 방법을 말한다. 예를 들면, 야채와 과일을 분류할 때 이들의 구성원리는 그것들이 형성된 모양이나 맛, 빛깔에 따라 다른 범주로 분류할 수 있다.

분류논술도 과정분석논술처럼 일반인들이나 학생들이 다루는 논술유형이 아니다. 대개 전문적이거나 학술적인 글쓰기에서 다루어지는 유형의 글이다. 이를테면 과학자들은 '유전자의 종류'를 분류하고, 사업가는 '마케팅전략'을 분류하고, 무용가는 '춤의 스텝'을 분류할 수 있다. 이와 같이 분류논술이 전문적이고 학술적인 글쓰기에 주로 활용되기 때문에 일반 논술과는 달리 브레인스토밍이 필요 없다는 게 특징이다. 브레인스토밍은 주제와 관련된 아이디어를 떠올리는 작업인데, 분류논술은 전문가나 교수들이 이미 알고 있는 자신의 지식을 활용하기 때문이다.

분류논술의 구성과 범주

특정 대상이 무엇으로 구성 또는 제작되었는가를 항목별로 구분하는 것을 '구성의 원칙'이라고 한다. 그리고 이것을 동일한 성질을 가진 부류나 범위에 따라 분류하는 것을 '범주의 원칙'이라고 한다. 이와 같이 구성과 범주의 원칙으로 분류하는 작업은 일반논술의 브레인스토밍에 비교할 수 있으므로 따로 브레인스토밍을 할 필요가 없다.

구성과 범주의 원칙

1) 배(ship) : 용도, 크기 등
(a) 구성원칙 : 용도 구분
(b) 범주원칙 : 유람선, 전선, 함선

(a) 구성원칙 : 규모
(b) 범주원칙 : 소형, 중형, 대형

2) 석기시대 : 시대구분, 특징 등

(a) 구성원칙 : 시대구분

(b) 범주원칙 : 구석기, 중석기, 신석기

(a) 구성원칙 : 생활구분

(b) 범주원칙 : 채집이나 수렵, 초기농경, 본격 농경생활

UNIT

분류논술 예문

구성과 범주의 원칙

구성원칙 : 석기시대

범주원칙 : 구석기, 중석기, 신석기

EXERCISE

주제 : 석기시대

〈서론〉

석기시대(the Stone Age)는 인류 역사를 추적하는 고고학 및 역사학의 용어로, 인류의 조상인 원인(猿人)이 돌로 만든 도구를 사용한 시대를 말한다. 이 시기는 대략 기원전 250만 년 전부터 시작

하여 기원전 3000년 까지 지속된 기간을 말한다. 이는 현대의 고고학자들이 발굴한 각종 석재 도구와 석재 무기들을 분석한 결과로 유래된 것으로 정확한 시기에는 약간의 이견이 있을 수 있다. 하지만 대개 석기시대는 더 구체적으로 구석기시대, 중석기시대, 그리고 신석기시대로 구분을 한다. 〈직접 주제문〉

〈본론1〉

구석기시대는 250만 년 전부터 약 1만 년 전까지 지상의 인류가 99% 이상 돌로 만든 도구를 사용하던 시기를 말한다. 이 시기에는 인류가 씨족과 같은 작은 단위의 사회로 군락을 이루어 채집과 수렵으로 삶을 이어간다. 당시의 사람들은 나무나 골각기 등도 사용을 하였다. 게다가 가죽이나 식물의 섬유 등으로 도구를 만들기도 했지만 특성상 커다란 발전을 이루지는 못했다. 인류는 호모 하빌리스(손재주 있는 사람)와 같은 초기의 인류에서 점차 진화를 하였다. 구석기시대를 거치면서 인류는 호모 사피엔스(지혜 있는 사람 : 진화 종결자, 생태계 폭군)와 같이 행동적·해부학적으로 현대의 인류와 유사한 고대 인류가 간단한 석기를 사용하였다. DNA와 화석의 증거는 현대인류가 동아프리카에서 구석기시대에 속하는 20만년 전에 기원하였음을 나타내고 있으며, 중기 구석기 또는 후기 구석기에 인류는 초기 단계의 예술 작품을 만들거나 매장 풍습이나 종교의식과 같은 주술적인 행위를 시작하였다.

〈본론2〉

중석기시대는 기원전 1만 년 전부터 기원전 6000년 경의 기간을 말한다. 이 시기에는 빙하가 후퇴하여 기후가 온난하였다. 이에 따라 다양한 식물들이 잘 자라고 동물의 수도 크게 증가하여 인류가 채집과 수렵으로 먹을 것을 얻기가 한결 쉬웠던 시기로 인류의 종족도 더불어 크게 늘어났다. 그리고 지역마다 차이는 있으나 초기 농경생활이 시작되었다. 또한 조잡한 도기류(질그릇과 토기)와 낚시도구를 만들어 처음으로 사용했으며 활과 화살을 개발하기도 했다.

〈본론3〉

마지막으로 신석기시대는 동양에서는 조금 빠른 기원전 8000년 경을 말하지만, 메소포타미아에서는 기원전 6000년 경에 시작되어 기원전 3000년 경까지의 시기를 말한다. 특히, 토기의 사용과 농경과 가축의 사육이 본격 시작되어 자급자족의 생활로 변해 이 시기를 '신석기 혁명'이라 부르기도 한다. 생활양식은 지역마다 차이가 있으나 대부분의 지역에서 이전보다 유목생활이 급격히 줄어들었으며, 문명이 발달한 지역에서는 영구적인 정착지를 만들고 부족국가 단위를 세우기도 했다. 특히 신석기시대는 거석묘·고인돌 등 거대한 돌을 사용한 무덤이 발견되었다. 우리 한반도에서는 도기제작 기술을 기준으로 빗살무늬토기 시대로 정의하고 있다.

〈결론〉

석기시대는 약 250만 년에서부터 기원전 3000년 까지로, 인류의 조상인 원인에서부터 시작하여 현대 인류로까지 이어지는 장구한 기간이다. 고고학자들이 이 시대를 석기시대로 규정하는 것은 이 시기 원인들은 다른 동물이나 영장류들과는 달리 스스로 돌이라는 자연물을 이용하여 도구로 사용하였기 때문이다. 이후 인류는 급격한 발전을 거듭하면서 현대 인류의 출현으로 다가서게 되었다. 〈'Greate Essays'에서 발췌 번역〉

▷해설

이 글은 〈석기시대〉라는 주제로 쓴 분류논술의 한 예문이다. 분류논술의 경우에도 전체 글을 구성하는 형태는 일반논술과 마찬가지로 서론은 '후크-연결문장-주제문'으로 구성한다. 본론도 주제문의 골자를 가지고 작성한 각각의 화제문을 중심으로 전개된다.

결론도 마찬가지로 같은 방법으로 구성하면 된다. 주제문을 재진술하면서 글의 요지를 드러내고, 핵심내용을 덧붙여 요지를 강화한다. 분류논술도 과정분석논술과 마찬가지로 일반인을 위한 논술이 아니라 전문가나 학자들이 쓰는 전문가 유형의 논술이다. 따라서 일반인들은 분류논술이 무엇이며 어떻게 구성되는가에 대한 이해가 중요하다.

기능이 뛰어나야 한다고
분들이 또 있을까. 그런
마르도록 잘 설명하면서
우리사회 글쓰기의 현주소라
잘 못 쓰는지를 알고 있다.
교육이 부재하기 때문에 우
세우지 못한 것이다. 다른 하나는
'선생'이나 ♥   없다. 이러한
하기란 사실상 불가능하다. 그런데도
를 하는 사람들이 많다. 이들은
의 승진 등을 위해 논술
글쓰기가 필요한
사설이나 칼럼
가지고
대로

이야기논술

수필

논술의 기술

이야기논술과 수필

이 글은 '이야기논술, 즉 수필이란 무엇인가?'라는 질문에 대한 답으로 쓴 것이다. 따라서 이 글은 일반 논술의 형식에 맞추어 이야기논술(수필)에 대한 정의(定義)를 한 편의 논술로 구성한 것이다.

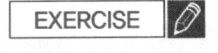

〈서론〉

<u>이야기논술이란 무엇인가?</u> 이야기논술을 구성하는 방법을 이해하기 위해서는 먼저 이야기논술이 무엇인가를 알아야 한다. 이야기논술은 자신의 경험이나 느낌 따위를 산문형식으로 기술한다는 점과 허구가 아닌 자신의 진솔한 이야기를 들려준다는 점에서 수필에 해당한다고 말할 수 있다. 그렇다면 왜 수필이라고 말하지 않고 이야기논술로 표현한 것일까? 이는 이야기논술이라고 해서 그냥 막연히 '붓이 가는 대로 쓰는 글'이 아니라 일정한 구성요소를 가지고 구성원리에 따라 글이 이루어지고 있음을 보여주기 위해 수필을 '이야기논술'로 이름한 것이다. <u>그리고 이야기논술은 다음과 같은 몇 가지 문학적 특징을 가지고 있는데, 이를 수필의 특징으로 보아도 무관하다고 할 수 있다.</u>

〈본론1〉

<u>첫째로 이야기논술은 자신을 진솔하게 드러내는 글이다.</u> 소설이나 시·희곡은 허구라는 기법으로 구성을 하기 때문에 다소 과

장되고 대담한 시도가 가능하다. 이에 비해 이야기논술은 허구가 아닌 작가 자신의 삶과 인격을 반영한 글이라고 할 수 있다. 그러므로 이야기논술은 사색하고 성찰한 삶의 결과물을 글로 담아낸 것이다. 다시 말해 이야기논술은 체험을 자신의 생각으로 그려낸 이야기이다. 그렇다고 이야기논술이 작가의 모든 체험을 소재로 삼는 것은 아니다. 자신의 체험 가운데 선택한 것을 소재로 삼는다. 그리고 선택의 기준은 작가 자신에게 달려 있다. 따라서 작가의 정신 또는 인격에 따라 글의 품격도 달라지게 된다. 이로써 우리는 이야기논술 즉 수필을 인격적인 글이라고도 말한다.

〈본론2〉

<u>둘째로 좋은 이야기논술의 글을 쓰기 위해서는 적어도 세 가지는 갖추어야 한다.</u> 우선 언어적 감수성이 있어야 한다. 훌륭한 이야기논술을 쓰기 위해서는 시인 못지 않은 언어의 감수성을 가져야 한다. 언어적 감수성이란 어떤 메시지나 자극에 반응하여 나타내는 성질이나 성향을 말하는데, 이런 감수성이 갖추어져 있지 않으면 이야기논술의 좋은 소재를 발굴하여 글을 쓰기가 어렵다. 그리고 언어 표현의 능력을 갖추어야 한다. 이를 위해서는 독서와 사색, 그리고 토론 등이 필요한데, 이를 수행하는 과정에서 작가는 언어능력과 함께 표현의 능력을 가지게 된다.

여기에 한 가지를 덧붙인다면 이야기논술을 잘 쓰기 위해서는 수필적인 삶을 살아야 한다. 수필적인 삶이란 자신의 진솔한 내면의 이야기를 드러내도 부끄럽지 않은 삶을 말한다. 나는 수필적인 삶을 세 종류의 그릇에 견주어 본다. 하나는 막사발과 같은 삶이

다. 이는 순수한 농부와 같이 삶 자체가 자연처럼 맑고 거침이 없는 것을 의미한다. 다음은 백자와 같은 삶으로 선비처럼 지조와 절개를 지키는 절제미를 담고 있는 삶이다. 마지막으로 고려청자와 같은 삶으로 부끄러움 없는 화려함을 의미한다. 이를테면 유명 정치인이나 고급관료, 또는 영화배우나 경제인들처럼 정직하게 열심히 노력하여 떳떳한 성공을 이룩한 사람들의 삶이다. 이들과 같은 삶이야 말로 감동이나 기쁨을 담아낼 수 있는 수필적인 삶이라고 말할 수 있다. 반대로 이는 사기꾼이나 부패한 정치인에게서 좋은 수필을 기대할 수 없는 것과 같은 이치이다.

〈본론3〉

셋째로 이야기논술은 작가 자신의 진솔한 삶의 궤적을 더듬어 그려내는 아름다운 인생의 무늬와도 같은 것이다. 인간다운 삶을 살아온 사람에게는 저마다 품위를 가지게 하는 어떤 것들이 있다. 기나긴 세월 동안 다듬어져 한 인간의 가장 깊은 곳을 울려주는 감동이나 기쁨이 담겨 있게 마련이다. 이야기논술은 이런 것들을 담아내는 그릇이다. 따라서 가장 다양한 것을 담아내는 글이라고 할 수 있다. 신변잡기에서부터 기행문이나 독후감, 편지, 일기, 단상 등에 이르기까지 자신의 삶에서 일어나는 모든 것을 글로 담아내기 때문에 가장 폭넓은 문학의 한 장르라고 할 수 있다. 그리고 이들은 모두 큰 틀에서는 수필문학이지만 개개 문학의 형태로도 나타난다. 이를테면, 신변잡기록 또는 노변정담론집, 기행문학, 서간문학, 일기문학 등 그 특성에 따라 다양한 모습의 옷을 입고 문학의 형태로 나타날 수 있다.

〈결론〉

결론적으로 좋은 이야기논술은 독자에게 기쁨이나 깨달음 또는 감동을 전해 주어야 한다. 이런 글을 이야기논술이라고 한다면 그냥 '붓이 가는 대로 쓴 글'이라고 말할 수 있겠는가? 이야기논술, 즉 수필도 문학의 한 장르로 인정한다면 붓이 가는 대로 쓴 글이 아니라 가을의 서정을 빚어내는 아름다운 낙엽처럼 우리의 삶의 체험이 진솔하고 아름답게 스며 있어야 한다. 그리고 수필에도 소설이나 시, 연극과 마찬가지로 어떤 구성원리가 있다. 수백 편의 수필을 읽고 분석한 결과 좋은 수필은 구성의 원리에 따라 쓰여진다는 것을 발견할 수 있었다. 그래서 수필을 이야기논술로 명명한 것이다.

▷**해설**

이 글은 이야기논술을 일반논술의 형식에 맞춰 정리한 것이다. 서론단락은 후크로 '이야기논술이란 무엇인가?'라는 질문던지기를 통해 독자들의 관심을 유도하고 있다. 그리고 연결문장은 이야기논술에 대한 배경정보와 배경지식으로 구성하고, 서론단락의 마지막 문장인 주제문은 '이야기논술의 몇 가지 문학적 특징'을 글의 중심내용으로 담고 있다.

3개의 본론단락은 각각 이야기논술의 특징을 가지고 화제문을 작성한 뒤 이를 뒷받침하고 있으며, 결론단락은 간접 주제문의 중심내용을 구체적으로 재진술하면서 글의 요지를 드러내고 있다. 그리고 핵심내용을 덧붙이면서 이를 바탕으로 수필도 '붓이 가는 대로 쓰는 글'이 아니라 구성원리가 있다는 것을 예시하고 있다.

이야기논술의 기본구성

이야기논술의 구성은 먼저 서론단락부터 다르다. 자신이 들려주고자 하는 이야기에 초점을 맞추어야 하기 때문이다. 따라서 이야기에 등장하는 인물, 이야기의 줄거리를 이루는 사건이나 행위, 그리고 모든 일들이 벌어지는 시간이나 장소 등이 서론단락에 배치된다. 이는 소설구성의 3요소인 '인물-사건-배경'과 꼭 같은 내용인데, 이야기논술에서는 이를 짧게 압축해 연결문장으로 서론단락에 배치하여 배경정보나 배경지식을 대신한다는 점이 일반논술과 다르다.

이야기논술로는 수필의 일종인 '신변잡기'나 '기행문' 등이 가장 널리 쓰이고 있다. 그리고 '독후감', '서간문', '일기', '단상', '자기소개서' 등에 이르기까지 폭넓게 활용되고 있음을 알 수가 있다. 이들은 양식마다 구성방법이 조금씩 다르긴 해도 결국 자신의 이야기를 진솔하게 전달한다는 점에서 이야기논술의 범주인 수필에 속한다. 그리고 나름대로 구성의 원리를 가지고 있다. 따라서 수필도 구성의 방법을 이해하면 누구나 쉽게 더 좋은 글을 쓸 수가 있는 것이다.

| 제1장 신변잡기 |

신변잡기란

신변잡기란 자기 주변에서 일어나는 여러 가지 일들을 적은 수필체의 글을 말한다. 우리는 살아가면서 가끔씩 자기 주변의 독특한 일을 경험할 때가 있다. 특히 진지하고 성실한 사색을 즐기는 사람들의 경우, 이를 글로 표현하여 두었다가 모아서 수필집을 내기도 한다. 모든 글쓰기가 그러하듯이 신변에서 일어나는 자신의 이야기를 글로 그려내는 것도 구성하는 방법을 모르면 쓰기가 쉽지 않다.

신변잡기 서론 구성

(a) 후크-(b) 연결문장-(c) 주제문

(a) 후크

이야기논술(수필)도 일반논술의 구성과 마찬가지로 첫머리에 이야기의 주제와 관련된 흥미 있는 내용으로 구성한 '후크'를 통해 독자의 관심을 유도한다.

(b) 연결문장

이야기논술은 이야기의 주체인 인물(주인공)과 이야기의 관심거리인 사건 및 배경을 압축하여 연결문장의 배경이야기로 전달함으로써 향후 전개될 이야기에 대한 독자의 관심을 유도할 수가 있다. 따라서 이야기논술의 연결문장은 '인물-사건-배경'을 중심으로 구성한다.

인물 : 주제와 관련된 등장 인물에 대한 이야기
사건 : 인물과 관련해 일어난 사건이나 행위에 대한 이야기
배경 : 사건과 관련된 시간이나 장소에 대한 이야기

(c) 주제문

이야기논술의 주제문은 일반논술과 마찬가지로 이야기의 '중심문장'을 말한다. 따라서 필자는 자신이 전달하고자 이야기를 압축한 중심내용을 가지고 주제문을 구성한다.

신변잡기 본론 구성

이야기논술의 본론을 구성하는 방법은 큰 흐름에서는 일반 논술과 유사하다. 다만 이야기논술은 이야기라는 특성 때문에 논리적 구성보다는 사건이나 행위와 관련된 유연한 흐름이 더 강조될 뿐이다. 따라서 화제문이나 뒷받침하는 문장도 주제문의 내용을 크게 벗어나지 않는 범위에서 약간의 비약이 가능하다. 그리고 본론 구성에는 '에피소드(삽화 : 揷話)'나 '일화' 등을 활용하여 흥미나 이해를 도울 수가 있다.

1) 화제문 : 첫 번째 사건이나 행위를 가지고 구성

(a) 화제문의 사건이나 행위를 뒷받침하는 이야기

(b) 화제문의 사건이나 행위를 뒷받침하는 이야기

(c) 화제문의 사건이나 행위를 뒷받침하는 이야기

(d) 대개 다음 사건이나 행위를 암시하는 전환문장

2) 화제문 : 또 다른 사건이나 행위로 화제문 구성

유사한 패턴으로 다른 사건이나 행위를 가지고 첫 번째 화제문과 비슷한 형태로 화제문을 구성하여 4~6개 정도의 본론단락을 작성한다.

3) 이해 돕기: 에피소드나 일화로 주제의 이해를 돕는다

(a) 에피소드(episode: 삽화) : 주제와 관련된 잘 알려지지 않은 재미있는 이야기, 주제의 이해를 돕기 위한 짤막한 정보나 배경지식 등을 말한다.

(b) 일화(anecdote) : 에피소드와 유사한 점도 있지만 일화는 주로 어떤 사건이나 유명 인물에 대해 세상에 널리 알려지지 않았으면서도 흥미로운 숨은 이야기를 말한다,

신변잡기 결론 구성

이야기논술의 특징은 교훈이나 깨달음 또는 감동이나 기쁨을 전해 주어야 좋은 글이 될 수 있다는 것이다. 이런 내용은 대개 결론 부분에서 더욱 두드러진다. 모든 글이 결론의 요지를 통해 강한 인상을 남기는 것처럼 이야기논술도 마찬가지다.

(a) 주제문을 재진술하거나 마지막에 일어난 사건 또는 행위로 요지를 구성한다.

(b) 경험한 사건이나 행위의 핵심내용을 덧붙여서 요지를 강화한다.

(c) 주제와 관련하여 공감할 수 있는 긍정적인 예견이나 예시를 할 수 있다.

(d) 줄거리를 통해 값진 경험이나 교훈으로 자신의 의견을 제시

할 수 있다.

이야기논술의 시점

이야기논술은 소설처럼 이야기를 전달하는 화자에 따라 시점이 달라진다. 사건이나 행위의 현상을 누가 어떤 각도에서 보고 서술하는가에 따라 글의 시점이 다르게 나타나기 때문이다. 그러나 이야기논술은 소설과 달리 대부분 나를 중심으로 이야기를 펼치므로 1인칭 주인공 시점이 주가 된다. 그리고 간혹 1인칭 관찰자 시점도 쓰이는 경향이 있다.

(a) **1인칭 주인공 시점** : 주인공이 자신의 이야기를 하는 것을 말하는데 이야기논술에서는 대부분 1인칭 주인공 시점으로 글을 쓰게 된다.

(b) **1인칭 관찰자 시점** : 부수적인 인물인 '나'가 주인공의 성격과 사건에 대하여 말하는 형태로 서술자는 관찰하는 사람의 입장에서 이야기를 전개한다.

UNIT
신변잡기 브레인스토밍

이야기논술의 브레인스토밍은 사실상 매우 간단하다. 이야기를 구성하기 위한 전체 내용을 이미 경험하거나 알고 있기 때문이다.

따라서 자신이 쓰고자 하는 이야기와 관련된 생각이나 느낌을 끄집어 내는 작업에 불과하다. 그러므로 브레인스토밍은 대개 이야기의 줄거리를 이루는 육하원칙(5W-1H)을 활용하여 글감을 마련한다. 그리고 이야기 주제와 관련된 '에피소드'나 '일화'가 될만한 내용을 준비한다면 더욱 유익하고 재미있는 글을 쓰는 데 도움이 될 수 있다.

UNIT

신변잡기 구성하기

주제1 : 장애인에 대한 편견

브레인스토밍하기

(a) **누가** : 나, 장애인 어머니

(b) **언제** : 세모, 연말 연시

(c) **어디서** : 뉴욕의 한인사회

(d) **무엇을** : 편견에 대한 단상

(e) **왜** : 장애인에 대한 편견

(f) **어떻게** : 편견을 내려놓자

(g) **특별한 사건이나 행위** : 한국인 사회의 장애인 편견

(h) **관련 에피소드나 일화** : 작가 펄벅의 일화

주제문 작성 : 지극한 정성으로 장애아를 키우는 이웃의 40대 중반의 한 어머니를 보면서 편견에 고통당하는 어머니들을 생각하게 되었다. 〈신변잡기 : 직접 주제문〉

〈서론〉

이 세상에 편견보다 우리를 아프고 힘들게 하는 것이 또 어디 있을까? 나는 세모의 혹한이 뼛속까지 시려오는 주일 아침, 뉴욕 한인사회에서 장애아를 키우며 살아가는 한 이웃을 보면서 문득 아픈 기억 한 자락이 떠올랐다. 내 어릴 적 동화에서 본 듯한 내용이다. 둥지에서 떨어진 아기 새, 아직은 제 힘으로 날기엔 버거운 어린 새 한 마리가 길거리에 떨어져 있었다. 이를 본 한 농부가 그 새를 치료하기 위해 조심스럽게 주워 들고 집으로 돌아오자, 그 길을 따라 농부의 머리 위를 맴돌며 구슬프게 울던 어미 새의 모습이 내 가슴을 아프게 한 그 장면이다. 지극한 정성으로 장애아를 키우는 이웃의 40대 중반의 한 어머니를 보면서 편견에 고통당하는 어머니들을 생각하게 되었다.

〈본론1〉

우리의 삶에서 가장 슬픈 것이 사랑하는 가족과의 사별이라면, 모진 아픔을 가슴에 묻고 사는 사람은 장애아를 자녀로 둔 부모가 아닐까 생각한다. 더구나 친조카가 정신지체 장애아인 내 입장에서 이런 확신은 세월이 흐를수록 더욱 깊어만 간다. 많은 부모들은 건강한 아이들의 성적을 놓고도 웃음꽃이 피거나 울상을 짓곤 하는데, 지극한 보살핌의 손길이 없이는 홀로 서기가 어려운 장애아를 둔 부모의 심정은 어떨까? 오늘도 차가운 아침 출근길에 나는 장애아 자녀를 학교에 보내기 위해 셔틀버스에 애써 태웠지만 엄마의 품을 떠나기가 싫어 큰 소리로 우는 장애아이를 보고 돌아서서 눈물짓는 그 어머니의 모습을 몰래 바라보면서 가슴이 아팠다.

〈본론2〉

나는 가난 속에서도 아이들을 줄줄이 명문대학에 보낸 부모 보다 정성껏 장애아이를 키우는 부모들의 눈물겨운 자식 사랑에 더욱 감동을 받는다. 이 분들은 비록 스스로 삶을 헤쳐 나가기 어려운 장애아를 두고 살아가지만 실망하거나 좌절하지 않는다. 오히려 스스로 '천형(天刑)'이나 '업보'처럼 받아들이고 아이를 누구보다 정성스럽게 보살피며 더욱 강한 인내심을 발휘한다. 하지만 장애 자녀를 둔 부모들이 정작 견디기 어려운 것은 곱지 않은 타인의 시선, 편견이다. 편견이란 개인적인 소견이나 편의대로 남의 외모와 첫인상만 보고 섣불리 모든 걸 판단해 버리는 것을 뜻한다. 그래서 편견이란 으레 '장애인'과 연결되는 경우가 많다. 내가 사는 미국 사회를 장애인 천국이라고 말하지만, 유독 한인사회에서는 여전히 이들에 대한 편견이 존재하고 있어 안타깝다. 그래서 장애아를 돌보는 어머니들을 더욱 존경한다.

〈본론3〉

흔히 '신은 마음을, 사람은 겉모습을 먼저 본다'고 말하는데, 심리학자들은 이런 겉모습에 치우치는 편견이 타인에게 많은 상처를 안겨 준다고 말한다. 그럼에도 불구하고 장애아들의 부모는 종종 편견에 더욱 가슴 아파하고 있다. 장애아 셔틀버스가 등·하굣길에 아파트 입구로 들어와 아이들이 타고 내리면서 아우성치거나 크게 우는 소리를 종종 내기도 한다. 이때 많은 이웃들이 여전히 불쾌한 모습으로 인상을 찌푸리거나 심지어는 저주에 가까운 중얼거림으로 편견을 드러낸다. 이들처럼 편견을 가진 사람의 마음은 마치 거울과 같아 이면을 보지 않으려고 한다. 투명한 유리를 통해서는 바깥 세상이 보인다. 내가 웃고 손을 내밀면 상대방도 웃으며 손을 내밀어 준다. 그러나 유리에 금이나 은을 칠하면 자기만 보이는 거울이 된다. 대부분 편견을 갖고 살아가는 사람들은 금과 은으로 사방에 '오만한' 벽을 쌓고 있다. 이들은 자기와 자기 가족만 바라보며 그것이 편견의 감옥인 줄도 모르는 채 살아간다.

〈본론4 : **일화**〉

<u>실제로 불후의 명작 '대지'로 여성 최초로 노벨문학상을 받은 펄벅도 장애아를 둔 어머니로서 일생을 살았다.</u> 그녀의 빛나는 명성 뒤에 가려져 있었던 것이 바로 장애아인 딸이었다. 펄벅도 당시 사회적 편견 때문에 처음에는 '차라리 죽음이 더 편할지 모른다. 죽음은 그것으로 끝나기 때문이다. 내 딸아이가 지금 죽어 준다면 얼마나 다행인지 모른다고 생각했다.'라고 고백할 정도로 장애아에 대한 편견으로 고통을 받았다. 펄벅은 그 아이를 있는 그대로 받아들일 수 있을 때까지의 기대와 실망, 끝없는 고통과 좌절을 경험한 뒤 결국 그 딸에게서 배운 점을 피눈물을 흘리면서 이렇게 서술한다. '나는 그 누구에게든 존경과 경의를 표해야 한다는 것을 배웠습니다. 장애인인 내 딸이 없었더라면 나는 분명히 나보다 못한 사람을 얕보고 오만한 태도를 버리지 못했을 것입니

다. 지능만으로는 훌륭한 인간이 될 수 없다는 것도 배웠습니다.'
그리고 펄벅은 '나는 결코 체념하지 않고 내 딸아이를 '자라지 않
은 아이(the child who never grew)'로 만든 운명에 반항할 것
입니다.'라고 맹세한다. 그녀는 딸에게 고스란히 남은 인생을 바
칠 뿐 아니라, 한국인 고아를 포함, 국적이 다른 아홉 명의 고아를
입양하여 길렀다. 하지만 정작 그녀의 친자는 중증의 정신지체와
자폐증이 겹친 딸 하나 뿐이었다.

〈본론5〉

프랑스 소설가 앙드레 말로는 『인간의 조건』이라는 작품에서
'고통 받는 극한상황에서 피어나는 희생정신이야말로 참된 사랑
이며 인간이 갖추어야 할 조건이요 덕목'이라고 한다. 장애인 가
족처럼 어려움 속에서 때론 마음의 상처 속에서도 소중한 사랑과
희망을 가꾸어 가는 사람들이야말로 진정한 '인간의 조건'을 갖춘
분들이 아닐까 생각한다. 이제라도 가족이기주의라는 편견의 성
곽을 깨고 나와 상처받고 힘들게 살아가는 장애자들에게 따스한
마음의 손길을 내밀어 보자. 문명의 이기가 판치는 요즘 누구든
자칫 한 순간에 장애인이 될 수 있다. 사랑과 친절은 부메랑과 같
아 언젠가 꼭 자신에게 되돌아온다는 것, 그래서 결국은 내 이웃
을, 더구나 어려움을 겪고 있는 사람들을 진정으로 사랑하지 못하
는 마음이야말로 더불어 살아가는 이 세상에서 더없이 천박한 '정
신지체 장애인'이라는 사실을 알아야 한다.

〈결론〉

우리 주위에는 적지 않은 사람들이 장애아 자녀를 정성껏 돌보

며 살아가고 있다. 장애인이라는 겉모습의 편견 때문에 아름다운 내면을 보지 못한다면 그보다 더 어리석고 안타까운 일이 또 있을까. 많은 사람들이 신앙생활을 하면서 거룩한 신의 존재를 믿는 것은 세상이 조금은 더 아름다워질 수 있다는 믿음 때문이다. 인간이 아름다운 이유는 슬퍼도 상처받아도 서로를 위로하며 어떻게 살아가야 한다는 가치를 추구할 줄 알기 때문이다. 참된 종교는 바로 그것을 우리에게 가르친다. 지금은 크리스마스다 연말연시다 하여 주변의 분위기가 시끌벅적하다. 하지만 외롭고 가난하여 몸과 마음이 아픈 이들에게 이 계절은 몹시도 견디기 어려운 시간이라는 걸 생각하자.

▷ **해설**

이 글은 주인공인 '나'가 세모에 장애아를 둔 한 이웃 어머니의 자녀 사랑을 보면서 느낀 바를 신변잡기 형식으로 이야기논술을 구성한 글이다. 서론에서는 먼저 〈질문던지기 방식〉의 후크로 독자들의 관심을 낚고 있다. '인물-사건-배경'으로 이야기논술의 배경정보를 알려 주고 마지막에 필자가 쓰고자 하는 글의 목적을 담고 있는 주제문을 배치하면서 서론단락을 구성하였다.

본론의 각 단락은 주제문과 관련된 내용으로 화제문을 작성하여 이를 뒷받침하고 있다. 특히 〈본론4 : **일화**〉는 주제와 관련된 내용의 일화를 소개하면서 주제문을 뒷받침하고 있다. 결론단락은 주제문을 재진술하고, 마지막에 일어난 행위를 바탕으로 요지를 강화하고 있다. 그리고 필자가 경험한 행위의 핵심내용을 덧붙이면서 이를 바탕으로 긍정적인 조언으로 글을 맺고 있다.

EXERCISE

주제 2 : 태평양을 건너 이룬 애절한 사랑

브레인스토밍 하기

(a) **누가** : 나, 친구, 신부

(b) **언제** : 초가을

(c) **어디서** : 뉴욕의 한 예식장

(d) **무엇을** : 애절한 사랑이야기

(e) **왜** : 사랑 찾아 태평양을 건넌 이야기

(f) **어떻게** : 시부모의 반대에도 이뤄낸 애절한 사랑

(g) **특별한 사건이나 행위** : 부모님 없는 결혼식

(h) **관련 에피소드나 일화** : 시부모의 반대

주제문 작성 : 하지만 이러한 사실쯤은 잘 알고 있을 사려 깊은 친구의 제의여서 뿌리칠 수가 없었다. 〈신변잡기: 직접 주제문〉

〈서론〉

이제는 면역이 된 탓일까. 가족 없이 혼자 뉴욕에서 맞는 두 번째 가을은 그냥 외롭지가 않다. 오늘 따라 유난히 아름다운 초가을의 주일날 아침에 나는 사랑하는 친구로부터 뜬금없는 부탁을

받았다. 잘 알고 지내는 마흔의 처녀가 늦깎이 결혼식을 올리는데 함께 가자는 것이었다. 일면식도 없는 그것도 비슷한 나이의 이성의 결혼식에 참석을 한다는 것이 그리 마음 내키는 일은 아니었다. 하지만 이러한 사실쯤은 잘 알고 있을 사려 깊은 친구의 제의여서 뿌리칠 수가 없었다.

〈본론1〉

우리는 예정된 예식시간 보다 30분 가량 빠르게 식장에 도착했다. 먼저 입구에서 손님을 맞이하는 멋지게 차려입은 신랑과 가벼운 목례를 나누고 친구의 손길에 이끌리다시피 지하층의 신부 대기실로 내려갔다. 그런데 또 이게 웬 날벼락인가. 결혼식 참석도 사실은 썩 마음 내켜 온 것이 아닌데, 불혹을 넘긴 늙지도 젊지도 않은 낯선 남정네가 신부대기실이라니. 어쨌든 나는 홀리다시피 이끌려 신부대기실 입구에 다다르고 말았다. 그 순간 야릇한 감정이 내 전신을 사로잡았다. 신부 대기실의 분위기가 왠지 예사롭지 않았다. '야, 너무 예뻐! 예뻐 죽겠어! 넌 미(美)의 화신이야!' 적어도 이러한 덕담들이 쏟아지고 있을 가장 화사하고 행복한 분위기의 신부대기실이 아닌가. 그런데 여느 신부 대기실과 달리 신부 들러리를 포함한 가까운 친구들로 북적여야 할 자리에 신부 홀로 있었던 것이다.

〈본론2〉

이런 상념들이 막 머리를 스쳐갈 겨를도 없이 나는 또다시 친구의 손에 이끌려 신부대기실 안으로 발을 쑥 들여놓고 말았다. 하지만 이젠 어떤 낭패감보다 또 다른 분위기가 오히려 나의 호기심을 자극했다. 이 축복스러운 날, 아마도 오늘 처음으로 신부의 손을 잡아 준 것 같은 친구를 본 순간 신부는 깊은 한숨을 토해내듯 비로소 '외로운' 긴장을 푸는 듯했다. 신부 최고의 날에 그 흔하디 흔한 덕담마저 친구가 들려준 말이 처음일 것 같은, '너무 예쁘다'는 말에 살포시 미소로 응대하며 고개를 떨구다 만 행복한 표정 너머에는 어떤 슬픔 같은 기운이 역력히 배어 있었다. 그때서야 아둔한 나는 인정 많은 친구가 왜 나를 데리고 낯선 사람의 결혼식에 그렇게도 참석하자고 했는지를 이해할 수 있었다.

〈본론3〉

<u>낯모르는 불청객에 대한 경계의 눈초리를 늦추지 않던 신부는 내 친구로부터 가까운 고향 친구라는 소개를 받고서야 긴장을 푸는 듯했다.</u> 그리고 오늘 이 늦깎이 결혼식에 대한 내 강한 호기심을 알아차리기라도 한 듯 신부 자신의 내밀한 아픔을 풀어내기 시작했다. 부모님과 친지들이 참석하지 못한 데 대한 어떤 자격지심 때문일까, 아니면 내면 깊숙이 숨겨온 비밀을 친구에게 털어놓음으로써 자신의 외로운 처지를 달래려는 심사일까. 어쨌든 나는 이러저러한 복잡한 심정으로 외로운 신부가 들려주는 이야기에 두 귀를 쫑긋 세우지 않을 수 없었다.

〈본론4 : 에피소드〉

"제 신랑과 만난 지는 벌써 꽤 오랜 시간이 지났습니다. 우리 두 사람은 보기보다 나이 차이가 많이 난답니다. 보셔서 아시겠지만 제가 연상이죠. 충청도 양반고을 사람인 신랑의 부모님들은 이런 우리의 사랑을 이해하지 못하고 결혼을 무척 반대하셨습니다. 그러던 어느 날 저는 회사일로 뉴욕으로 오게 되었고, 뒤이어 신랑도 좋은 직장과 가족을 뒤로 한 채 사랑을 찾아 저를 뒤따라 온 것이랍니다. 이민생활은 생각보다 외롭고 힘이 들었지만 우리 둘은 늘 사랑이라는 힘에 의지하며 열심히 살았습니다. 하지만 결혼시기를 놓친 우리는 더 나이가 들기 전에 예식을 올려야겠다며 오늘 이렇게 조촐한 준비를 한 것이랍니다.”

〈본론5〉

때마침 예식시간이 예정보다 20분 가량 늦어질 것이라는 예식장 측의 전갈을 받았다. 그리고 우리는 좀 더 여유를 가지고 신부의 이야기를 들을 수 있었다. 오늘 두 사람의 결혼식에는 가족과 가까운 친지는 단 한 분도 참석을 하지 못했다는 것이다. 이러한 두 사람의 깊은 사랑을 양가 부모님들도 이제는 이해를 하고 있단다. 하지만 결혼식 날짜는 잡혔는데 ‘9.11’ 이후 비자발급이 여의치 않아 결국 양측 모두 한국의 가족들이 참석을 하지 못했다는 것이다. 그래서 주변의 지인들, 특히 축구를 좋아하는 신랑의 조기축구회 멤버들과 회사 친구들만 초정을 한 자리라고 한다. 이렇게 자신의 외로운 처지를 차분히 설명하는 신부의 눈가에는 어느덧 촉촉히 눈물이 맺혀 있었다. 고국의 가족에 대한 사무친 그리움 때문일까 아니면 지난날 사랑의 장애물을 힘겹게 넘어온 갖가지 애잔함이 뇌를 스친 탓일까. 그래, 인생에 있어 가족이 하는 역할이 무엇이란 말인가. 외롭고 어려울 때 이를 견디게 하는 힘이 되어 주고 또 가장 행복한 순간을 함께 나누고 싶어하는 사람들이 바로 가족이란 구성원이 아닐까. 그러니 이역만리에서 누구보다 사랑하는 가족으로부터 축복을 받고 싶어 할 신부의 그런 심경을 두 눈가에 맺힌 눈물로 헤아릴 수가 있었다.

〈본론6〉

예식은 30분 가량 늦게 시작됐다. 중견 규모의 아담한 식당에서 운영하는 예식홀은 이렇게 외롭고 단촐한 사람들이 예식을 올리기에 꼭 맞은 분위기였다. 가족 못지 않은 따스한 애정을 가지고 찾아준 50여 명의 내빈들이 보내는 힘찬 박수와 뜨거운 격려를 받으며 신랑도 애써 외로움을 떨쳐 버리기라도 하듯 더욱 힘찬 발걸음으로 늠름한 입장을 했다. 그리고 신부가 입장할 차례다. 우리의 아버지들이 곱게 키운 딸의 손을 잡고 입장하여 다시 딸의 손을 사위에게로 넘겨줄 때 제아무리 강심장이라고 해도 이 날만은 속눈물을 흘리지 않는 아버지가 없다는데 그런 딸을 애지중지 키우느라 고된 삶의 흔적들이 고스란히 묻어 있을 주름지고 거친, 그러나 한없이 따뜻한 그리운 아버지의 손은커녕 홀로 입장하는 외로운 신부의 심정은 어떨까. 그리고 이를 바라보는 딸 가진 내빈들의 마음은 또 어떠할까. 적어도 이날만큼은 아버지가 계시지 않아도 삼촌이나 오라비라도 그 자리를 대신하는 것이 우리의 풍습인데, 나는 한편의 드라마나 소설에서조차 접해보지 못한 애절한 장면이 연출되고 있는 현실 앞에 나도 모르게 눈시울이 젖어 있었다.

〈본론7〉

예식은 이렇게 양가 부모님과 친지들이 참석하지 않은 가운데 다소 무겁고 착잡한 분위기로 진행됐다. 신혼부부의 아름다운 장래를 기원하며 밝히는 촛불마저도 신랑신부의 어머님을 대신하여 예식장 스텝들이 불을 밝힐 때 내빈들은 한결같이 마음속으로 신랑신부의 자상한 부모가 되고 따뜻한 형제자매가 되어 이들의 앞날을 마음껏 축복했다. 이들에게 지난 7년이란 이민살이는 그냥 그렇게 무심하게 흐르지 않은 듯했다. 끝까지 이들 두 부부의 결합을 축복해 주는 지인들의 진지한 모습에서 두 사람의 아름다운 삶을 엿볼 수가 있었다. 비록 드라마 같은 만남이지만 세월의 무게만큼이나 한 해 두 해 사랑을 키워오면서 두 사람은 친남매보다 더욱 가까워지고 마침내 아름다운 부부라는 결실로 이어졌다. 이젠 가을 빛이 완연하다. 키워내고 거두고 마감하는 질서가 한치도 흐트러짐이 없는 자연을 관조하며 이 자연처럼 묵묵히 오랜 정을 키워 마침내 그 결실을 이루는 날 주례사 앞에서 성스러운 사랑을 맹세하던 두 부부의 아름다운 모습이 더없이 행복해 보인다. 사랑하는 사람을 멀리 보내고 홀로 남겨지는 게 그렇게도 서러워 사랑을 찾아 태평양을 건너온 신랑의 모습에는 어떤 역경도 이겨내고 신부를 행복하게 해 주리라는 순수한 믿음이 담겨 있다.

〈결론〉

이 땅 뉴욕의 가을이 아름답다고는 하나 우리 한인들의 추억과 사랑이 묻어 있는 조국의 금수강산에 비할 수 있으랴. 올해도 조국의 산하는 붉게 물들며 이들 신혼부부처럼 깊고 알차게 영글어 가고 있을 것이다. 그리고 지금쯤 가을 들판 여기저기에는 이슬에 젖어 영롱하게 아침햇살을 머금은 구절초가 한창 꽃과 향을 피우고 있을 것이다. 이 가을의 구절초는 늦깎이 사랑을 피워내는 신

랑 정성모 군과 신부 이유리 양 같은 그런 꽃이다. 잘난 모든 것들
이 시들어가는 때에 구절초는 그렇게 늦깎이로 꽃과 향을 피워낸
다. 그러나 이국에서 이태째 혼자 사는 나는 아직도 어리석음에서
깨어나지 못하고 이들 신혼부부가 찾아낸 값지고 절실한 사랑의
공간을 가지지 못한 채 이 가을밤을 또 다시 홀로 이런 저런 욕심
으로 잠을 설친다.

▷ **해설**

이 글은 주인공인 '나'가 친구의 권유로 늦깎이 처녀의 결혼식에
참석하여 느낀 점을 신변잡기 형식으로 구성한 이야기논술이다.
후크가 없이 '인물-사건-배경'으로 쓰고자 하는 이야기논술의 배
경정보를 알려주면서 마지막에 주제문을 배치하여 서론단락을 구
성했다.

본론의 각 단락은 주제문과 관련된 내용으로 화제문을 작성하여
이를 뒷받침하고 있다. 특히 〈본론4 : **에피소드**〉는 주제와 관련된
내용의 삽화로 주제문의 부족한 정보를 뒷받침하고 있다. 결론단
락은 주제문을 재진술하고 마지막에 일어난 행위를 바탕으로 요
지를 강화하고 있다. 그리고 이국에서 홀로 사는 필자의 외로운
심경을 밝히고 있다.

| 제2장 기행문 |

기행문이란

기행문이란 여행을 하면서 이것저것 보고 듣고 느끼고 경험한 것들을 적은 글을 말한다. 여행을 좋아하는 사람들은 틈틈이 좋은 경험이나 추억이 될만한 이야기들을 모아서 한 권의 책으로 엮을 수 있다. 이렇듯 수필집이란 대개 신변잡기나 기행문 등을 모아서 엮은 책이라고 할 수 있다. 그러나 누구든 한 권의 수필집을 낸다는 것이 쉬운 일은 아니다. 이야기논술은 좋은 신변잡기와 기행문 등 수필을 구성하는 방법을 담고 있다. 따라서 일정한 구성요소와 구성원리를 이해하면 수필을 쓰는 데 도움이 된다. 기행문도 구성 방법은 신변잡기와 똑 같다.

기행문 서론 구성

(a) 후크-(b) 연결문장-(c) 주제문

(a) 후크

이야기논술(수필)도 일반논술의 구성과 마찬가지로 첫머리에 이야기의 주제와 관련된 흥미 있는 내용으로 구성한 '후크'를 통해 독자의 관심을 유도한다.

(b) 연결문장

이야기논술은 이야기의 주체인 인물(주인공)과 이야기의 관심거리인 사건 및 배경을 압축하여 연결문장의 배경이야기로 전달함으로써 향후 전개될 이야기에 대한 독자의 관심을 유도할 수가 있다. 따라서 이야기논술의 연결문장은 '인물-사건-배경'을 중심으로 구성한다.

인물 : 주제와 관련된 등장 인물에 대한 이야기
사건 : 인물과 관련해 일어난 사건이나 행위에 대한 이야기
배경 : 사건과 관련된 시간이나 장소에 대한 이야기

(c) 주제문

이야기논술의 주제문은 일반논술과 마찬가지로 전체 이야기의

'중심문장'을 말한다. 따라서 필자는 자신이 전달하고자 하는 이 야기의 중심내용을 가지고 주제문을 구성한다.

기행문 본론 및 결론 구성

이야기논술의 본론 및 결론을 구성하는 방법은 큰 흐름에서는 일 반 논술과 유사하다. 다만 이야기논술은 이야기라는 특성 때문에 논리적 구성보다는 사건이나 행위와 관련된 유연한 흐름이 더 강 조된다. 따라서 화제문이나 뒷받침하는 문장도 주제문의 내용을 크게 벗어나지 않는 범위에서 약간의 비약이 가능하다. 그리고 본 론구성에는 '에피소드(삽화: 揷話)'나 '일화' 등을 활용하여 흥미나 이해를 도울 수가 있다.

기행문 구성하기

주제1 : 이천시 도자기 축제를 둘러보고

브레인스토밍하기

(a) **누가** : 주인공 나

(b) **언제** : 아름다운 초가을의 주말

(c) **어디서** : 이천시 도자기 축제장

(d) **무엇을** : 도자기 관람

(e) **왜** : 도자기 축제에 참석

(f) **어떻게** : 풍족한 도자기 감상

(g) **특별한 사건이 행위** : 도공 최씨와의 만남을 통한 자기 성찰

(h) **에피소드나 일화** : 막사발과 이도다완의 역사적 배경의 에피소드

주제문 작성 : 그저 고인의 손길로 그 시대의 삶을 빚어낸 소박한 질그릇을 만나고 싶은 심정뿐이었고 미술을 담당한 게 그 동인이 된 것이다. 〈기행문: 간접 주제문〉

〈서론〉

수천 수백 년의 시공을 뛰어넘어 예술작품을 가운데 두고 옛 조상들과 말없는 대화를 나누며 조용히 생각에 잠기면서 하루를 보낸다는 것은 참으로 의미 있고 즐거운 일이었다. 그것도 뉴욕에 가족을 두고 홀로 서울 하늘 아래서 이 아름다운 가을날의 주말을 고적하게 보내는 처지이고 보면 모처럼 서울 근교에서 맛보는 내 기쁨은 이루 말로 다할 수가 없었다. 지난 주말 오후 나는 눈이 시리도록 푸른 가을 하늘을 머리에 이고 혼자서 경기도 이천시가 주최하는 도자기 축제장으로 달려갔다. 내가 신문사에서 일하면서

한 때 문화부에서 몇 년 간 미술을 담당한 경험이 없었더라면 이런 용기는 선뜻 내지 못했을 것이다. 그렇다고 내가 도자기에 대해 해박한 지식을 가진 것은 아니다. 더구나 당구삼년 폐풍월(堂狗三年 吠風月)을 하려는 것은 더욱 아니었다. <u>그저 고인의 손길로 그 시대의 삶을 빚어낸 소박한 질그릇을 만나고 싶은 심정뿐이었고 미술을 담당한 게 그 동인이 된 것이다.</u>

〈본론1〉

<u>이 도시 입구부터 대형 플래카드들이 외부 손님을 맞이하는 것은 여느 지방의 행사와 조금도 다를 바가 없어 보였다.</u> 행사장 곳곳에는 풍성한 먹거리와 기념품을 파는 장막들로 꽉 들어차 있어 도자기 전시관을 어림하기가 쉽지 않아 아리따운 도우미들의 안내가 필요했다. 지방자치제 이후 경향 각지 어디를 가더라도 자기 고장을 알리면서 세수를 염두에 둔 단체장들의 '기발한' 아이디어들이 외지인을 유혹하는 것은 이곳 이천시도 예외가 아니었다. 다만 이 도시에서는 도자기가 그들의 '구세주'노릇을 하고 있는 셈이다. 그 덕분에 나는 가멸찬 도자기 눈요기를 할 수가 있었다.

〈본론2〉

<u>흔히 도자기에는 그 시대의 질박한 삶과 소박한 꿈이 뒤엉켜 있다고 한다.</u> 그리고 그 꿈 속에는 당대의 미학적 감각과 특징들, 도공들의 애환이 예술혼으로 승화되어 나타난다고 말한다. 이번 도자기 엑스포에서 나는 5세기경 고구려-신라-백제-가야 4국의 토기들을 비롯하여 고려청자와 분청사기, 그리고 조선의 막사발과 백자에 이르기까지 우리 조상들의 숨결을 고스란히 느낄 수가 있

었다. 게다가 중국-인도-베트남-유럽 지역의 도자기까지 감상할 수 있었으니 실로 안복(眼福)의 연속이라 하지 않을 수 없었다. 나는 전시장 곳곳을 돌면서 가끔 조용히 눈을 감고 먼 옛날로 돌아가 흙을 빚어 삶을 꾸려가면서 도란도란 얘기를 나누는 도공 가족들의 틈새에 끼어들어 그들의 옛이야기를 상상을 하기도 했다.

〈본론3〉

나는 이 수많은 도자기들 중에서도 왠지 조선의 막사발에 깊은 정감을 느끼게 되었다. 그리고 시공을 건너뛰어 그 도공들의 순수한 삶과 숨결에 함초롬히 취해 보았다. 특히 조선의 막사발은 16세기 초 경상남도 진주 웅천지역 일원에서 여러 과정에 의해 만들어진 우리 서민들의 밥그릇이었다. 그런 막사발이 한국인에게는 타인의 이름인 이도다완(井戶茶碗)으로 엄청난 '가치부여'가 되어 다가온다는 점이 나에게는 적지 않은 아픔이었다. 막사발에서 느낄 수 있는 아름다움은 다름 아닌 일본문화가 찾아낸 가치였기 때문이다. 이제 막사발은 일본인의 심미안에 비친 조선 그릇의 모습일 뿐이다. 제아무리 이도다완을 우리의 막사발이라고 우겨도 그 그릇은 한국인의 거울에 비친 타인, 즉 일본인의 미학적 가치를 담은 차 그릇이었다.

〈본론4 : 에피소드 (삽화)〉

그렇다면 우리의 막사발이 일본 땅으로 건너가 그토록 소중한 가치를 가진 배경이 무엇일까 궁금하여질 것이다. 학계에서는 이렇게 정리하고 있다.

'16세기 이후 일본사를 보면 센리큐(千利休)라는 한 유명한 일본 고승이 나타나 사상계에 새로운 바람을 불러일으키기 시작한다. 그 이전의 일본에서의 미적 감각은 완벽하고 화려한 것을 추구했다. 그러나 센리큐 이후에는 그의 영향을 받아 소박하고 꾸밈없는 자연으로 돌아가는 것, 불완전한 것에서 완전함을 추구하는 것 등으로 사고의 틀(패러다임)이 크게 바뀌었다. 특히 오다 노부나가와 도요토미 히데요시 등 일본 전국시대에 내로라하는 지배층 실력자들이 센리큐의 사상에 동의하기 시작했다. 센리큐는 숲속에 초옥을 짓고 새소리 바람소리를 들으면서 자연 속에서 침잠하는 것, 거기서 마음의 평화를 누릴 수 있는 가르침을 제시했다. 그리고 그 과정의 하나로서 차를 마시는 생활을 제창한다. 이런 움직임은 크게 발전해 나가면서 생활 속에 적합한 차 그릇을 찾게 된다. 그들이 애타게 찾았던 차 그릇이 바로 당시 조선에서 만들어진 막사발이었다. 막사발은 그들에게 깊은 예술적 충격과 동시에 대단한 호감을 안겨주게 된 것이다.'

다시 말해 우리의 밥그릇 막사발 속에서 일본인들이 발견한 미학은 그야말로 자연 그 자체였으며, 자연이야말로 불완전한 것 같지만 그 속에 완전함을 내포하고 있다고 생각했던 것이다. 이러한 막사발에 대한 일본인들의 세계관이 그들의 현실적 사고로 표출되면서 조선의 도자기에 대한 깊은 경외심을 갖게 된 것이다.

〈본론5〉

<u>이런 관념에서 당시 일본인들은 이 찻잔 막사발을 갖기 위하여 실로 엄청난 노력을 기울였던 것으로 역사가 증언하고 있다.</u> 당대 최고 실력자 도요토미 히데요시가 막사발 이도다완을 정략적 차

원에서 이용하면서 이도다완의 가치는 극에 달한다. 특히 도요토미 히데요시가 하사한 이도다완은 그의 동맹국임을 표시하는 증표로 사용됨에 따라 일본 사무라이들이 광적으로 집착한 계기가 된 것이라고 전문가들은 보고 있다. 나아가 조선에 가면 이런 막사발들이 무한정 있다고 해서 보물을 찾으러 가자고 하여 임진왜란을 일으키는 계기가 되었다고도 말한다. 실제로 일본에서는 흔히 임진왜란을 '도자기 전쟁'이라고 부르는 것이 이 때문이다. 그리고 구체적인 실례가 임진왜란 때 이순신 장군에게 쫓기면서도 목숨을 걸고 수많은 조선의 도공을 납치해 간 것이라고 할 수 있다. 당시 일본인들은 조선 도공을 '황금알을 낳는 거위'로 생각하면서 모셔간 셈이다. 그 당시 일본의 도자기 기술은 겨우 질그릇을 만드는 저급한 수준이었다고 한다. 하지만 이런 연유로 일본인의 조선 도자기에 대한 집착을 넘어 경모심을 가지게 되었고, 그것이 결국 오늘날 세계를 거의 석권하다시피 한 일본 도자기 산업의 발전의 토대가 되었던 것이다.

〈본론6〉

나는 또 조선 백자에 밴 검소함과 청렴결백함의 절제미에도 흠뻑 취해 보았다. 조선백자의 조형은 당대의 정신적 주체인 성리학적 교양과 감성을 갖춘 왕실과 지적 엘리트 집단인 사대부들의 자부심에서 잉태된 것이었다. 성리학의 본질은 무엇보다 검소하고 질박한 것을 생활의 가르침으로 추구하면서 동시에 지상의 삶에서 모든 것을 구현하는 데 있었다. 게다가 그러한 가치관을 소유한 이들 사대부들이 가장 중요하게 여기는 것이 바로 검소함과 청렴결백함이었다.

따라서 그들은 사치를 배격하고 절제와 지조를 근본이념으로 정신적 아름다움을 추구하는 자세를 견지하면서 백자조형의 정신을 이끌었던 것이다. 이런 정신이 조선 백자의 중심에 자리잡고 있기 때문에 백자는 화려한 유럽의 도자기나 고려청자에 비할 바가 못되었다. 조선 백자는 우선 호화롭거나 사치스럽지가 않았다. 원칙을 지키며 본질을 중시하는 절제미를 담고 있어 보면 볼수록 지조 높은 선비를 대하는 것 같아 저절로 옷깃이 여며진다. 내면의 아름다움을 살피지 않고 과거 우리의 가치를 제대로 알지도 못하면서 서양의 겉멋만을 추구해온 내 자신을 한없이 부끄럽게 했다.

〈결론〉

나는 서너 시간에 걸친 도자기 감상을 마치고 돌아오는 축제장 길목의 어느 간이 찻집에서 30여 년간 이 땅 이천에서 줄곧 흙을 구우며 살아온 도공 최씨를 만났다. 차 한 잔을 나누면서 서로 많은 대화를 주고 받았다. 그런데 그와 이야기를 나누면 나눌수록 왠지 내 삶이 또 한 번 부끄러워지기 시작했다. 화려하지도 세련되지도 않은 도공의 어눌한 말 한 마디 마디에는 진흙 속에서 뾰족이 고개를 내미는 진주와도 같은 아름다움이 배어 있었다. 무엇보다 최씨에게 있어 흙은 단순한 물질이 아니었다. 수천 만 년 전부터 내려오는 우리 인류의 조상이며, 우리의 부모이자 우리의 몸이고 우리의 자식들이었다. 그런 흙을 빚어 도자기를 굽는 도공들의 정신을 얼마나 이해하느냐는 그의 질문에 나는 말문이 막히고 말았다. 그리고 술을 한 잔 하자는 그의 권유를 억지로 뿌리치고

급히 서울로 향하는 나에게 던지는 한마디가 야멸찬 야유처럼 아직도 귓전을 맴돌고 있다.

'자동차를 타고 빠른 속도로 지나가는 사람에게는 1m 거리의 코스모스 길이 한 개의 작은 점에 불과할 것입니다. 하지만 천천히 걸어서 지나가는 사람에게는 이 가을날의 넉넉한 아름다움을 남김없이 가슴에 담을 수 있는 소중한 꽃 길이 될 것입니다.'

▷해설

이 글은 주인공인 '나'가 아름다운 초가을 날 경기도 이천시의 도자기 축제를 둘러보고 느낀 점을 짧은 기행문 형식으로 구성한 이야기논술이다. 서론 단락에 청명한 가을날에 대한 필자의 서정을 담아 전하면서 인물·사건·배경의 연결문장으로 독자를 주제문 '그저 고인의 손길로 그 시대의 삶을 빚어낸 소박한 질그릇을 만나고 싶은 심정뿐이었고 미술을 담당한 게 그 동인이 된 것이다.'로 안내한다. 본론은 마찬가지로 주제문의 내용으로 각 화제문을 작성한 뒤 이를 뒷받침하고 있다. 〈본론4 : **에피소드(삽화)** 〉는 중심내용인 '도자기' 중에서도 정감을 느낀 막사발에 관한 내용을 뒷받침하기 위해 주제와 관련된 역사적 배경을 에피소드로 제시하여 독자의 이해를 돕고 있다. 결론은 마지막 행위를 바탕으로 첫 문장을 서술하면서 도자기 명장 최씨를 만나 새로운 시각으로 도자기를 이해하게 된 내용을 짧게 덧붙이고 있다. 그리고 이야기를 마무리하면서 바쁘게 살아가는 필자 자신의 행위를 부끄러워하는 성찰적 장면으로 글을 맺고 있다.

| 제3장 독후감 |

독후감이란

독후감은 일종의 '서평'에 가까운 수필의 형식에 해당한다. 그리고 반응논술과 이야기논술을 적절하게 가미한 글이라고도 할 수 있다. 하지만 누구나 독후감을 쓰는 것을 매우 어렵게 생각한다. 실제로 독후감 공모를 통해 출품된 글들을 보면 대개 책의 주요 내용만 장황하게 늘어놓은 경우를 보게 되는데, 이는 책의 요약이지 독후감이 아니다. 독후감은 문자그대로 글을 읽고난 뒤의 '느낌'이나 '감상'을 적은 글이다. 이는 독서와 관련하여 '가장 가치있는 내용을 가장 가치있는 생각으로 적은 글'이라고 말할 수 있다. 따라서 하나의 독후감을 읽고서도 한 권의 책을 읽은 것 같은 완결된 글을 쓰는 것이 좋다.

좋은 독후감을 쓰기 위해서는 책을 깊이 있게 읽고 느낀 점을 여러 가지 측면에서 다양한 생각으로 브레인스토밍 해야 한다. 좋은 독후감은 책의 주요 내용에 대해 독자가 감명깊게 반응한 느낌, 즉 감상을 논리적으로 조리 있게 쓴 글이라고 할 수 있다. 그런데 비록 한 권의 책을 감명깊게 또는 재미있게 읽었다고 하더라도 막상 독후감을 쓰려 하면 막연해질 수 있다. 이는 독후감을 쓰는 방법을 모르기 때문이다. 따라서 좋은 독후감을 쓰는 것에도 모든 글쓰기와 마찬가지로 적절한 구성방법과 구성원리가 있다.

UNIT
독후감 구성방법

독후감을 구성하는 방법도 일반논술의 구성방법과 크게 다르지 않다. 그러므로 앞서 배운 논술의 구성방법을 생각하면 이해하기가 쉽다. 먼저 책의 제목을 밝히거나 또는 감명깊은 내용을 짤막하게 언급한다. 이는 독자의 관심을 유도하는 논술의 '후크'와 같은 역할을 한다. 그리고 책을 읽게 된 '동기'나 '감명받은 부분'을 언급하는 것은 후크와 줄거리(본론)를 연결하는 연결문장의 역할을 하게 된다.

그리고 나서 줄거리를 언급하는 것은 이 책의 내용을 모르고 있는 사람에게 배경정보를 전달함으로써 공감을 하도록 하는 '반응논술'과 같은 방법이다. 그 다음에 필자의 '느낌'이나 '감상'을 적는 것은 논술의 본론에 해당한다. 결론도 마찬가지로 먼저 주제의 중심내용을 재진술하면서 글의 종료를 알린다.

좋은 독후감을 쉽게 쓰기 위해서는 다음 독후감을 구성하는 방법 네 가지를 염두에 두고 글을 작성하는 연습을 한다면 많은 도움이 될 것이다.

(1) 독후감의 제목을 정한다

제목은 책의 제목을 그대로 써도 되지만 감명깊은 내용으로 제목을 새롭게 재구성할 수도 있다. 다음 [예문1, 2]의 각 (a)처럼 가능하면 독자의 느낌이 생생하게 드러나는 제목을 붙이고 나서 책의 제목은 부제로 붙이는 것이 더 나은 방법이라고 할 수 있다.

[후크 역할]

[예문1]

(a) 성찰적 삶의 아름다움·펄벅의 『자라지 않는 아이』를 읽고

(b) 펄벅의 『자라지 않는 아이』를 읽고

[예문2]

(a) 만남의 소중함을 일깨워 준 책·생텍쥐페리의 『어린왕자』를 읽고

(b) 생텍쥐페리의 『어린왕자』를 읽고

(2) 책을 읽게 된 동기나 감명 받은 부분을 쓴다

일반적으로 책을 읽게 된 동기를 서두에 밝히는 경향이 있다. 하지만 반드시 동기를 밝힐 필요는 없다. 경우에 따라서는 가장 감명을 받은 점이나 장면 또는 정경 등을 쓸 수도 있고, 또는 내용과 관련이 있는 독자 자신의 생활 경험을 쓸 수도 있다. 이는 논술 서론의 배경정보나 지식을 알려주는 연결문장과 같은 역할을 한다.

[연결문장]

[예문1]

(a) 나는 장애아를 자녀로 둔 이웃의 한 어머니가 타인의 편견에 고통당하면서도 아이를 끔찍이 사랑하며 꿋꿋하게 살아가는 모습을 보고 많은 감동을 받았습니다. 그리고 이 어머니를 위로하고 격려해 드리기 위하여 책을 한 권 선물하면서 펄벅의 『자라지 않는 아이』를 읽었습니다. 〈동기〉

(b) '나는 결코 체념하지 않고 내 딸을 '자라지 않는 아이'로 만든 운명에 반항할 것입니다'. 이 책은 문학적 가치로는 재량하기 어려운 인간애가 곳곳에 스며있는 아름다운 영혼이 피워낸 작품이었습니다. 〈느낌〉

[예문2]

(a) 바쁜 일상을 살아가는 와중에 생텍쥐페리의 『어린왕자』를 읽고 '만남(인연)'에 대하여 다시 한 번 깊은 생각을 하게 되었습니다. 〈느낌〉

(b) 딸아이의 독후감 숙제를 논의하면서 선정 도서인 생텍쥐페리의 『어린왕자』를 읽는 계기가 되었습니다. 〈동기〉

(3) 이야기의 줄거리와 느낌이나 감상을 쓴다

논술의 본론에 해당하는 부분이다. 따라서 독자가 이 책을 얼마나 깊이 있게 읽고 잘 이해하고 있는가, 그리고 느낌이나 감상을 통하여 어떤 깨달음을 얻었는가 하는 것을 가늠하는 부분이 된다. 따라서 좋은 독후감은 본론에서 거의 판가름이 난다고 할 수 있다. 다음 본론을 구성하는 두 가지 방법은 필자의 선호나 책의 내용에 따라 어느 방법을 선택하든지 상관이 없다. 그러나 두 번째 방법이 좀 더 수준 있는 독후감을 쓰는 데 도움이 된다.

[본론 구성방법]
(a) 줄거리를 쓰고 느낌이나 감상을 쓰는 방법
책의 줄거리를 먼저 간략하게 소개한다. 그리고 이어서 자신의 '느낌'이나 '감상' 등을 전개하는 방법을 말하는데 이는 비교대조논술의 '덩어리 비교방법'과 유사하다.
(b) 줄거리와 느낌 또는 감상을 함께 쓰는 방법
책의 주요 줄거리의 대목마다 느낀 소감이나 깨달음을 적절하게 끼워넣어 쓰는 방법을 말한다. 이는 비교대조논술의 '항목별 비교방법'과 비슷하다.

(4) 책을 읽고 난 후의 생각의 변화를 진솔하게 정리한다.

[결론 구성방법]
(a) 주제문을 재진술하듯이 책을 읽고 난 뒤의 전체적인 느낌이나 감상을 적는다.
(b) 느낌이나 감상을 통하여 자신이 변화한 모습이나 결심 또는 포부를 적는다.

(c) 깨달음이나 교훈 등을 바탕으로 새로운 제언이나 예시 등을 할 수 있다. 특히 깨달음은 가능한 자신의 생활과 관련지어 구체적으로 써야 한다.

UNIT
단락의 구성하기

EXERCISE

〈독후감1〉

〈제목〉

성찰적 삶의 아름다움·펄벅의 『자라지 않는 아이』를 읽고

〈동기〉

나는 장애아를 자녀로 둔 이웃의 한 어머니가 타인의 편견에 고통 당하면서도 아이를 끔찍이 사랑하며 꿋꿋하게 살아가는 모습을 보고 많은 감동을 받았습니다. 그리고 이 어머니를 위로하고 격려해 드리기 위하여 책을 한 권 선물하면서 펄벅의 『자라지 않는 아이』를 읽었습니다.

〈줄거리 및 느낌〉

미국에서 태어났으나 생후 3개월 만에 선교사인 아버지와 어머니를 따라 중국으로 건너가 양자강 연안 전장이라는 소도시에서 성장한 한 소녀가 있었습니다. 그녀는 마침내 왕룽일가를 그린 내

용의 『대지』라는 작품을 통하여 여성 최초로 노벨문학상을 받아 일약 유명 여류작가의 반열에 오르게 됩니다.

하지만 그러한 빛나는 명성 뒤에 가려진 펄벅의 아픔을 담아낸 내 책이 바로 『자라지 않는 아이(the child who never grew)』입니다. 이 책을 통하여 그녀는 노벨문학상 작가라는 빛나는 삶을 살다 간 사람이 아니라, 모성애를 가진 한 어머니로서 가장 아픈 사연을 가슴에 안고서도 넉넉한 사랑을 실천하며 누구보다 아름답게 인생을 살다간 참으로 귀한 영혼의 소유자라는 것을 알았습니다.

1951년 발표한 자전적 에세이인 『자라지 않는 아이』는 중증의 정신지체와 자폐증이 겹친 친딸에 대한 펄벅 자신의 이야기를 담담하게 담아낸 일종의 고백서라고 할 수 있습니다. 따라서 『자라지 않는 아이』는 최고의 영예를 누리는 작가로서가 아니라 중증 장애자를 낳아 길러 본 어머니로서의 체험을 진솔한 마음으로 토로한 책이기에 문학적 가치보다는 어쩌면 한 차원 더 높은 인간애가 곳곳에 스며있는 아름다운 영혼을 담아낸 작품이었습니다. 펄벅은 아이가 처음 태어났을 때의 행복감을 여류작가의 글 솜씨로 너무나 아름답게 그려냅니다. 그러나 얼마 지나지 않아 아이가 정신지체아로 일생 동안 '자라지 않는 아이'로 남게 되리라는 의사의 진단을 받게 되고, 그때의 절망감을 한 인간의 가장 저속하고 어두운 부분으로 가감 없이 쏟아냅니다.

자신이 그토록 아름다운 한 생명으로 묘사한 아이가 정신지체아라는 의사의 진단을 받은 후 그녀의 고백은 이렇습니다.

'차라리 죽음이 더 편할지 모릅니다. 죽음은 그것으로 끝나기 때문입니다. 내 딸아이가 지금 죽어 준다면 얼마나 다행인지 모른다고 생각했습니다.' 이 고백은 당시 장애인에 대한 사회적 편견이 얼마나 극심하였는가를 보여주는 어두운 단면이기도 하지만 인간의 이중적인 인격을 너무나 적나라하게 드러내는 장면이기도 합니다.

그러나 그녀는 자신의 딸을 있는 그대로 받아들일 수 있을 때까지의 기대와 실망, 끝없는 고통과 좌절을 경험한 뒤에는 어머니로서의 심경이 180도 달라집니다. 그녀는 피눈물을 흘리면서 다음과 같이 참회의 고백을 하게 되는 것입니다.

'나는 그 누구에게든 존경과 경의를 표해야 한다는 것을 깨달았습니다. 내 딸아이가 없었더라면 나는 분명히 나보다 못한 사람을 얕보고 경멸하면서 오만한 태도를 버리지 못했을 것입니다. 그러나 나는 내 딸을 통하여 누구든 지능만으로는 훌륭한 인간이 될 수 없다는 것을 배웠습니다. 그리고 나는 결코 체념하지 않고 내 딸을 '자라지 않는 아이'로 만든 운명에 반항할 것입니다.'

작가 펄벅이 말하는 운명에 대한 반항은 무지로 인해 출산 전 실수로 장애아가 태어나는 것을 예방하고 장애를 가진 아이들도 교육받을 권리·행복을 추구할 권리가 있다는 것을 자나 깨나 어디를 가나 외치는 것이었습니다. 이는 장애인도 한 인간으로서 행복하게 살아갈 권리가 있다는 것을 의미하고 있는 것입니다. 그래서 장애인이 더불어 살아갈 수 있는 기회를 마련해 주는 것은 비단 부모의 책임일 뿐만 아니라 이웃과 사회, 나아가 국가의 책무라고 역설하고 있습니다. 흔히 지금 미국사회를 장애인의 천국이라고 말하는 것은 어쩌면 펄벅과 같은 사람들의 아름다운 노력과 헌신이 있었기에 가능할 수 있을 것입니다.

그리고 작가 펄벅은 『자라지 않는 아이』에서 '우리 모녀의 모든 것을 바쳐 다른 사람이 이러한 괴로움을 겪지 않도록 힘을 쓸 수가 있다면 우리의 생애가 결코 헛되지 않을 것입니다.'라는 말로 책을 맺고 있습니다. 불후의 명작 『대지(The good earth)』 외에도 무려 80여 권에 달하는 작품을 쓴 다산 작가, 여성 최초의 노벨문학상 작가, 중국에서 자라 동서양의 벽을 허물고 인류 전체의 복지사회를 꿈꾸었던 평화주의 작가, 자선사업가로서 우리나라에도 혼혈아를 위한 재단을 세웠던 인도주의 작가 등 펄벅을 따라다니는 수식어는 많습니다. 그리고 펄벅은 한국인 고아를 포함하여 국적이 다른 아홉 명의 고아들을 입양했지만 정작 그녀의 친자는 중증의 정신지체와 자폐증이 겹친 딸, 『자라지 않는 아이』의 주인공 하나뿐이었습니다.

〈결론〉

그녀는 이 책을 장애인 딸에 대한 성찰적인 삶을 통하여 가장 어렵게 쓴 책이라고 스스로 고백합니다. 이는 최고의 작가로서 누릴 수 있는 영예를 뒤로한 채 장애자를 낳아 기른 어머니로서의 체험을 진솔한 마음으로 토로한 책이라고 할 수 있습니다. 따라서 문학적 가치로는 재량하기 어려운 인간애가 곳곳에 스며있는 아름다운 영혼이 피워낸 작품이었습니다. 무엇보다 나는 이 책을 통하여 장애인을 보는 시각을 달리하게 되었습니다. 장애인 천국이라고 말하는 미국에서도 유독 한국인들이 모여 사는 커뮤니티에서만 존재하는 장애인에 대한 편견으로 고통 당하는 이웃의 한 어머니에게 전하는 이 책이 마음에 위로와 격려가 될 수 있기를 바랍니다.

▷**해설**

이 글은 여류작가 펄벅의 『자라지 않는 아이』를 읽고 쓴 독후감이다. 그리고 이는 독후감의 구성방법에 맞추어 쓴 하나의 '예시문'이므로 이를 통해 구성하는 방법을 배울 수 있을 것이다. 독후감의 분량이 반드시 정해진 것은 아니지만 대략 A4용지로 2장 내외의 분량이 가장 적합하다고 할 수 있다. 물론 읽은 책의 성격이나 분량에 따라 다소 내용이 길어질 수도 있다.

그러나 무엇보다 독후감에서 가장 중요한 포인트는 책을 읽은 뒤에 자신이 받은 '느낌'이나 '감상'이라고 말할 수 있다. 한 권의 책이 주는 메시지에 어떻게 반응하여 좋은 '느낌'을 받았거나 '깨달음'을 얻었는가 하는 것이 매우 중요하기 때문이다. 그리고 이 글은 줄거리와 느낌을 따로 쓰지 않고 줄거리와 느낌을 항목별(case by case)로 정리하면서 독후감을 구성하였다.

〈독후감2〉

〈제목〉

만남의 소중함을 일깨워 준 책·생텍쥐페리의 『어린왕자』를 읽고

〈느낌의 중심내용〉

바쁜 일상을 살아가는 와중에서도 생텍쥐페리의 『어린왕자』를 읽고 '만남(인연)'에 대하여 다시 한 번 깊은 생각을 하게 되었습니다.

〈줄거리〉

비행기 사고로 사하라 사막에 불시착을 한 '나'는 그 곳에서 어린왕자를 만납니다. 왕자는 아주 작은 어느 떠돌이 별에서 자존심이 강한 장미꽃 한 송이와 함께 살고 있었습니다. 그러던 어느 날 평소 투정이 심한 장미꽃에게 상처를 받고 그 별을 떠났답니다. 여행 중에 어린왕자는 여러 별을 방문하였습니다. 이 별들은 모두 어린왕자가 살던 별처럼 아주 작은 떠돌이 별이어서 한 사람씩 밖에 살고 있지 않았습니다. 그런 별들에서 어린왕자가 만난 사람은 잘난 체하는 왕과 허영심이 가득한 남자, 주정뱅이, 별을 세는 바쁜 상인, 가로등을 관리하는 사람, 그리고 탐험가와 같은 지리학자였습니다. 그들은 하나같이 이상한 어른들이었고, 마침내 어린왕자는 지구로 오게 됩니다.

지구에서 어린왕자가 처음 만난 것은 뱀이었습니다. 뱀은 어린왕자에게 언제든지 떠나온 별이 그리우면 돌아갈 수 있도록 도와줄 수 있다고 말합니다. 그리고 사과나무 아래서 어린왕자는 여우를 만났습니다. 그의 첫 마디는 '넌 누구냐? 참 예쁘게 생겼구나'

였습니다. 여우는 어린왕자에게 '길들인다'는 것의 의미와 책임, '잘 보려면 (육체의) 눈이 아니라 마음의 눈으로 보아야 한다'는 것을 가르쳐 줍니다. 그리하여 어린왕자는 정원을 가득 메운 장미꽃들 보다 자신과 관계를 맺은 장미꽃 한 송이가 더 소중하다는 것을 알게 되었고, 자존심은 강하지만 한없이 약한 장미꽃이 새삼스럽게 걱정이 되었습니다.

그리고 지구에 온지 꼭 1년이 되는 날, 어린왕자는 강한 독을 지닌 뱀에게 물려 쓰러집니다. 그리고 나서 서로를 길들이며 관계를 맺었던 그 약하고 순진한 장미꽃에 대한 책임을 다하기 위해 왕자는 자신의 별로 떠납니다. '나'는 밤하늘의 별들을 바라볼 때마다 『어린왕자』의 어린왕자와 장미꽃을 생각하곤 합니다. 또 어린왕자에게 그려 준 양을 생각하면서 그들의 행복을 빌고, 때론 그리움에 잠기기도 합니다.

〈느낌〉

소설 『어린왕자』 속 여우와 어린왕자의 대화에서 만남에 대한 정의와 올바른 만남이 무엇인지, 그리고 그 만남은 어떻게 시작되고 가꾸어져 가는지에 대해 많은 것을 생각하게 되었습니다. 매 순간 우리 곁을 스쳐가는 수많은 사람들, 그 모든 사람들과 모두 만남을 가질 수는 없습니다. 서로가 의미있는 말을 해주고 함께 행동을 취하고 서로의 소중한 시간과 가치를 공유하면서 서로에게 특별한 존재가 되었을 때 비로소 우리는 좋은 만남이라고 부르게 되는 것입니다. 그리고 사람들은 누구나 좋은 만남을 원하고 있습니다. 좋은 만남은 좋은 결과를 가져오지만 좋지 않은 만남은 나쁜 결과를 가져다 주기 때문일 것입니다. 이를테면 사람을 잘못 만나 패가망신하는 사람들이 있는가 하면 사람을 잘 만나 뜻밖의 성공에 이르는 경우를 볼 수도 있습니다.

하지만 나는 이 책에서 좋은 만남과 좋지 않은 만남은 따로 존재하는 것이 아니라 내 마음에 있다는 것을 깨달았습니다. 어린왕자처럼 여러 별들에서 만난 이상한 사람들과는 소중한 만남을 만들어 가지 않으면 되는 것입니다. '중요한 것은 눈에 보이지 않는 법이라서 오로지 마음으로 보아야 정확히 볼 수 있다'고 말하는 『어린왕자』 속 여우의 말처럼 우리는 마음의 눈으로 진실된 마음으로 타인을 바라보아야 하고, 마음의 문을 열고 만남을 가꾸어나가야 한다는 것을 배웠습니다. 여우의 말처럼 사람을 만나고 그런 만남을 잘 가꾸어 나갈 때, 우리는 저마다의 만남을 소중하고 아름답게 간직해 나갈 수 있다고 믿기 때문입니다.

사람을 만나 소중한 인연을 이어간다는 것은 『어린왕자』 속 여우의 말처럼 대개 두 가지 경우에 해당할 것입니다. 하나는 내가 그를 길들이거나 아니면 내가 그에게 길들여지는 것입니다. 그러하기 때문에 어느 한 곳으로 만남의 저울추가 기울어지게 되는 것입니다. 비록 나쁜 사람을 만나더라도 누군가의 좋은 쪽으로 길들인다면 결과는 좋은 만남이 될 수 있고, 좋은 사람을 만나도 나쁜 쪽으로 길들여진다면 나쁜 만남이 될 것입니다. 따라서 좋고 나쁜 만남은 따로 존재하는 것이 아니라 내 마음 가운데 있다는 것을 생각하게 되었습니다.

어린왕자는 꽃을 사랑했습니다. 그래서 꽃씨가 날아올 때부터 그가 별을 떠날 때까지 그녀(장미꽃)를 정성스럽게 돌보아주었습니다. 하지만 문제는 어린왕자가 그녀의 말을 너무 진지하게 생각한다는 것이었습니다. 그는 꽃이 그런 말을 하는 이유를 너무 진지하게 생각한 나머지 지쳐 버렸던 것입니다. 그리고 떠나는 날까지 꽃이 자기를 사랑하지 않는다고 생각한 것입니다. 하지만 그녀가 던진 '나는 당신을 사랑했어요'라는 말 한마디에 자신이 이미 꽃을 길들였다는 것을, 그리고 그녀가 자신을 사랑했다는 것을 깨닫게 됩니다. 따라서 나는 주변의 사람들에게 '나는 당신을 사랑한다'라는 따뜻한 말 한마디가 얼마나 소중한 것인가를 알게 되었습니다.

〈결론〉

나는 『어린왕자』를 읽고 만남의 소중함을 새롭게 새겨보는 소중한 시간을 가지게 되었습니다. 특히 악어와 악어새처럼 공생하면서 살아가는 현대 생활에서 만남의 소중함을 다시 한 번 되새겨 보는 시간이 되었습니다. '사막이 아름다운 건 보이지 않는 어딘가에 (아름다운) 샘을 숨기고 있기 때문'이라는 어린왕자의 순진무구한 한마디의 말은 삭막한 현대 생활에 새로운 활기를 불어넣어 주었습니다. 거친 사막과도 같은 이 세상의 모든 것들이 아름다울 수 있는 이유들 중 하나는 바로 보이지 않는 우리들 마음 속에 저마다 한 가지씩 아름다운 진실을 안고 살아가기 때문이 아닐까 생각합니다. 그리고 그 진실된 마음이야말로 우리가 살아가면서 참된 만남을 이어갈 수 있는 가장 소중한 자산이라고 생각합니다. 더불어 살아가는 이 지구촌 사회를 더욱 아름답게 이끌어 나갈 수 있는 것

은 바로 우리의 만남을 아름답게 가꾸어나갈 때 비로소 가능할 것
입니다.

▷**해설**

이 글은 생텍쥐페리의 『어린왕자』를 읽고 쓴 독후감의 예시문이
다. 이 글은 먼저 '줄거리'를 먼저 간략하게 쓴 뒤에 자신의 '느낌'
을 따로 적은 '덩어리 방식'으로 독후감을 구성하였다.

| 제4장 서간문 |

서간문이란

서간문이란 편지형식으로 쓴 글을 말한다. 따라서 편지란 어떤 특정 상대에게 전할 말이 있을 때 말 대신 글로 쓴 것을 말한다. 편지 글은 쓰는 목적에 따라 순수하게 안부를 묻는 편지가 가장 일반적이다. 그리고 멀리 떨어진 상대방과 정보나 지식을 교환하기 위한 목적편지가 있고 실용적인 내용만으로 쓰는 편지 등 크게 세 가지로 분류할 수가 있다.

편지는 특히 보낸 사람의 인성이나 인품, 그리고 교육 정도를 가늠해 볼 수 있는 글이라고도 할 수 있다. 요즘 같이 삭막한 삶을 살아가는 시대에 존경하는 분이나 사랑하는 사람에게 한 편의 진솔한 편지를 쓰는 것은 삶을 운치있고 풍부하게 하는 원동력이 될 수 있을 뿐 아니라 글쓰기에 도움이 된다. 끝으로 서간문은 구성하는 방법이 조금은 독특하다고 할 수 있다는 점을 유념하기 바란다.

서간문의 특징

첫째, 특정한 상대가 있는 글이다.

둘째, 문학적 측면에서 수필에 속한다.

셋째, 말을 하듯 구어체로 쓰는 경향이 있다.

넷째, 상대의 신분, 연령, 성별, 친근감에 따라 문장이 다르다.

편지를 잘 쓰기 위해서는

첫째, 진실한 마음으로 써야 한다.

둘째, 깍듯한 예의를 갖추어야 한다.

셋째, 마주 대하고 있는 것처럼 써야 한다.

넷째, 지나치게 형식에 얽매일 필요가 없다.

다섯째, 본문에서 전달하고자 하는 내용을 분명하게 밝혀야 한다.

UNIT

서간문의 구성

(a) 서론(서두)-(b) 본론(본문)-(c) 결론(결미)

서두

(a) 상대방의 호칭: 윗사람(~께), 친구 및 아랫사람(~에게)

(b) 첫인사: 계절인사-문안 또는 자기 안부

본문

(a) (전달)하고 싶은 말로 편지의 핵심내용이다.

(b) 서두나 결미와 달리 명징하고 분명하게 전달한다.

결미

(a) 끝 인사

(b) 날짜

(c) 보내는 이의 이름 (배상, 올림, 드림, ~가!)

UNIT

안부(문안)편지

EXERCISE ✏️

주제1 : 존경하는 류치우 선생님께!

새봄의 환희도 잠깐, 벌써 5월의 끝자락입니다. 그리움 중에서도 왠지 올봄은 팔순 어머님이 더욱 그립습니다. 벌써 어머님 곁을 떠나 미국으로 온 지가 5년이 지났습니다. 올봄부터는 주일에 한 번씩 전화를 드릴 적마다 자주 어머님의 목소리가 끊기는 것을 느끼게 됩니다. 한 번은 끊긴 목소리 사이로 팔순 노모는 흐느낌과 함께 이렇게 말씀하셨습니다. "큰애야 빨리 한 번 다녀가렴 살 갗을 맞대지 못하는 피붙이가 어디 부모형제라고 할 수 있겠느냐……."

그 동안 많은 서책을 가까이 하고 훌륭한 스승들의 가르침과 존경하는 선배 동료들을 만났지만 자식을 그리는 내 어머님의 외마디 한숨보다 더 큰 가르침을 준 적은 일찍이 없었습니다. 이 못난 자식이 행여 마음 아파할까 봐 울음마저 삼키려는 노모의 질긴 슬픔 앞에 저는 여러 날 가슴앓이를 하였습니다.

사실 저는 어머님에 대한 그리움과 슬픔을 잊기 위해 지난 봄을 독서에 빠져 지냈습니다. 일본 출생 이탈리아인 시오노 나나미 선생이 쓴 『로마인 이야기』를 읽는 데 이 날까지 무려 두 달이나 걸렸습니다. 해설서를 포함, 모두 16권이라는 큰 분량의 로마사를 읽으면서 많은 것을 다시 배우는 기회가 되어 어머님에 대한 그리움을 조금은 달랠 수가 있었습니다.

2000년 전의 로마인 이야기, 아니 로마 역사가 오늘의 저에게 선뜻 와 닿은 이유는 무엇일까요. 생각해 보면 아마도 과거나 현재나 인간의 모습, 즉 인간의 속성(traits)이 별반 달라진 게 없기 때문일 것입니다. 역사를 공부해 보면 어느 시대도 전쟁 없는 시대가 없었습니다. 하지만 전쟁을 선동한 인간들은 거의 피를 흘리지 않았습니다. 전쟁터에서 피를 흘리고, 훗날 그것을 뉘우치는 짓도 결국은 불쌍한 민초들 몫이었습니다. 그래서 우리가 역사를 공부하는 이유도 역사를 통해 증오나 분노·편협한 애국심을 키우기 위해서가 아닙니다. 앞서 살다간 사람들의 흔적을 보면서 실패의 교훈을 얻고 극복의 지혜를 얻기 위해서일 것입니다.

그런 점에서 이번에 읽은 『로마인 이야기』는 기존의 역사이야기 책과는 사뭇 달랐습니다. 천년 제국을 일궈낸 로마인의 정신적 성숙과 아량 그리고 그 방대한 스케일이 주조를 이루었지만, 전쟁이라는 극한상황에서 노블리스 오블리제를 위해 노력하는 로마 상류층 인사들의 솔선수범이 더 큰 감동으로 다가왔습니다. 그리고 역사 이야기를 보여주는 작가의 서술방식이 담담한 것도 매우 흥미로웠습니다. 비록 로마에 뛰어난 사람들이 많다 하더라도 사람의 출신 성분이나 배경, 출생지 등을 따졌다면 로마가 활용할 수 있는 인적 자원은 훨씬 제한적이었을 것입니다. 또한 다인종-다민족-다종교-다문화가 공존할 수 있었던 것은 참으로 로마의 자랑이 아닐 수 없습니다. 공존은 아량과 관용이라는 자신감에서 비롯되는 것이라는 것을 로마가 보여주었습니다.

독특한 역사서술 관점을 가진 나나미 선생은 그날의 비극을 절대로 잊지 말라고 주장하거나 승자의 우쭐함도 승리에 도취해 피해를 받은 역사도 과장하지 않습니다. 무엇을 애써 강조하기 보다 그때그때 그 땅에서 무슨 일이 벌어지고 일어 났는가를 충실하게 보여 주려는 노력과 솔직함을 잃지 않으려고 애쓴 점이 저를 매료시켰습니다.

로마 역사를 보면 그리스인보다 못한 지력, 켈트인 보다 못한 체력, 카르타고 보다 못한 경제력, 에트루리아인 보다 못한 기술력으로 천년 제국을 이룩하였습니다. 이는 시대마다 훌륭한 지도자가 있었기 때문이기도 하지만 무엇보다 그런 지도자를 배출할 수 있는 사회적 풍토가 더 중요한 구실을 하였다고 봅니다. 누구든 모든 것을 다 잘할 수는 없습니다. 장사는 장사꾼에게, 국방은 군인에게, 행정은 관료에게 믿고 맡기면 됩니다. 그리고 최고 지도자는 역할분담을 통해 서로를 조화롭게 조정하고 통합하는 능력을 발휘하면 되는 것입니다.

실제로 동시대 제국을 개척해 나가던 중국의 역사를 보면 이해가 쉬울 것입니다. '죽은 제갈공명이 산 사마중달 보다 낫다'는 말이 있을 정도로 뛰어난 병법가이며 전략가이지만 공명은 삼국통일에 실패합니다. 이는 그가 비록 뛰어난 난세의 재사요 영웅이라 하더라도 수하를 믿지 못 하고 모든 걸 혼자 해결하고 결정했기 때문에 천하를 얻지 못한 것입니다. 그리고 여러 면에서 더 뛰어난 자질을 가진 초왕 항우가 유방에 패한 것도 이와 마찬가지일 것입니다. 더욱이 지금 우리의 전-현정부를 보면 그런 역사의 교훈이 매우 아쉽습니다.

존경하는 선생님, 저는 이 책을 읽으면서 '역사공부를 하면서 절실히 느낀 것은, 승자와 패자를 결정하는 것은 당사자가 가진 자질의 우열이 아니라 갖고 있는 자질을 어떻게 활용했는가에 달려 있다'는 작가 시오노 나나미 선생의 깊은 통찰에 공감을 합니다. 특히 제 가정에서의 경우에도 자질이 조금 더 우수한 큰딸보다 다소 모자라는 둘째 딸이 더 큰 재능을 발휘하는 모습을 보면서 더욱 그런 믿음을 갖게 되었습니다.

오래 글을 올리지 못한 송구스러움에 괜히 설득력도 없는 제 주장만 늘어놓은 것 같습니다. 그러나 이번 글을 통하여 늘 독서를 즐기시는 선생님께 저의 빈약한 의식을 질책 받고자 합니다. '스승의 날'마저 존경하는 선생님께 작은 정성을 다하지 못한 저를

용서하여 주십시오. 끝으로 선생님 가내에 주님의 사랑과 은총이
가득히 내리시길 빌면서 이만 물러나겠습니다.

2007년 5월 31일, 뉴욕에서 제자 김문수 배상!

주제2 : 그리운 어머님께!

이역에서 맞는 한가위, 오늘은 왠지 바다가 그리웠습니다. 뉴욕
의 복잡한 도심에서는 잘 떠오르지 않을 어머님 모습을 조용한 바
닷가에서는 그릴 수 있다는 애틋함 때문이었습니다. 인고의 세월
80여 성상(星霜)을 견디어 오신 어머님에 대한 그리움이 지난 5년
간 이국땅에서 몹시도 사무쳤습니다. 그리하여 제 곁에 계시지 않
은 어머님 당신을 뵈러 모든 걸 접어두고 퍼즐게임 하듯 지도를
따라 어렵게 존스 비치(Jones beach)를 찾았습니다.

지난 여름 내내 사람들에게 자리를 내어준 갈매기들이 돌아온
바다! 탁 트인 그 바다 위로 행복에 겨워 입맞춤하며 하늘을 날던
갈매기들이 먼저 다가와 속삭이듯 끼룩 끼루룩! 사랑하는 어머님
소식을 전하여 주었습니다. 시리도록 짙푸른 바다 위에 나타나신
자상한 어머님 모습에 취해 싸늘한 바닷바람이 살갗을 파고드는
추위도 잊고 오랫동안 어머님을 생각하며 서 있었습니다. 애련(愛
戀)함으로 당신 모습 바라보려 하얗게 피어오른 물보라 속을 휘저
으며 방황하던 수많은 날들이 아프게 뇌리를 스쳤습니다.

철썩이는 파도소리와 갈매기 합창소리로 묘한 하모니를 이루며 바다는 그렇게 넉넉히 마음을 열고 모든 걸 품고 있었습니다. 모든 것을 품는다는 건 모든 걸 아낌없이 사랑한다는 걸, 어릴 적 어머님 당신에게서 배웠습니다. 당신에게서 멀리 떠나 있는 것이 진정 당신의 품속에 있다는 것을 바다는 말하여 주었습니다. 그리하여 이젠 멀리 있어도 날마다 눈이 아프도록 밟혀 보이는 그리운 어머님 모습에 눈물 뿌리듯 허우적거리며 가여운 헛발질하지 않아도 되리요.

하지만 온통 이 못난 자식 하나 가슴에 딛고 홀로 서 계시는 외로운 당신을 어찌하리이까. 밀려드는 파도에 씻기어 아름답게 변해 가는 조약돌의 거친 시련과 동행하며 또한 거듭나는 그리움과 입맞춤하며 어머님 모습을 그려보고 또 그려 봅니다. 제 가슴에 오래 묻어 향기로운 감로주가 된 어머님 당신의 향기가 그리워 깃털처럼 스쳐 가는 가벼운 바람에도 가슴이 막 터질 것만 같은데, 어머님을 봉양하기에도 짧은 인생, 자주 뵙지 못하고 이렇게 낯선 땅에서 간운보월(看雲步月)하며 그리움만 키워서 어찌할까요.

그리움은 만날 수 없는 기다림이고, 기다림은 만날 수 있는 그리움이라 하였습니다. 그리하여 그리움은 깊어질수록 슬퍼지고, 기다림은 길어질수록 가슴 설레게 하는것일까요. 그리움을 안고 살아가는 사람이야 가슴이 아리겠지만, 기다림을 안고 조국 하늘을 바라보는 사람은 행복할 것입니다. 그 끝자락이 어디이든 그저 어머님 기다림만으로도 한없이 행복할 것입니다.

아득한 세월의 뒷자락을 붙들고 선명하지 않은 기억 속의 꿈 한 자락을 더듬듯 당신을 향한 그리움으로 헤매다가 가까이 날아온 갈매기 울음소리에 번쩍 정신이 들었습니다. 바다 위 그리움으로 계시는 당신 모습을 다시 제 가슴에 묻고서 바다를 뒤로 하고 복잡한 일상으로 돌아오는 내내 어머님의 자식 사랑에 목이 메었습니다.

오늘따라 중천에 떠 있는 밝은 달이 자꾸 어머님의 모습과 오버랩 됩니다. 당신 모습으로 그려지는 중추절(仲秋節) 둥근 달을 바라보며, 불효한 이 자식이 머나먼 이역에서 어머님의 만수무강을 빌어드립니다. **2007년, 불효자식 배상!**

▷**해설**

순수한 안부편지 형식의 글이다. 이 두 편의 글은 안부편지의 형식에 맞게 먼저 상대방의 적절한 호칭을 통하여 글을 시작한다. 그리고 계절적인 배경을 담아 문안과 함께 자기 심정을 전달하면서 서두를 장식한다. 본론으로 들어가면서 전달하고 싶은 편지의 핵심내용을 서술한다. 이는 서두나 결미와 달리 명징하고 분명하게 하고자 하는 이야기를 전달한다. 그리고 결미에서는 끝인사와 함께 날짜와 보내는 사람의 이름을 적는다.

주제3 : 존경하는 김도윤 사모님께!

유난히 무더웠던 올여름 혹서기에 지쳐 미뤄두었던 책들이 생각보다 많았습니다. 날씨가 조금 서늘해지면서 끝없는 욕심으로 다시 책 속에 묻혀 지내면서 자주 불면(不眠)의 밤을 지새우다 두어 차례 심한 몸살을 앓고 난 뒤에야 겨우 정신을 차려 봅니다. 그리고 미련한 이 몸은 대자연의 추색(秋色)이 완연한 것을 보고 올해도 이 아름다운 계절을 속절 없이 보낸다는 것을 깨닫습니다.

나뭇잎들은 순박한 동화(童畵)를 그려내듯 저마다 형형색색의 무늬로 추억을 채색하며 이렇게 분주히 아름다움을 빚어내는데, 나뭇잎 보다 더 많은 것을 소유하고 훨씬 더 많은 것을 소비하면서도 뭐 하나 제대로 빚어낼 게 없는 아둔한 저는 하나님께서 창조하신 장엄한 대자연의 섭리 앞에 깃털보다 가벼운 존재라는 사실이 그저 부끄러울 뿐입니다.

가없는 하나님의 사랑으로 내 이웃을 사랑하고 그런 현실을 올바로 이해하여 가는 역량은 역시 서책 속에 있지 않고 하나님의 말씀, 성경 속에 있다는 사모님의 주옥 같은 가르침을 받으면서도 이를 온전히 실행하지 못하는 제 처지가 안타깝습니다. 그리고 저는 '우리 이웃의 작은 기쁨에 기여하지 않고 타 민족의 아픔에 따스한 손길을 내밀지 않는 삶이 무슨 쓸모인가'라고 일갈(一喝)하시는 존경하는 김남수 목사님의 모습을 닮고 싶었고, 그런 현실을 그 내적 연관에 따라 올바로 논리화해 내려고 애쓰고 있습니다.

하지만 허망이 뼈에 저릴 때 그 좌절조차 완미(玩味)하려는 지극히 세속적인 내성(耐性)에 길들여져 온 저는 채워도 채워도 채워지지 않는 빈약한 영혼창고의 밑바닥을 보는 순간, 참담한 좌절보다 더 깊은 고뇌를 안고 미운 오리새끼 저절로 물로 가듯 또 다시 서책 속에 파묻히는 어리석음을 되풀이하고 있습니다. 그리고 고독이라는 남루한 누더기를 걸친 채 막막한 신앙(信仰)의 미아로 방황하며 그렇게 제 청춘은 반백의 세월을 흘려 보냈습니다.

그러나 저는 지난 늦은 봄부터 은혜 충만한 가운데 순복음 뉴욕교회 김남수 목사님의 설교를 듣기 시작하면서부터 이미 대부분 죽은 자들의 논변과 궤변, 담론들로 가득 찬 서책 속에서 인생사를 올바로 헤쳐나가는 일에 도움이 되는 것은 그리 큰 분량이 아니라는 것을 깨닫게 되었습니다.

특별히 올 초가을에 시작한 성서대학에서 사모님께서는 '탁월한 달변과 도저한 문장, 동서고금을 꿰뚫는 해박한 지식을 갖춘들 하나님의 참다운 자녀가 되지 않는다면 이것 역시 허망에 불과하다'는 깨우침을 주셨습니다. 무엇보다 사모님의 가르침과 간증을 통하여 봄꿈처럼 황홀했던 나태함이 지나간 자리, 뜨거운 애욕이 끊겨나간 자리, 지옥 같은 분노가 가라앉은 그 자리에 복음처럼 감겨오는 신앙의 진실을 접한 저는 실로 덧없는 인생과 양식인의 허무에 몸서리치지 않을 수 없었습니다.

존경하는 김도윤 사모님!

못난 저는 이날까지 한 신앙인의 인생 간증을 통하여 그토록 가슴 저미어 오는 질긴 아픔과 슬픈 감격을 받은 적이 없었습니다. 그런데 한 줌도 채 안되는 세상 지식으로 태산준령 보다 더 높은 하나님을 감히 재량하려 했던 이 가련한 영혼은 그 대가로 지옥의 무저갱(無底坑)으로까지 추락한 깊이만큼이나 길고도 가혹한 영혼의 아픔을 맛보아야 했습니다. 지난 날의 뉘우침을 충분히 풀어내지 못하여 몇날 밤을 골방에서 숨죽여 울며 기도로 속죄하였습니다. 그리고 사모님의 진솔한 신앙간증은 자애롭고 은혜로운 손길이 되어 불쌍한 이 영혼의 상처를 어루만져 주셨습니다.

그리고 대형 교회를 이끌면서 자칫 수천 성도들의 입씨름에 시달릴 수 있는 자리, 그 냉엄한 현실 앞에서도 오직 정직과 겸손, 믿음과 사랑으로 포근한 온기를 더하며 거대한 산맥처럼 우뚝 서 미동도 하지 않는 자세는 사모님의 사상과 인생철학, 그리고 도저히 가늠하기 어려운 깊이의 신앙심이 빚은 결곡한 마음자리의 지형을 엿보는 것 같아 절로 옷깃이 여며지지 않을 수 없습니다.

저는 행여나 한 점 먼지보다 더 작고 가벼운 허물이라도 이 성전에 더할까 봐 세상 기쁨 모두 내려 놓으시고 오직 낮추어 겸손과 사랑으로 살아가시는 사모님의 모습을 많이 흠모하고 있습니다. 그리고 그 흠모의 기쁨을 제 영혼의 일용할 양식으로 삼고 있습니다. 이제 못난 저는 그동안 이상과 현실, 믿음과 불신 사이를 오가면서 수없이 꿈꾸어 왔던 지난날의 방황을 조용히 이 가을날의 낙엽과 함께 떠나 보내고 착종(錯綜)하는 생각들을 한 올 한 올 정리하면서 존경하는 사모님의 은혜로운 가르침 속에서 맞이한 거룩하신 주님 앞에 두 무릎 꿇고 조용히 새 삶을 준비하고 있습니다. **2008년 10월, 성서대학 제자 김문수 배상!**

목적편지

어떤 목적을 전달할 의도를 가지고 쓰는 편지를 말하는데, 여기에는 정보나 지식을 교환하는 편지가 있다. 다음 두 개의 글은 조선 중기 서간문학의 백미라고 할 수 있는 편지글이다. 이는 퇴계 이황 선생과 고봉 기대승 선생이 무려 26세의 나이차를 뛰어넘어 서로 깍듯이 예의를 갖추고 〈사단칠정〉을 논하는 내용을 편지로 주고 받은 글인데, 〈퇴계와 고봉, 편지를 쓰다〉에서 발췌하여 목적을 담은 편지를 어떻게 작성하였는가를 살펴보기 위해 여기에 싣기로 한다.

EXERCISE

주제1 : 시대를 위해 더욱 자신을 소중히 여기십시오

기정자의 안부를 묻습니다.

헤어진 뒤로 한동안 소식을 듣지 못했는데 어느덧 해가 바뀌었습니다. 어제 박회숙을 만나 다행히 그대가 부탁한 편지를 받았습니다. 애타게 기다리던 마음에 매우 위안이 되었습니다. 영예롭게 돌아온 뒤로 몸가짐과 마음가짐이 나날이 더욱 귀하고 풍성해졌을 것으로 생각합니다. 겉으로 처지가 바뀔수록 안으로 더욱 반성하고 보존함은 모두가 덕에 다가가고 어짊을 익히는 경지니 그 즐거움에 끝이 있겠습니까?

저는 언제나 갈 곳을 몰라서 부딪히는 일마다 잘못되었고 병은 깊어져 고질이 되었습니다. 그런데도 임금의 은혜는 거듭 더해졌습니다. 정성을 다해 벼슬에서 벗어나기를 빌었습니다만 모두 쓸데 없었습니다. 공조가 비록 일이 없다고는 하지만 어찌 제가 병을 다스리는 곳이겠습니까? 그래서 물러날 것을 꾀하지 않을 수 없으나 이처럼 소득이 없습니다. 게다가 주변에서는 오히려 물러나지 않는 것이 옳다고 여깁니다. 처세의 어려움이 이에 이르렀으니 어찌하겠습니까?

지난번에 비록 만나고 싶었던 바람을 이루기는 했어도 한 순간의 꿈과 같이 짧아서 이견을 깊이 물을 겨를이 없었습니다. 그런데도 오히려 기쁘게 들어맞는 곳이 있었습니다. 또 선비들 사이에서 그대가 논한 사단칠정의 설을 전해 들었습니다. 저는 이에 대해 스스로 전에 말한 것이 온당하지 못함을 근심했습니다만, 그래서 다음과 같이 고쳐보았습니다. '사단의 발현은 순수한 이(理)인 까닭에 선하지 않음이 없고, 칠정의 발현은 기(氣)와 겸하기 때문에 선악이 있다.' 이처럼 하면 괜찮을지 모르겠습니다. 그리고 '왕구령에게 보내는 편지' 가운데 '고인(古人)'이 잘못 합해져 '극(克)'자가 되었다는 말씀을 그대에게서 듣고, 지난날의 의심이 곧 풀렸습니다.

처음 만나면서부터 견문이 좁은 제가 박식한 그대에게서 도움받은 것이 많았습니다. 하물며 서로 친하게 지낸다면 도움됨이 어찌 이루 말할 수 있겠습니까? 헤아리기 어려운 것은 한 사람은 남쪽에 있고 한 사람은 북쪽에 있어, 이것이 더러는 제비와 기러기가 오고 가는 것처럼 어긋날 수도 있다는 것입니다.

달력 한 부를 보내 드립니다. 이웃들의 요구에 따를 수 있을 것입니다. 드리고 싶은 말씀이 참 많습니다만 멀리 보낼 글이니 줄이겠습니다. 오직 이 시대를 위해 더욱 자신을 소중히 여기십시오.

삼가 안부를 묻습니다. 기미년(1559) 정월 5일, 황은 머리를 숙입니다.

주제2 : 덕을 그리워하는 마음

퇴계 선생님께 올립니다.

삼가 여쭙습니다. 건강은 어떠하신지요? 우러르는 마음 끝이 없습니다. 외람되게도 선생님께서 두터이 생각하여 주심에 힘입어 저는 겨우 스스로 지탱해 보전하고 있습니다. 지난달 16일에 선생님께서 정월 초닷새에 쓰신 편지 한 폭과 달력 한 부를 받았습니다. 그것을 반복해서 음미하니 감동되고 위안됨이 많았습니다. 어리석고 아는 것이 없는 저는 바닷가에 살면서 멀리서나마 선생님의 가르침을 받들어 늘 마음 속에 두고 있습니다. 그러다가 지난 해 다행히 선생님을 찾아 뵐 수 있었습니다. 삼가 가르침을 가까이에서 받고 보니 깨닫는 것이 많아 황홀하게 심취했고, 그래서 머물러서 모시고 싶었습니다.

그러나 병든 몸이 심한 추위를 견디지 못하고 아울러 형편도 여의치 못해, 마침내 떠날 계획을 하고 말머리를 남쪽으로 돌렸습니다. 비록 고향에 대한 걱정은 조금 풀렸지만 덕을 그리워하는 마음은 날이 갈수록 쌓이고, 생각은 늘 선생님께 달려가지만 직접 못 가는 것이 원망스럽기도 하며, 이렇게 떨어져 있는 처지가 아득하기도 하니 어쩌면 좋겠습니까? 더구나 과거에 급제한 뒤 접대하는 일이 자못 괴롭고 번거로운데 병까지 들어서, 정신은 혼미하고 몸은 지쳐 전에 배운 것은 아득하고 새로 배운 것은 거칩니다. 그래서 도학에 정진하고자 하는 평소의 뜻을 아주 저버리게 될까 매우 두렵고 옛사람에게 미치기 어려움을 깊이 한탄합니다. 게다가 기질이 박약해 굳게 서지 못하고 세속의 물결에 휩쓸려 헤어나지 못해, 평소 옛 것을 사모해 도를 행하고자 하는 마음이 세속을 좇고 이익을 따르는 자리에 놓이게 되었으니 통탄스럽습니다. 그런데도 지난 번에 외람되이 속마음을 보여 주시며 노력하라고 깨우쳐 주신 선생님의 은혜를 입었으니 일찍이 저를 더불어 이야기할 만한 상대로 여기신 것인지요? 송구하기 그지없습니다.

　　사단칠정론, 제가 평생 동안 깊이 의심했던 것이 바로 여기에 있습니다. 하지만 자신의 견해가 오히려 분명하지 못한데 어찌 감히 거짓된 주장을 펴겠습니까? 게다가 선생님께서 고치신 설을 연구해 보면 미심쩍은 것이 확 풀리는 것 같습니다. 그렇지만 제 생각에는 먼저 이기(理氣)에 대해서 분명하게 안 뒤에야 마음[심-성-정]의 뜻이 모두 자리를 잡게 되고 사단칠정을 쉽게 분별할 수 있을 듯합니다. 후대 여러 학자들의 이론이 자세하고 분명하지만 자사, 맹자, 정자, 주자의 말씀으로 견주면 차이가 있는 듯 하니, 그것은 이기(理氣)를 제대로 이해하지 못했기 때문인 듯합니다.

어리석은 견해를 진술해 선생님께 바른 뜻을 구하고 싶었습니다만 오랫동안 바빠서 다시 살필 겨를이 없었습니다. 또 생각을 글로 쓰면 잘못될까 걱정스러워 감히 쓰지 못했습니다. 봄여름 사이에 서울로 가기로 정했습니다. 뵙고서 가르침을 받기를 간절히 바랄 뿐입니다. 마침 심기가 고단해 허둥대다 보니 자획이 단정하지 못하고 말씨가 고르지 않습니다.

황공합니다. 살펴 주십시오. 삼가 여러 번 절하며 답을 올립니다.

기미 3월 5일, 후학 고봉 기대승이 올립니다.

▷**해설**

두 유학의 거두가 당대의 논쟁거리였던 〈사단칠정〉을 서로 논하는 편지의 내용이다. 이 글의 내용은 당대에도 많은 학자들의 관심거리였지만 후대 우리에게도 그 시대의 정신을 엿볼 수 있는 좋은 자료가 되고 있다. 그리고 이 편지는 서로 학문을 논의하는 내용으로 단순한 안부를 담은 편지와는 달리 학문적 목적을 담고 있는 편지 글이라고 할 수 있다.

주제3 : 대학에 입학한 큰 딸 은혜에게!

더위마저 고개를 숙이는 새 학기의 캠퍼스는 생동감에 넘친다. 흥분과 기대에 들뜬 새내기들의 호기심에 찬 초롱한 눈빛만으로도 대학은 벌써 발랄함을 더한다. 합격의 기쁨도 잠깐뿐 이제는 새로운 목표를 향해 숨을 고르고 다시 달려야 한다. 딸아 너는 치열한 경쟁을 뚫고 당당히 새로운 출발선에 다시 섰다는 것을 명심하라.

　대학입학을 위해 그 긴 세월을 용케도 잘 견디어 낸 너는 더 없는 행운아임이 분명하다. 하지만 행운아인 만큼 그만한 그 대가를 치러야 한다. 이제 그 동안 엄마와 아빠에게 의존만 하던 생활을 모두 청산하고 스스로 이 세상을 살아나갈 준비를 해야 할 때다. 아빠와 엄마도 너를 가르친 선생님들도 비로소 자기 삶의 주체로서 스스로와 마주서게 된 너를 진심으로 축복하며 기뻐하고 있단다.

　특히 개척정신이 높은 가치로 인정받는 이민의 나라, 미국에서 자립심이 무엇보다 중요한 덕목이란 걸 너도 이제는 잘 알고 있겠지. 이젠 고등학생 때처럼 모든 걸 엄마, 아빠에게만 의존하려 하지 말고 스스로 할 수 있는 일은 스스로 해결하는 모습을 보여 다오. 이제부터 너 자신의 책임과 의무는 너 스스로 해결해야 한다는 걸 분명히 인식하고 학업에 임해줄 것을 당부하고 싶구나.

　그러나 안타깝게도 오늘날 대학은 낭만(浪漫)과 멋이 사라졌다. 동서양을 막론하고 대학이 상아탑(象牙塔)이라고 한 말이 무색해진 지 오래다. 국제화시대 실용이라는 미명아래 기초학문은 뿌리째 흔들리고 있다. 자연계는 힘들다고 외면 당하고, 인문학은 쓸모 때문에 절체절명의 위기로 내몰렸다. 네가 대학에 들어가자마자 취업 준비에 열을 올리도록 독려하고, 성적 관리에 목을 매게 하는 영악한 젊은이로 만든 건 모두 이 어두운 시대와 더불어 우리 기성세대가 반성해야 할 몫이라는 걸 안다.

하지만 이제라도 너는 사람은 왜 사는가? 무엇을 위해, 어떻게 살아야 하는가? 이런 질문을 한번쯤 스스로에게 던져주길 바란다. 그저 더 좋은 대학, 취직 잘 되는 학과로 전과(轉科)하고, 출세가 보장되는 대학원으로 진학하기 위해 공부하고, 미래의 안일만을 위해 값진 인생을 거는 맹목적인 청춘(靑春)이 아니길 바란다. 인생의 목적과 수단을 혼동하지 말고 출세가 곧 성공이라는 천박한 생각을 하지 말아주기 바란다.

참 '나'로 우뚝 설 때까지 뚜렷한 자기 주관을 세우려면 틈이 나는 대로 더 많은 고전(古典)을 읽어라. 옛 사람은 '독만권서(讀萬卷書), 행만리로(行萬里路), 즉 만권의 책을 읽고 만리의 길을 여행하는 속에 인생의 대답이 들어 있다'고 했다. 독서는 인문학적 소양을 고양 해 주며, 나아가 맑은 영혼을 살찌우는 원동력이 된다. 그리고 이미 부모의 품을 떠났으니 캠퍼스 안의 박제(剝製)된 청춘이 되지 말고 가능한 자주 자연 속으로 여행을 떠나라. 여행은 일상에서 벗어나 새로움을 깨닫게 해준다. 사색과 성찰을 하기 어려운 교정을 벗어나 여행에서 새로움을 발견할 때 나 자신이 얼마나 고지식하고 천박한가를 다시 느끼게 될 것이다.

너에게 허락된 모든 것들을 후회 없이 한껏 즐겨라. 나아가 내면의 목소리에 깊이 귀를 기울여라. 더 깊이 고민하고, 참담하게 좌절하라. 지금 너 자신의 설렘과 흥분은 얼마 못 가 심각한 혼란과 좌절로 바뀔 것이다. 선배 세대들이 그랬고 너희들 또한 그럴 것이다. 대학은 끝내 아무런 해답도 주지 않는다. 하지만 좌절을 깊이 맛본 사람은 어떤 어려움이 닥쳐도 헤쳐나갈 수 있는 해답을 찾게 된다. 절망을 견디어 낸 사람은 이미 희망을 감지한 사람이나 마찬가지다. 그 절망과 허망을 뚫고 찾아낸 진실만이 인생을 아름답게 가꾸어 나갈 수 있는 유일한 힘이 될 것이다.

딸아, 대학은 너에게 무한한 자유를 허락한다. 하지만 그것은 아무나 누릴 수 있는 자유가 아니란다. 세련되고 절제된 자유를 누릴 수 있는 안목도 책임도 모두 너의 몫이다. 이제 아빠 세대의 상아탑 추억은 달빛에 물든 선명하지 않은 기억 속의 한 자락 설화가 되어 가고 있다. 하지만 너는 아빠 세대와 달리 캠퍼스에서 다시 찬란한 네 인생의 역사를 당당하게 써 주기 바란다.

2008년 9월 2일, 너를 사랑하는 아빠가

▷ **해설**

이 편지는 대학에 입학한 새내기 딸에게 보내는 편지글이다. 딸이 대학생활을 후회 없이 하도록 주문하는 목적을 담은 글로서, 한편으로는 격려와 위로의 내용도 덧붙어 있다. 하지만 전반적인 내용은 필자인 아버지 자신의 대학생활의 경험과 현재 대학들이 안고 있는 문제를 간접적으로 비교하면서, 대학 본연의 모습은 바로 자신을 스스로 바르게 세우게 하는 귀중한 학문의 도장이자 아름다운 미래를 준비하는 값진 시간으로 활용하는 장소이자 시기라는 것을 진지하게 일깨워 주고 있다.

실용편지

실용편지는 오직 '요청 또는 요구나 거절, 위로, 감사, 초청, 청탁, 주문, 독촉' 등의 실생활에서 필요한 내용을 담은 글을 말한다. 따라서 순수한 안부와 목적을 전달하는 편지와는 달리 현대인의 실생활에서 많이 활용되고 있다. 특히 관공서나 대기업 등을 상대로 부당 행위 또는 불량한 상품 등에 대한 배상이나 시정을 요구하거나 초청 및 청탁, 주문하기 위한 편지 등이 대표적이라고 할 수 있다.

실용편지를 쓸 때는 먼저 글의 첫머리에 바로 자신이 이야기 하고자 하는 바를 명확하게 설명한다. 그리고 두 번째로 자신이 요구하는 내용을 논리적으로 타당성 있게 짧고 분명하게 주장해야 한다.

[요구 편지]

보상 마일리지 담당 관계자에게

나는 최근 보상 마일리지 35,000마일을 사용하여 로스엔젤레스에서 인천으로 가는 Toigeur Airways(TA)의 왕복 항공권을 취득하였습니다. 예기치 못한 일로 나는 돌아오는 항공편을 9시 30분 항공편에서 더 늦은 20시 30분으로 갑자기 바꾸어야 했습니다. 하지만 보상 마일리지로 구매한 항공권에 대해서는 승객이 항공권을 바꾸는 것을 허용하지 않는 것이 항공사의 방침이라는 말을 TA직원으로부터 들었습니다. 결국, 나는 새 항공권을 사야만 했는데, 그것은 공정하지 않다고 생각합니다. 나는 승객의 편의를 위해서 귀사의 방침이 바뀌어야 한다는 것을 강하게 주장합니다.

　2016년 10월 1일 OOO드림

[거절 편지]

OOO일보 신문 배달 담당자에게

　안녕하세요. 제 아내와 저는 귀사의 정기간행물을 수년간 즐겁게 받아보고 있습니다. 안타깝게도 지금 우리 부부는 갑작스런 일로 인해 멀리 뉴욕으로 몇 달 동안 다녀올 일이 생겼습니다. 그동안 OOO일보를 계속하여 구독할 수가 없습니다. 그리하여 우리는 귀사가 우리 집에 신문 배달을 중단할 것을 요청드립니다. 그리고 이 문제에 대하여 하실 말씀이 있으면 010-4348-1557번으로 메시지를 남겨주십시오. 그러면 우리 중 누가 빨리 전화를 드리도록 하겠습니다. 최고의 신문을 수 년간 믿을 수 있게 배달하여 주신 점에 대하여 감사를 드립니다. 우리의 상황이 변하면 귀사에 전화를 드려 배달을 다시 부탁 드리도록 하겠습니다. 그러는 동안에 늦어도 이번 주말까지는 배달이 중단될 수 있기를 바랍니다. 안녕히 계십시오.

　2016년 11월 1일 OOO드림

[위로 또는 위문 편지]

　홍수피해로 고생하시는 형님께!

　이번 홍수로 인해 고향을 지키고 계시는 형님의 집이 완전히 파괴될 정도의 큰 피해를 당했다는 소식을 듣고 마음이 많이 아팠습니다. 생각 같아서는 당장이라도 달려가서 위로와 함께 피해복구를 돕고 싶습니다. 하지만 타지에서 공직에 몸담고 있는 사람으로서 그러하지 못함을 매우 안타깝게 생각합니다. 모든 것을 잃고 다시 모든 것을 처음부터 시작해야 한다는 것을 생각만 해도 그것이 얼마나 끔찍한 손실이었는지 충분히 상상할 수 있습니다. 저는 형님의 식구들에게 제가 할 수 있는 한 어떤 도움이라도 제공해 드리고자 합니다. 저에게는 여분의 침실이 두 개 있는데, 형님 가족들께서 수해 현장이 복구되는 그날까지 몇 달 간이라도 자유롭게 왕래하면서 사용하시기를 권합니다. 네 식구의 잠자리와 식사를 정성껏 제공하여 드리고 싶습니다. 무엇보다 형님의 가족들과 이웃이 처해 있는 안타까운 현실을 민관의 많은 사람들이 발 벗고 나서고 있으니 너무 상심하지 마시고 조금만 참고 견디신다면 모든 것이 나아지리라 믿고 있습니다. 그 동안 무엇보다 건강에 유의하시기를 바랍니다.

　형님의 가내에 행복을 빌어드립니다.

　2016년 8월 8일 동생 올림

▷**참고**

요즘은 특히 안부편지를 쓰는 것을 찾아보기 매우 어렵다. 그러나 SNS시대를 맞아 예전과는 다소 다르지만 짧은 편지형식으로 안부를 전하는 기회가 많아지고 있음을 알 수 있다. 좋은 글을 쓰기 위해서는 평소에 존경하는 분이나 멀리 있는 형제나 친구 등에게 종종 안부 편지를 써보는 것이 많은 도움이 될 수 있다. 끝으로 감사, 초청, 청탁, 주문, 독촉장 등은 고정된 형식의 정형화된 틀(frame)이 있는 글이므로 여기서 예문은 생략하기로 한다.

| 제5장 일기 |

일기란

일기란 일상생활에서의 체험·생각·느낌·감상 등의 제반 사항을 기록하는 것을 말한다. 그러나 막연하게 그날의 일들을 기록하는 것을 말하지는 않는다. 하루 중에 있었던 일 중 가장 가치 있었던 것을 주제로 선정하여 보존할 가치가 있는 내용을 글로 적는 것을 말한다. 일기의 주제는 그날 하루 동안에 일어난 가장 인상 깊은 일로서, 대개 교훈이나 반성의 의미를 가지는 경향이 있다. 그러므로 일기를 꾸준히 쓴다면 무엇보다 교훈과 반성을 통하여 자신의 품성과 인격을 가꾸는 데 도움이 된다. 그리고 일기의 주제를 선정하는 과정에서 관찰력과 판단력을 기를 수 있고, 나아가 글쓰기를 생활화함으로써 작문능력을 배양하는 데도 많은 도움이 된다.

일기는 우선 형식과 내용에 전혀 제약이 없는 자유로운 글이다. 훗날 자신이 읽을 목적으로 쓰는 비공개적이며 자기고백적인 글이라고 할 수 있다. 무엇보다 일기는 편지와 더불어 편안한 마음으로 글쓰기를 연습할 수 있는 좋은 방법이 될 수 있다. 초등학교 시절부터 일기를 쓰는 버릇을 가진다면 작문을 준비하는데 많은 도움이 될 수 있다. 그리고 훗날 글의 내용에 따라서 일기문학으로 가치를 인정받을 수도 있다. 흔히 일기문학의 백미라고 할 수 있는 좋은 글들이 바로 이러한 과정을 통하여 형성된 결과물들이다. 좋은 일기를 쓰고 싶다면 날마다 꾸준히 일기를 쓰는 것이 최고의 방법이다.

일기를 구성하는 방법

일기는 하루 동안에 일어난 일에 대한 느낌이나 감상을 적은 것인데도 막상 쓰려고 하면 쉽지가 않다. 따라서 일기를 구성하는 방법을 익혀 두면 글을 쓰는 데 도움이 된다.

첫째, 일과를 마치고 잠자리에 들기 전에 그날 있었던 중요한 일들을 정리한다.

둘째, 특히 인상적이거나 교훈적 또는 반성할 내용을 가지고 주제를 선정한다.

셋째, 선정한 주제를 가지고 브레인스토밍 하여 일기 쓸 글감을 목록화 한다.

넷째, 주제와 관련된 키워드나 중심내용을 가지고 화제문(중심문장)을 작성한다.

다섯째, 화제문을 논리적으로 조리있게 몇 개의 문장으로 뒷받침한다.

끝으로, 주제와 관련된 자신의 느낌이나 감상을 적는다.

▷**해설**

일기를 쓸 만한 마땅한 주제가 없을 수도 있다. 그런 날은 기억에 남는 몇 가지 중요한 사실이라도 적어두거나, 내일 또는 장래의 계획이라도 간단하게 적는 버릇을 가져야 한다. 누구든 처음부터 마음에 드는 일기를 쓰기란 쉽지 않다. 일기는 자기 고백이자 자기와의 대화이기 때문에 진솔하게 자기 이야기를 매일 정리하는 습관을 가지다 보면 자신도 모르는 사이에 일기를 잘 쓸 수 있다.

일기1

고국의 벗을 생각하며

예전에 잃어버린 청춘의 감미로움이 문득 내 안에서 움트고 있음을 느낀다. 이 같은 해맑은 감동은 10월의 가을이 아니면 느낄 수 없는 기쁨이다. 나는 이 행복한 시간들이 어느 한 순간에 모두 사라질까 두렵다. 그래서 이렇게 몇 시간이고 호숫가 벤치에 앉아 아름다운 가을 빛을 바라보고 있다. 이 행복한 마음을 봉투에 담아 친구들에게 나눠 줄 수는 없을까. 이 기쁨을 고국의 친구들과 나누고 싶은 욕심이 쉼없이 밀려오는 호수의 물결처럼 내 육신을 스치고 지나간다. 지금쯤 고국에서도 내 사랑하는 벗들은 가을을 맞아 나와 같은 행복을 맛보고 있겠지. 지금 친구를 그리워하는 내 마음은 자연 속에 머무는 은자의 거처처럼 고요하고 행복하다.

봄밤에

몇시간 전부터 부슬부슬 비가 내린다. 책을 읽다 문득 시계를 바라본다. 새벽 두 시다. 아직 더 읽어야 한다. 어쩌면 밤새워 읽어야 할지도 모른다. 그동안 밀린 책들이 많아 마음이 불편했는데, 그 마음을 안고 지내느니 차라리 밤을 지새는 것이 나을 것 같다. 봄비소리는 점점 굵어져 간다. 메마른 대지를 적시는 봄비 소리만큼 내 영혼을 풍요롭게 하는 사물도 없는 것 같다. 사물은 나에게 지혜를 가르치는 스승이다. 방안에서도 떨어지는 빗방울을 타고 솟아오르는 봄기운을 느낄 수 있다. 이제 대지는 초록으로 덮이고 산야는 화려한 꽃으로 수놓일 것이다. 그리고 겨우내 움츠려 있던 아이들의 재잘거림도 여인네들의 화려한 차림새도 새들의 지저귐도 모두 이 봄의 향연을 더욱 환하게 할 것이다.

가을날의 산책

강렬한 가을의 햇볕은 어떤 여인의 애무보다 자극적이다. 참새들의 노래와 하얗게 번진 갈대가 한창인 호숫가를 둘러보았다. 처량한 귀뚜라미 울음소리가 한 권의 철학책 보다 더 내 마음을 괴롭혔다. 문득 쓰라린 추억들이 가슴 한 켠에서 기지개를 폈다. 지난날 내게 내면의 길로 인식되곤 했던 오솔길은 온갖 잡초들로 거칠어져 있었다. 그러나 갈잎 서걱거리는 소리를 듣는 순간 내 마음은 감동으로 가득 찼다. 나도 모르게 감사의 눈물이 고였고, 내 영혼은 밝은 빛을 따라 천상의 노랫소리가 들리는 곳으로 향하고 있었다. 따스한 공기는 마치 어머니의 숨결처럼 감미롭다. 이름 모를 작은 새들의 노랫소리가 맴도는 오솔길이 나를 황홀하게 만들었고, 마침내 대자연은 기쁨과 감사로 나를 축복해주었다.

일기문학의 백미라고 말하는 『아미엘의 일기』에는 내면의 방황을 통한 성찰과 철학이 담겨 있다. 그의 글은 일종의 자기 고백적인 짧은 '단상'과 같은 일기이다. 1821년 스위스에서 태어나 1839년 명문 쥬네브 대학에 입학하면서부터 일기를 쓰기 시작하여 죽음을 맞는1881년까지 일기를 쓴 것으로 유명한 아미엘의 일기 몇 편을 소개한다.

UNIT 일기2

일기에 대하여

(1) 나는 외로운 감정에 사로잡혀 있을 때 붓을 찾게 된다. 글은 바로 그리움을 그리는 그림일기이기 때문이다. 일기는 고독한 인간의 위안이자 치유자다. 날마다 기록되는 이 독백은 일종의 기도라고 할 수 있다. 영원과 내면의 대화, 신과의 대화다. 이것은 나를 고쳐주고 우리를 혼탁에서 벗어나게 해준다. 일기는 자기(磁氣)처

럼 우리에게 평형을 되찾게 해준다. 가끔 일기를 통해 문장을 연마한다. 그리고 일기는 명상이다.

(2) 일기는 나에게 벗과 아내의 역할을 했다. 조국과 대중에게 하고 싶었지만 차마 하지 못 했던 말들을 이 일기에는 실컷 말할 수 있었다. 그 덕에 조금이나마 나의 고통을 달랠 수 있었다. 일기는 내 쓸모 없는 심정의 토로나 한탄을 묵묵히 들어준다. 마치 내 곁에 머물러 주는 연인처럼 내 영혼을 시리게 하는 슬픔에 귀를 기울여 준다.

어떻게 사는가에 대하여

(1) 우리는 지금 이 순간에도 떠날 준비를 해야 한다. 그것이 진정한 자유이며, 내 삶의 주인이 바로 나였음을 증명하는 수단이 된다. 욕망은 안락과 자유와 명석함을 한갓 더러운 오물로 전락시킬 뿐이다. 욕망은 자유롭게 보이지만 실은 내면의 질서를 어지럽히는 도구에 불과하다는 것을 명심해야 한다.

(2) 그 어떤 삶의 풍파도 견디어 내며 인생의 격정을 이겨낼 노년이 젊은 날의 재기발랄함 보다 아름다울 때가 있다. 영혼의 성숙이 빛보다 더 밝게 빛날 때가 있다. 결코 썩지 않는 내면의 성숙이 유한의 흐름을 거스르는 맹위를 발휘할 때가 있다. 바로 노년인 것이다. 이런 생각을 하면 그나마 위안을 얻는다.

행복에 대하여

(1) 행복은 이 타락한 세계에서 추악한 이기심을 제거하고 인간

의 순수함이 아름답게 꽃피워진 화단이다. 이를 의심하지 않는 젊은 처녀의 뺨에 피어오르는 사랑의 장미와 첫눈에 새겨진 사랑의 속삭임을 단 한 번도 경험하지 못한 불행한 인간이라는 것을 만인 앞에서 고백하는 것과 같다. 그 어떤 고귀한 아침 햇살일지라도 인간의 영혼에 피어오른 행복감보다 아름다울 수는 없다.

(2) 먼저 타인의 권리를 인정해야 한다. 그의 장점을 기억하고 너와 반대로 향하는 사람들에게 악수를 청해야 한다. 진심으로 관심을 보여줘라. 그래야만 남도 너에게 관심을 가질 것이다. 너의 마음에 도사리고 있는 이기심, 가증스런 욕망을 모두 버려라. 타인에게 행복과 기쁨이 되어라. 나의 개성을 존중받고 싶다면 남의 개성을 존중하는 법도 알아야 한다. 나의 지성을 인정받고 싶으면 남의 지식도 존중해 주어야 한다. 내 말만 앞세워서는 안된다. 너에게 가장 부족한 면이 바로 융통성의 부족이다. 내가 가지지 못한 것을 타인에게 요구해서는 안된다. 나는 나를 이해해 줄 것 같은 사람에게만 우정을 요구해 왔다. 지식을 소중히 여길 것 같은 사람에게만 대화를 신청했다. 그러나 그런 행동은 나의 오만에서 비롯된 것이다. 세상을 나에게 맞출 것이 아니라, 내가 세상 속으로 들어가야 한다. 제 삼자가 나의 마음을 이해해주기 전에 내가 먼저 이웃의 속내를 이해해 줘야 한다. 그것이 바로 성실이다.

| 제6장 단상 |

UNIT ## 단상이란

단상이란 때에 따라 떠오르는 단편적인 생각을 적을 글을 말한다. 단상은 단순한 생각으로 떠오른 일상의 사소한 일에서부터 깊이 있는 성찰적 고백에 이르기까지 폭과 깊이도 다양하다. 그래서 한 편으론 단상이 아닌 것이 없다고 할 수도 있다. 단상도 일기와 마찬가지로 일정한 형식이 없다. 단상과 일기는 사실상 구별하기 어렵다고 할 수 있다. 두 편의 단상을 올려 본다. 각자 앞의 일기와 단상이 어떻게 다른가를 감상하기 바란다.

UNIT ## 〈단상 1〉 꽃 소식과 인생무상(人生無常)

아! 드디어 기다리던 꽃 소식이다. 그 누구 기다릴 사람 없는 이국 땅, 뉴욕에서 확실한 건 봄꽃 소식이기에 더욱 기다려 온 것일까.

　그러나 부서지는 햇살 속에서 성미 급한 여인들의 차림새를 보고 겨우내 움츠렸던 온 몸을 잠시 펴 볼까 하면 다시 찬바람이 휘몰아치는 참으로 잔인한 4월이다. 그래서 옛사람들은 '출래불사춘(春來不似春)', 봄이 와도 봄 같이 않더라고 노래한 것일까.

그래도 대자연의 장엄함은 이 찬란한 봄에 절정을 이루는 듯하다. 형형색색으로 산야를 물들이는 꽃만 봐도 그러하다. 활활 타오르는 그 모습은 마치 생명의 불꽃 같다. 그리하여 봄날의 들판과 산을 바라보고 있노라면 화려한 한 폭의 그림을 보는 것 같다.

봄은 축복이자 환멸이다. 살아 있음의 눈부신 희열과 삶에 대한 비극적 인식에 새삼 눈뜨는 계절이다. 봄이 환할수록 청춘의 가슴앓이는 깊어진다. 발열(發熱)하듯 꽃 피고 어지럼증처럼 아지랑이 인다. 봄은 짓궂다. 봄은 얄궂다. 봄은 날 그냥 앉아 있지 말라고 일탈(逸脫)을 충동질한다.

'꽃피어 봄 마음 이리 설레니 아! 이 젊음 어찌할거나(瑤草芳兮 春思芬 蔣奈何兮是靑春)' 7세기경 설요라는 신라 여승이 아름다운 봄날의 유혹을 견뎌지 못하고 세속으로 돌아오며 남겼다는 '환속가(還俗歌)'가 이 아름다운 봄빛만큼이나 눈부시게 인간적이다. 그래서 봄을 환각의 계절이라고 말하는 것일까.

어디 봄처럼 환각이 가능한 계절이 또 있을까. 바람 속에서 피어나는 잎과 꽃들, 화사한 햇살 뒤의 짙은 그늘, 밝고 높은 아이들의 웃음소리와 함께 봄은 항상 짧은 탄성으로 갑작스럽게 찾아와 익숙한 우리의 일상이 되지만, 이 아름다운 봄을 느낄 겨를도 없이 떠나 버린다.

하지만 순식간에 왔다가 떠나 버리는 봄날처럼 우리네 삶의 과

정도 영원하지가 않다. 기쁨과 영광, 견딜 수 없는 슬픔과 오욕의 순간도 어차피 이 봄날처럼 지나가게 마련이다. 이 아름다운 계절이 속절없이 가 버리기 전에 혹독했던 겨울의 역경 속에서도 새봄의 희망을 잃지 않았던 것을 꼭 기억해 두자.

모든 것이 회생하는 아늑한 봄날에 문득 '생명'과 '사랑'이 무엇인지를 생각해본다. 생명이 있는 한, 그리고 우리의 가슴에 보석처럼 간직한 사랑이 있는 한, 고달픈 질곡(桎梏)의 삶 속에도 희망이 있다는 것을 새삼 깨닫는다.

아뿔싸! 추억할 그리운 '사랑' 한 점 가슴에 묻어두지 않았더라면 내 이민살이는 참으로 가련했으려니, 이젠 그 사랑의 추억으로 삶의 향기를 피워내야 할 것 같구나. 창밖으로 보이는 개나리가 자지러질 듯이 노란 색을 발하고 있다. 이제 산과 들에는 어김없이 신비한 봄빛의 서정(抒情)이 감돈다.

이렇게 해마다 어김없이 봄은 오고, 또 봄이 오면 새 생명이 움트고 꽃이 피게 마련이지만 옛사람은 봄에 피는 꽃을 바라보면서 무상(無常)한 우리의 인생과 비교하며 시(詩)를 읊었다.

'명사십리 해당화야/ 꽃이 진다고 설워마라/ 명년 춘삼월 돌아오면/ 너는 다시 피련마는/ 우리네 인생 한 번 가면/ 다시 올 줄 모르더라/ 가지 마오 가지를 마오· 불쌍한 영감아 가지를 마소.'

　　　　　　　　　　　　　　　-서산대사 '회심곡(回心曲)'-

날씨가 따뜻해지고 봄이 깊어지면서 개나리를 필두로 산과 들에서는 꽃들이야 더욱 화려하게 자태를 뽐낼 테지만 지금도 인생의 꽃을 피우지 못해 가슴 아픈 사람들은 어떻게 이 환상(幻想)의 봄날을 건널까 걱정이다.

〈단상 2〉 유월의 새아침

유월의 새아침은 세상의 첫날인 듯 새롭기만 하다. 짙푸른 초목으로부터 생기를 얻는 이 계절은 진실한 아름다움이 화려함에 있지 않고 원숙함에 있다는 것을 보여주는 듯하다.

음영(陰影)의 깊이와 정취를 느낄 수 있는 신록(新綠)의 이 계절은 마치 오래 묵은 포도주와 같다. 화려한 봄날 같이 일탈을 충동질하거나 환각으로 어질머리를 앓게 하지도 않고, 숨막히는 한여름의 무더위도 없이 생동감과 더불어 잔잔한 안정감의 가치를 알게 해 준다.

이 계절에 문득 가로수 밑을 거닐다 보면 모든 생생한 것들에게 말을 건네고 싶고 작은 나뭇잎이나 풀잎과도 진지한 대화를 나누고 싶어진다. 그리하여 순수한 자연의 품안에 안겨 찌든 내 몸의 탐욕과 어리석음을 내려놓고 본래의 내 모습을 찾고 싶어진다.

홀로 산길을 걷다 숲 속에 앉아 묵묵히 나무들을 바라보고 있노라면 더불어 한 그루 정정한 나무가 되어 있다. 일상의 모든 것들을 내려놓고 아무런 생각 없이 텅 빈 마음으로 자연을 대하고 있으면 그저 티 없이 맑고 순순하며 넉넉하고 충만할 뿐, 결코 무료하지가 않다.

이런 시간에 나는 무엇인가에, 아니 누군가에 그지없이 감사를 드리고 싶다. 하루 스물 네 시간 중에서 이처럼 맑고 잔잔한 여백이 없다면 우리의 삶은 이내 탄력을 잃고 시들해지고 말 것이니까.

이렇게 숲 속에 가만히 앉아 있으면 '홀로 있을 때가 진정으로 함께 있다'라는 말이 진실임을 깨닫는다. 홀로 있다는 것은 어디에도 물들지 않고 순진무구(純眞無垢)하며 자유롭고 홀가분하다는 것, 부분이 아니라 전체로써 당당하게 서 있음을 뜻한다.

가만히 숲 속의 나무들을 바라보고 있노라면 나무들은 저마다 오직 자신을 위해서만 치열하게 살아가는 것 같다. 성리학으로 말하자면 남에게 보여주기 위한 '위인지학(爲人之學)'이 아니라, 철저하게 자신의 수양을 위한 '위기지학(僞己之學)' 이야말로 자연이 우리에게 주는 진정한 교훈이 아닐까.

지금 지구의 한 모퉁이에서 자연과 더불어 잠시 허리를 펴고 꼿꼿이 앉아 열린 귀로 우주의 숨결을 듣는다. 야망에 불타 이글거리는 뉴욕의 불빛 어디에도 나는 없다. 숲 속의 싱그러운 눈으로, 자연에 대한 경외(敬畏)로 우주의 기를 느낀다. 그리고 풀잎에 맺힌 영롱한 이슬처럼 또렷해진 맑은 정신으로 나를 성찰한다.

자연과 더불어 있으면 가난하지만 살아있다는 것이 또 다른 고마움으로 다가온다. 그리고 바람에도 꺼지지 않을 푸른 등불처럼 가난한 내 정신에도 풀잎이 돋아나듯 맑은 영혼이 새롭게 돋아날 것만 같아 행복하다.

나는 이민살이에 지쳐 사람이 그리우면 오히려 사람을 멀리 하고 숲 속으로, 자연으로 나아간다. 인적이 드물수록 그리운 얼굴들이 하나 둘 사라져 간다. 무심(無心)으로 자연을 대하다보면 어느 순간 '물아일체(物我一體)'의 경지를 느끼게 된다. 그리고 자연물과 내가 하나 되면 나도 모르게 외로움, 쓸쓸함, 그리움과 같은 감정들이 사라지고 마는 것이다.

문득 탈무드의 한 구절이 뇌리를 스친다. '가능한 자주 자연 속으로 떠나 그곳에서 기도하라. 그러면 모든 풀과 나무들이 그대와 함께 할 것이다. 그 친구들이 그대의 기도 속으로 들어와 그대에게 힘을 주리라.'

아, 화려하지 않은 유월의 신록이 참으로 아름답구나. 정녕 아름다운 건 짧은 법, 짧은 유월이 다 가기 전에 두 눈이 풀잎처럼 파래지도록, 푸른 생명의 등불을 켜고 있는 이 계절의 신록을 마음껏 바라보자.

UNIT 〈단상 3〉 녹차 한 잔을 마시며

어느새 9월!

여름의 끝자락은 온통 초록 물결이다. 하늘의 총총한 별들조차 더욱 부드러워지고 있는 느낌이다. 그 지겹던 여름의 끝이 못내 아쉬운 건 오는 가을이 유난히 빨라서일까.

아침저녁으로 제법 시원한 바람을 실어 나르는 가을이 성큼 우리 곁에 다가서고 있다. 오랜만에 여유를 갖고 청명한 가을 햇살 아래 녹차 한 잔을 마시며 홀로 신성한 의식을 치르듯 이 가을을 맞는다.

누군가 가을을 정리의 계절로 규정한다. 귀가 멍해지는 도심의 소음 속에서도 완전히 정지된 내면의 시간을 갖고 싶다. 옷에 달린 레이스 장식을 떼어내듯 생활과 마음으로부터 불필요한 것들을 하나 둘 털어 내는 그런 여유를 가지고 싶다. 소유한 물건이 많을수록 자꾸만 잃어 버리는 것이 사람을 대하는 따뜻한 정(情)이 아닐까.

여유로움 속에 차 한 모금이 진한 맛과 향으로 온 몸을 적신 뒤 입안을 감돌아 목젖을 타고 넘는 순간은 어떠한 감동보다도 짜릿하다. 차는 이렇게 내면의 자아와 현실의 나를 이어준다. 찻잔을 홀짝일 때마다 내면의 순수한 자아와 부끄러운 현실이 작은 마찰을 일으키며 나를 괴롭히는 순간에 작은 깨달음이 있다.

우리가 살아가야 할 이유를 알게 되고, 자신이 무의미하고 소모적인 존재가 아니라 무언가 도움이 될 수 있는 존재임을 깨닫게 되는 것은 외물(外物)에 대한 집착 대신 이렇게 한 잔의 차를 놓고 나를 성찰(省察)할 때다.

이 가을의 아늑한 햇살처럼 감겨오는 소중한 내 이웃에게 따스한 눈길을 돌려보자. 가을은 허무의 계절이라 하여 삶이 공허하고 보잘것 없어 보이더라도 고독하고 무의미해 보이더라도 대자연의 섭리에 대한 이해와 진리에 대한 확신, 배움에 대한 열정, 그리고 이웃에 대한 사랑으로 가득 찬 사람은 결코 패배하지 않으리라.

이국 생활에서 나는 늘 두 가지 생각 중에 사로잡혀 있다. 하나는 물질적 어려움에 대한 것이고 다른 하나는 맑은 영혼에 대한 탐구다. 이 두 가지는 서로 공존하기 어렵다는 현실이 안타깝지만 나는 둘 다 사랑으로 품고 산다.

순식간에 왔다가 떠나 버리는 가을처럼 우리의 삶도 긴 시간의 여정에 비하면 찰나에 불과하다. 이 계절이 속절없이 가 버리기 전에 찻잔처럼 푸르고 맑은 저 하늘과 아름다운 자연을 보자. 그리고 그것을 머리가 아닌 가슴에 담아두자. 이 순간 우리 안에 담긴 이 가을은 두 번 다시 돌아오지 않을지도 모르거니…….

백조도 마지막 죽음의 노래가 아름답다고 했던가. 창밖으로 보이는 나뭇잎들이 자지러질 듯 마지막 푸른 빛을 발하고 있다. 벌써 하늘에는 신선한 가을빛이 감돈다. 사형 집행장으로 끌려나온 도스토예프스키가 죽음을 5분 남겨 두고 그 귀중한 시간 중에 1분 간을 할애하고자 했다는 자연도 이제는 서서히 순명(順命)의 죽음을 준비하면서 우리가 어떻게 어려움을 극복하고 살아가야 하는가를 깨닫게 한다.

자연이야말로 천천히, 단순하게, 선하게, 정직하게, 성실하게 그리고 가장 인간답게 살아가는 법을 가르쳐 주는 위대한 스승이다. 그러나 키워내고 거두고 마감하는 질서가 한 치의 흐트러짐도 없는 자연을 바라보는 나에겐 탄식처럼 가슴 속을 가로지르는 말이 있다. '나는 올해도 땀 흘려 키워낸 것이 없으니 거두어들일 것이 없구나, 그래서 이 가을을 맞이하기가 또 부끄럽구나!'

　　나는 오래전부터 좋은 글쓰기 책을 한 권 읽기를 간절히 바라
왔다. 그래서 글쓰기와 관련된 책은 거의 읽지 않은 책이 없을 정도다. 그러다
2001년 신문사 파견 근무로 뉴욕으로 건너가 몇 년을 보낸 뒤 미국 대학에서
언론학을 공부할 기회를 가지게 되었다. 당시 대학에서 과제(assignment)를
수행하면서 날마다 글쓰기 전쟁을 치렀다. 그런 과정에서 영어식 글쓰기에는
어떤 일정한 툴(tool)이 있다는 것을 알았다. 이를 계기로 미국의 수많은 글쓰
기 이론서들을 공부하면서 한 편의 글을 쓰는 데는 일정한 구성원리와 법칙이
있다는 것을 발견했다. 이 원리와 법칙이 영어식 글쓰기에는 거의 들어맞았
다. 하지만 이것이 과연 우리 한글을 쓰는 데도 가능할까라는 의문을 해결하
기 위해 한국 전문가들이 쓴 수많은 칼럼이나 글(passage)들을 분석하면서 동
서양을 막론하고 모든 글쓰기는 하나의 일정한 원리와 법칙을 가지고 있다는
것을 확신하게 되었다. 이는 인류가 수천년 문자 역사를 이어 오면서 개발하
고 진화시켜 온 글쓰기에는 일정한 구성원리가 작동하고 있다는 것이다.

　이런 구성원리를 이해하면 누구든 하나의 주제를 가지고 자신이 원하는 글

을 매우 쉽고 간편하게 쓸 수 있다. 이를 위해 나는 적어도 수천 개의 유명 칼럼이나 글을 읽고, 이를 비교 분석하고 연구한 토대에서 비로소 한 권의 '글쓰기 이론서'를 쓰기로 마음 먹었다. 그리고 6년 전인 2011년, 10여년 간의 미국 생활을 마치고 돌아와 주변의 지인들에게 글쓰기 책을 한 권 쓰겠다고 말했다. 그들은 한결같이 내가 미국에서 오래 살더니 살짝 '정신이 이상해진' 것으로 바라보기 시작했다. '감히 네 주제에 글쓰기 이론서를 쓰다니' 한 마디로 한국의 현실이나 사정을 몰라도 너무 모르는 사람으로 나를 생각했다. 물론 나도 터무니 없는 생각인 줄은 알고 있었다. 내가 미국에서 그런 경험을 하지 않았다면 감히 글쓰기 이론서를 쓰리라고는 상상조차 할 수 없었기 때문이다.

하지만 나는 그들의 생각을 비웃기라도 하듯이 2014년 3월18일 영어 글쓰기책 『How to write English Paragraph and Essay (신아사)』를 첫 출간했다. 그리고 2015년 『글쓰기 차별화전략 (글로세움)』, 2016년 『논술의 정석』을 잇달아 출간했다. 이번에는 먼저 쓴 두 권의 책이 각각 단락(paragraph)과 논술(essay)로 분리되어 있는 것을 한 권으로 묶어 냄으로써 교육 현장이나 각종 행정과 산업 현장에서 필요로 하는 현대식 글쓰기 이론을 모두 담아낼 수가 있도록 수정 보완했다. 이제 독자들은 이 한 권의 책으로 글쓰기 전반에 대한 이해는 물론 직접 작문을 할 수 있게 되었다.

나는 평소 글쓰기가 창조성을 기반으로 언어 및 사고능력의 향상과 교육적 효율성을 높여 궁극적으로 사회의 합리적 소통을 증대시키는 데 기여해야 한다고 생각한다. 따라서 글쓰기는 당장 필요한 대입시나 공기업 또는 언론사 논술시험이라는 현실 문제를 뛰어넘어 우리 삶의 다양한 문제를 진지하게 바라볼 줄 아는 폭넓은 가치를 가지게 한다고 믿는다. 또한 어떤 문제를 그 이면 으로까지 확장시켜 바라볼 줄 아는 합리적이고 통합적 사고를 하게 만듦으로써 이상적인 삶의 가치를 추구할 수 있게 하기 때문에 글쓰기는 모든 사람들에게 매우 중요하다고 생각한다.

그런데도 현재 우리나라는 OECD국가들 중에서 글쓰기를 가장 못하는 나라로 랭크돼 있다. 이는 글쓰기 교육과정이 아예 없는 나라로서 당연한 결과다. 이미 글쓰기 부재의 후유증이 곳곳에서 드러나고 있다. 무엇보다 창조적 능력이 뒤떨어지고 있다. 그러다 보니 자연 기초학문의 기반이 허약할 수밖에 없다. 이는 창조성을 발휘할 능력이 없기 때문이다. 이웃 일본만 해도 벌써 20여 명의 노벨상 수상자를 냈다. 하지만 우리는 학문분야에서는 아직 전무하다. 삼성이 세계적인 기업이라고 자부하지만 그 내막을 들여다보면 한심하다. 삼성의 스마트폰만 해도 솔직히 껍데기만 만들어 파는 형국이다. 다시 말해 하드웨어만 강하지 정작 알짜 돈이 되는 소프트웨어는 대부분 미국이나 일본기업에게 로열티를 주고 있다. 이를테면, 구글의 안드로이드 운영체제를 사용하기 위해 폰 하나에 8만원의 로열티를 주고 있는 게 현실이다. 그들이 운영 프로그램 하나로 무한정 이윤을 취득하고 있는 반면 껍데기 만드는 삼성은 인건비, 재료비, 제조비, 이동 물류비, 판매 및 서비스망 구축비 등을 제외하고 나면 실제로 돌아오는 이윤은 보잘것없다. 어디 이뿐인가? 우리의 주요기업들 중에서 자동차, 선박, 철강 등 어디 하나 순수 우리의 기술력으로 완제품을 만드는 것이 있는가? 이게 우리의 현실이다. 이는 모두 창의력과 직접적으로 연결된다.

이러한 참담한 현실은 이뿐만이 아니다. 우리에게는 토론의 기반이 없는 교육방식의 폐해로 인해 상호간에 소통이 존재하지 않는다. 따라서 나만 있고 너는 없다. 이로 인해 우리 사회는 지금 갈가리 찢어진 의식의 양극화 현상을 심각하게 경험하고 있다. 흔히 쉽게 남을 '고집불통'이라고 말하는데, 불통인 것은 너와 내가 따로 없다. 심지어 사회의 공기인 언론마저도 예외가 아니다. 이들 대부분 사회적 '논쟁점'을 자사의 이념이나 취지에 맞게 재단하여 주장할 뿐, 다수 국민이 공감할 수 있는 합리적인 논의를 이끌어내지 못 하고 있다. 따라서 현재 우리 사회를 '불통'으로 이끄는 가장 큰 원인은 독서 기반이 취약하고 대화와 토론이 없는 교육방식과 나아가 논술(글쓰기)을 모르기 때문이라고 지적할 수 있다. 따라서 나는 이번에 이 책을 쓰면서 가능한 한 간단하면서도 우리 일상 생활에서 사용되는 실용적 글쓰기를 쉽게 적용하여 누구든 글쓰기를 할 수 있도록 엮으려고 노력했다.

논술의 기술

초판 1쇄 인쇄 | 2017년 2월 15일
초판 1쇄 발행 | 2017년 2월 25일

지 은 이 | 김문수
펴 낸 이 | 김정동   **편집주간** | 김완수
책임편집 | 김예슬   **홍   보** | 김혜자
마 케 팅 | 유재영·신용천·김은경   **디 자 인** | 최진영
펴 낸 곳 | 서교출판사

등록번호 | 제 10-1534호
등록일 | 1991년 9월 12일
주소 | 서울시 마포구 성지길 25-20 덕준빌딩 2F
전화번호 | 3142-1471(대)
팩시밀리 | 6499-1471
이메일 | seokyodong1@naver.com
홈페이지 | http://blog.naver.com/sk1book
ISBN | 979-11-85889-36-8 03800

서교출판사는 독자 여러분의 투고를 기다리고 있습니다. 출판 관련 원고나 아이디어가 있으신 분은
seokyobooks@naver.com으로 간략한 개요와 취지 등을 보내 주세요. 출판의 길이 열립니다.